· 报告文学集 ·

岁月凝香

侯健康◎著

山西出版传媒集团
山西人民出版社

图书在版编目（CIP）数据

岁月凝香/ 侯健康著. -- 太原: 山西人民出版社,
2025. 3. -- ISBN 978-7-203-13813-6

Ⅰ. I25

中国国家版本馆CIP数据核字第2025VB8732号

岁月凝香

著　　者：	侯健康
责任编辑：	傅晓红
复　　审：	崔人杰
终　　审：	梁晋华
装帧设计：	成都现当代文化传播有限公司

出　版　者：山西出版传媒集团·山西人民出版社
地　　　址：太原市建设南路21号
邮　　　编：030012
发行营销：0351 - 4922220 4955996 4956039 4922127（传真）
天猫官网：https://sxrmcbs.tmall.com 电话：0351 - 4922159
E - mail：sxskcb@163.com 发行部
　　　　　　sxskcb@126.com 总编室
网　　　址：www.sxskcb.com

经　销　者：山西出版传媒集团·山西人民出版社
承　印　厂：雅艺云印（成都）科技有限公司

开　　本：	880mm × 1230mm　1/32
印　　张：	11
字　　数：	256千字
版　　次：	2025年3月第1版
印　　次：	2025年3月第1次印刷
书　　号：	ISBN 978-7-203-13813-6
定　　价：	68.00元

如有印装质量问题请与本社联系调换

历史的证词

——读侯健康报告文学集《岁月凝香》（代序）

李春雷

我不认识本书的作者，但我认可作者的这本书。

阅读书中的一篇篇作品，虽然文字上呈现着当年的粗糙，但历史的沧桑感如烟似雾般扑面而来，裹挟着我的思绪，又回到了 20 世纪八九十年代。

那是我们共同的人生啊，那里面埋藏着多少美好的回忆啊，藏匿着多少历史的密码啊。经验与勇敢、遗憾与教训、思考与探索、激情与毁灭、梦想与新生等等，那么真实、真切、难舍、难忘。

作家侯健康先生与我年龄相仿，早年也是一位最基层写作者。他从乡村的田垄上出发，带着真诚，一路走来，一路写来，写出了高度，写出了深度，写出了宽度，写出了人生，也成就了人生。哦，那个年代，真诚还是主角，反思还在现场。所以，他的书写基本上是真实，是真情，也是真思。这些真实真情和真思的记录，时过境迁，弥足珍贵，俱可资史。

这本短篇报告文学和新闻特写集《岁月凝香》，主要收集了作者早年创作于 20 世纪八九十年代的作品，从各个方面记录了湖南省衡阳一带的经济社会发展信息。

的确，他的文字世界，最少可以记录和丰富一个地域的社会历史。

比如，《桔彩纷呈》中写到的 20 世纪 80 年代末衡东县红桔村的经济水平和数字。当时，这是一个远近闻名的先进村，但全村年工农业总产值只有 123.53 万元，人均年收入 881 元……

比如，《十四名少女少妇进城蒙难记》中写到 20 世纪 90 年代初湘南偏僻农村的一群少女少妇到广州市打工，被欺骗、被蹂躏后如何收场的尴尬场面，实在是虚构不出来的历史真实。

还有，《面壁十年图破壁》中的主人公彭荣昭，这个 20 世纪 80 年代的研究生，主动放弃舒适的市政府机关工作，告别爱妻稚子，扎根农村，致力探索社会改革理论。当时的激情，当时的豪气，依然可触可扪……

那些细节，那些画面，就是毛毛茸茸而又真真切切的历史。

这些，让我想起了孙犁的纪实作品《游击区生活一星期》和赵树理的纪实作品《孟祥英翻身》等，那么朴实、真实，热热辣辣、原汁原味。

唯其这样，作品才有生命力，才有价值，才是文学园地里的青松和银杏。

其实，真正的报告文学作品就是知识分子写作，就是历史的证词。

可惜，我们当下繁多的报告文学，大都是宣传思维，浅薄、表面、回避、虚假，像塑料花，似硅胶人，可惜、可叹，又可悲。

另外，关于这本书的文本，我也想说几句。本文开头时，我曾说到作者的文字粗糙。的确如此，也毋庸讳言，但这是彼时的文字，彼时的风格。如果从文本精美精妙的角度，本书确有差距，但文风的质朴、叙事的真诚，却是其鲜明特色。

事实上，真正的报告文学最需要的就是这种质朴和真诚，就像做人做事。

我特别欣赏书中的一篇《十四名少女少妇进城蒙难记》。文章不长，却很有味道，具有强烈的现场感、真实感、震撼感。这种叙事风格，让我想起了夏衍的《包身工》，想象起了20世纪30年代上海的工厂生活和社会风情。

可惜，书中如此栩栩如生的场面和细节，还是不够多。

如果那样，就更好了。

但即使这样，已颇有价值，也值得祝贺。

是为序。

（作者为中国作家协会全委会委员，中国报告文学学会副会长，第三、第七两届鲁迅文学奖获得者，蝉联三届徐迟报告文学奖获得者）

CONTENTS
目 录

第一辑　田园牧歌

艾丽女士在中国雁城 …………………………………… 2

桔彩纷呈 …………………………………………………… 16

人工造龙记 ………………………………………………… 32

面壁十年图破壁 …………………………………………… 41

衡州第一镇的领头雁 ……………………………………… 55

社教队长与告状专业户的故事 …………………………… 63

湘妹子出征 ………………………………………………… 71

"赖狗"这娃 ……………………………………………… 74

第二辑　企业风云

展翅湛蓝的天空 …………………………………………… 88

电子王国一骁将 …………………………………………… 106

迷域中崛起的新星 ·················· 117

洣水河畔一曲奋进的歌 ·················· 122

郭炎成"三绝" ·················· 127

好男纵横 ·················· 133

第三辑　经济视野

农民增收，一个沉重而悠长的话题 ·················· 142

踏破坎坷猎巨鲨 ·················· 149

不尽浪潮滚滚来 ·················· 155

放眼审视衡阳品牌 ·················· 163

衡阳人的理想，打造汽车城不是梦 ·················· 167

李鬼，哪里逃?! ·················· 174

第四辑　史海浪花

夏明翰一家何以走出五名英烈 ·················· 184

"地下长城"的时光记忆 ·················· 191

彭仁阶赴柬埔寨推广杂交水稻散记 ·················· 201

第五辑　公仆情怀

用知识的火炬照亮人生的征程 ·················· 210

坚实的后盾 ·················· 220

心灵的慰藉 ·················· 229

坎旅本色 ·················· 237

红盾之光 ………………………………………… 243

奏响生命的乐章 ………………………………… 252

高擎民族的希望 ………………………………… 265

铁汉情怀 ………………………………………… 273

深山擒凶记 ……………………………………… 282

第六辑　社会大观

办证，老百姓难以越过的坎 …………………… 292

苦乐姻缘 ………………………………………… 302

十四名少女少妇进城蒙难记 …………………… 318

小红船负载的漫长纷火 ………………………… 328

老板，救救你的孩子 …………………………… 332

地域历史的经纬与脉络（跋）………………… 338

第一辑

田园牧歌

艾丽女士在中国雁城

中国名山南岳衡山之南，屹立着一座两千多年的古城，名曰"衡阳"，因为古代文人"北雁南飞，至此歇翅停回"的低吟浅唱，衡阳又被冠以一个雅致而灵动的名字：雁城。

东汉地理学家、文学家张衡作《西京赋》曰："上春候来。季秋就温。南翔衡阳，北栖雁门。"这种描述衡阳地理特质与雁之习性天然偶成的诗文佳句，在李白、杜甫、范仲淹、朱熹等璀璨了中国人文星空的大家诗文中，亦不多见，由此衍生而来的"大雁文化""归雁文化"，就像特别眷顾这方土地的暖阳，焐热了衡阳历史的天空。

艾丽（英文名字艾莉森·肯尼迪），一位高挑美丽的英国女子，恰如一只凌空飞翔的雏雁，不远万里，远渡重洋，从亚欧大陆的西边飞往中国，"雁栖衡阳"，在衡阳这座古老而又灵动的城市里，用一颗虔诚善良的心灵，帮助和抚慰那些有着先天缺陷的孩子们。日复一日，年复一年，穿过了时光隧道的十八个春秋。十八载风花雪月，十八载酷暑严冬，艾丽与衡阳的邂逅，人生的深窖里蕴藏了太多的留恋与记忆，也给雁城人们播撒了口口相传的动人佳话。

一、告别亲人

1973 年 2 月，艾丽出生于英国英格兰东南部肯特郡的郡治所在城市梅德斯通，肯特郡是英国英格兰东南部的一个非都市郡，由于其优美的田园风景和丰富的历史文化遗产，肯特郡被誉为"英格兰的花园"，英国批判现实主义作家查尔斯·狄更斯，进化论的奠基人查尔斯·罗伯特·达尔文，英国首相温斯顿·丘吉尔等卓著人物，均出生自肯特郡。

肯尼迪家族在英国是个大家族，有着苏格兰的血统和背景，因此，艾丽的家在肯特郡是个中层富裕家庭。艾丽的父亲尼尔·肯尼迪取得大学园艺学位，在农业部门任职。爷爷是当地著名的医生，母亲朱迪思是个护士，妈妈的弟弟和妹妹，也就是艾丽的舅舅和姨妈，都从事医疗工作，姨妈是助产士，舅舅是职业治疗师。大概从小受到爷爷和妈妈兄妹的思想熏陶，肯尼迪家的两个女儿，都走上了"治病救人，救死扶伤"的人生道路，从事的都是与医护相关的职业。

姐姐瑞秋·肯尼迪大学毕业，追随母亲的脚步，在肯特郡一个镇上的医院里当医生，最让肯尼迪家族引以为傲的是，瑞秋于 2006 年生下一对双胞胎男孩，如今长到了 18 岁，高大英俊帅气，是两个十分可爱的小伙子。

艾丽的父母一直住在肯特郡，直到退休。当姐姐瑞秋和她的家人住在一起时，他们才搬到了坎布里亚郡的拉佐比。拉佐比虽然是一个朴素的村庄，但靠近风景名胜区，可以看到美丽的山丘，森林茂盛，风光旖旎，世界地理遗产"伊甸河"从村中缓缓流淌，可称得上是一个有山有水、风景宜人的好去处。父母即将步入 80 岁的生命线，身体硬朗，2025 年 6 月，艾丽准备回英国，庆祝父母的生日。

1991 年，艾丽考上英国谢菲尔德的哈勒姆（Hallam）大学。谢菲尔德位于英国的中心，建在七座山之上，坐落于英格兰南约克郡，是除伦敦以外英国最大的城市之一。哈勒姆大学建校于1843 年，前身为谢菲尔德设计学院，在工业革命中享有近一个世纪的盛名。经过 20 世纪两次院校合并和调整，已发展为全英第六大综合性大学。艾丽在这所学校就读物理治疗专业，取得了理疗学士学位。1995 年，艾丽大学毕业，在英国哈勒姆郡医院初级护理部就职，任物理治疗师，又称物理康复师，"将平凡的日子过得有些情怀，用温柔抚平所有隐匿的伤痛，让心情放飞美好。"。

2004 年，艾丽 31 岁，她已经在英国有了 10 年康复师的工作经历，因为朋友到国际关心中国慈善协会（ICC）在长沙的孤残儿童服务项目做志愿者，回国后告诉艾丽，长沙这边需要她。她请了 6 个月的假，驰援长沙。当时，衡阳的项目正在规划，艾丽随行前来。她在院子里遇上一个坐着轮椅的人，28 岁了，脸色黯淡，毫无笑容，这个人叫秋生（化名）。她通过朋友得知，这个青年希望他们能帮他锯掉自己的脚。

听到这个人的遭遇，艾丽心里非常难过。从她所学专业的角度来看，帮助他是很简单的事情，却因为彼此间的陌生，让秋生产生恐惧而无法施救。"秋生不相信我，我没有和他相处的经验。"从那时起，艾丽就觉得自己可以把事情做好，可以用自己的专业知识去帮助他们，不能这样做了一半就离开，建立信任是第一步。

六个月的假期很快结束了，艾丽回到英国，却再也忘不了远在万里之外的那些孤残孩子们。夜深人静，她常常把那些孩子们的微笑和哭泣，酿成一杯浊酒独斟独饮。艾丽说"头和心是不一样的"，她在长沙待了三个月后，心打开了，再也关不上，就像一粒种子被风吹落到大地的哪个褶皱，也要茂盛地生长，一切注定了她将继续参与中国这个慈善项目。

从那时起，艾丽开始告诉家人自己想继续这个项目。接下来，她花了一年的时间来说服她的家人和朋友。2004年2月，艾丽辞掉了当时30万年薪的工作，只为生活得更有意义，毅然奔赴中国长沙，投身国际关心中国慈善项目，直至2005年8月，在国际关心中国慈善协会长沙项目任物理治疗师，照顾长沙的残疾儿童，做着单调而又辛劳的护理工作，并在这份单调与重复中感受一种沉醉与愉悦，让人生于朴素的日常中呈现出别样的风景。

二、同事及邻居

身在长沙的艾丽，时刻牵挂衡阳的残疾人。正在这个时候，国际关心中国慈善协会衡阳项目开始启动，应衡阳市儿童福利中心的邀请，艾丽来到衡阳，被任命为国际关心中国慈善协会衡阳项目（春天服务中心）康复部主任。从此，艾丽开始过着最普通的生活，慢慢了解和融入湖湘文化，融入衡阳这座叫"雁"的城市。时光飞逝，见素抱朴，日子便在单调而又寂苦的护理岗位藤蔓伸展般走过了18年的光景。

艾丽清楚地记得，2006年2月，那时正是农历春节前的一个下雪天，她和安凯乐、罗洁雨两名澳大利亚同事朋友，随着两辆卡车把她在长沙的全部家当运到了去往衡阳的大巴上。大巴奔驰在长沙通往衡阳的高速路上，她的眼睛一直望着窗外排排向后飞闪的大树和飘飘扬扬的雪花，心里也是颇多的复杂和忐忑。

又是一个陌生的地方，又要跟很多陌生的人打交道，自己将如何去面对。两年前，她来到国际关心中国慈善协会工作，协会与湖南民政部门有着 30 年的合作历史，共同帮助了许多残疾儿童，让他们过上了更快乐、更充实的生活。

艾丽认为，无论我们生活在世界上的哪个角落，所有人都会遇到困难，你不需要残疾就能明白，挑战与希望并存，悲伤与快乐同在。不过，如果你天生身体残疾，那么生活中的每个领域都会有额外的障碍，包括身体、情感和社交。在衡阳市儿童福利中心，她看到了许多光辉的榜样，见证了许多动人的场景，"告诉大家如何克服生活中的种种挑战，用尊严和爱来关爱儿童。"

来到衡阳第一天的情景，就让艾丽十分的感动。那天正是中国人最隆重的节日春节的前一天，天空下着大雪，中国人家家都在忙着置年货、扫庭院、贴春联、迎春节。可是，大家听说福利院要来 3 名外国的康复师，全院人员早早地集中在了场院的门口。当艾丽和她两名澳大利亚同事将托运行李的大巴开进福利院时，院长和书记就迎了上去，打开车门，拉着艾丽她们的手，连声说道："欢迎你们的到来！"夹道欢迎的队伍也连声高呼："热烈欢迎！热烈欢迎！"3 名残疾儿童手捧鲜花，笑容可掬地向她们献花。随后，大家一齐动手，帮助她们卸下行李，搬运到早已安排好的房间。那时那刻，缕缕的温情就像炫红的光晕充盈着她们的心灵世界，艾丽从内心感觉到，衡阳市福利院就像一个温暖的大家庭，新地方的陌生感顿时烟消云散。

当知道她们要来的消息，福利院为住房发愁了。当时很难找到一个适合接纳外国人居住的地方。让她们欣慰的是一位人称丁老板的长者，帮她们在高兴村找到了一所非常方便舒适的房子。高兴村虽然名字叫做"村"，实际是一个城中村，完全融入了城市，成了衡阳城市的组成部分。让艾丽尤感欣慰的是，她们遇上了一个心地善良的好房东。房东把房子装修得淡雅别致而温馨，打扫得干干净净，而且从来没有因为房租刁难过她们，给多给少都是乐意地接受。艾丽和她的澳大利亚同事、朋友安凯乐在高兴村快乐地生活了 18 年，18 年一直住在这所房子里，她们一直享受着房东和邻居们的关心和帮助。

有一次，艾丽不得不高声呼叫邻居万师傅和李亚云："快来救我们。"因为她被一只在门口筑巢的黄蜂叮了一下，她们不敢出门了。两个邻居很快跑了出来，帮她们赶走黄蜂，还找来药膏，帮她涂抹在被黄蜂蜇伤的皮肤上。艾丽说："黄蜂的巢不像燕子的巢那样受欢迎！"说得大家哈哈大笑。

每年春节，艾丽的朋友兼邻居阳海玲，都会从她的老家带回新鲜的鸡蛋、柚子、鱼和鸡来送给她们。大年初一，还会打来祝福电话，安慰她们远在海外的游子之心。而唐阿姨和她的丈夫，总会邀请她们分享丰盛的饭菜，有时也会送上新鲜的蔬菜，以及刚刚从池塘里打上来的新鲜的鱼。

这样帮助过她们的邻居、朋友太多太多，他们单纯和善良，让艾丽和她的外国朋友们的生活更加滋润。她们说，生活在一个叫"高兴村"的村子，更像生活在一个叫"幸福村"的村子。

2008 年冬天，衡阳遭受了一场严重的冰灾。当时，艾丽和当地的同事一起努力，确保福利中心的孩子们温暖、安全、吃得好。当地政府努力满足人们的基本需求，而普通民众则在寒冷、缺电、水管冻裂的情况下奋力抗争，这又一次向艾丽展示了衡阳人民坚韧不拔的毅力和克服困难所需的实际爱心。

在厨房屋顶被冰雪压塌的情况下，为所有孩子寻找和准备足够的食物可不是一件小事。经历了自然界带来的重重灾难，衡阳人民用自己的力量确保将弱势儿童的痛苦降到最低，让世界感受到更加安全，更加美好。

全世界都经历了多年的冠状病毒之苦，而在衡阳，儿童福利中心的工作人员展现了他们的韧性和企业力量。许多人睡在桌子上、地板上和办公室里，为孩子们值班，数周、数月、几年如一日，为这些脆弱的孩子们提供他们所需要的实际关爱。尽管面临前所未有的挑战，衡阳再次展现了自己的最佳状态，就像一汪清潭水，透出坚毅与从容。

"我要深深地向我的同事致敬！向衡阳政府和人民致敬！"艾丽深情地吐露出她的真言。

三、美食与风景

春天，大自然从冬天的寒冷中苏醒，艾丽喜欢去衡阳的南湖公园。五月的南湖，湖的西面被粉红色的荷花铺成了地毯。荷花露出绯红的小脸，像一群小姑娘，矜持而深情。荷花出淤泥而不染，美不胜收。艾丽最喜欢的花是荷花！它是一种极具视觉美感的花，同时也蕴含着深刻的道理，在我们生活的淤泥和挣扎中，美丽依然可以生长。"美来自光明，美也可以来自黑暗，荷花就是这样，我在衡阳看到了这一点。"

衡阳不是因荷花而闻名，而是因南岳衡山而闻名。那儿古木参天，绿树成荫，是举世瞩目的天然氧吧。那儿佛道共存，庙宇林立，是举世闻名的宗教圣地。夏天登高避暑，冬天跋山涉水，看白色的冰雪为树木披上神奇的外衣。艾丽的记忆来自南岳衡山鲜为人知的水帘洞。9月，她和同事们一起去庆祝国际治疗日。在下山的路上，同行的护理员王中美因为走得有点热，离水有点近，站在一块湿滑的石头上，掉进了水里。艾丽这些好朋友和同事站在一旁，看着她被水冲走，哈哈大笑。水池很浅，她没有受伤，只是觉得是一个耳目一新的体验。

衡阳有很多美食，鱼粉闻名遐迩。艾丽不知道它的神奇配料来自哪里，也许是辣椒，但不加辣味也一样好吃！前往白沙洲小塘铺路一个叫作"银子婆鱼粉店"和黄白路湘江翰林对面的"三塘鱼粉店"，这种美味的清香就会向你扑面而来，就像空气中弥漫着甜甜的香味。无疑，艾丽和她的两位澳大利亚同事是这里的常客，就连店家的小狗看到她们的到来，也要摇着尾巴向她们走来，以示友好和欢迎。

秋风开始在平地里歌唱，在枝丫间盘旋，林地和田野在盘旋的秋风中变幻出丰富的色彩。自己摘的水果总是更好吃，在英国，草莓和车厘子在艾丽父母的花园里随处可见，甜美多汁，富含维生素。在衡阳城市的周边以及每个县区，这样能够自由采摘的庄园星罗棋布，采下一粒浆果，就是亲手采摘了快乐。艾丽也经常带着孩子们去体验这份独有的快乐。当然，她在衡阳品尝最多的是葡萄和香瓜，因为市区的灵湖乡就是葡萄之乡。有一年，艾丽在新矿村的邻居与她们分享了橘子，福利中心的孩子们大口大口地吃着多汁的橘子，酸甜可口，同样令人垂涎。艾丽用这些水果做了一种英式的橙子果酱，据说是已故伊丽莎白女王最喜欢的口味。朴实的大地之果给富人和穷人都带来了健康和好处。每年夏天，送到儿童福利中心的西瓜汁总是孩子们最受欢迎的饮料。

西瓜汁是一种美妙的饮料，还有一种饮料艾丽记忆犹新。

在回衡阳住地的路上，她会路过燕京啤酒厂，每当路过那里的时候，那用英文书写的大幅广告都会吸引她的眼球。

"清爽，感动世界。"

这幅广告至今仍让她会心一笑，她确信啤酒并不能像广告中所说的那样真正鼓舞世界，但在衡阳炎热的夏夜，冰镇的燕京啤酒不止一次地让她和同事的夜晚变得清爽起来。在"酥香园烧烤"门口，和朋友们喝着啤酒、吃着烤鸡腿，是艾丽最喜欢度过的周五夜晚。在这家普通的烧烤店里，老板娘真诚热情的笑容让不喜欢喝啤酒的人也会心旷神怡。

近年来，衡阳市政府对东洲岛的开发和升级改造投入了大量的资金和人力。艾丽第一次登东洲岛的时候，乘坐的是 2 元的渡轮。岛上现在修筑了一座美丽的桥梁，方便游客，包括轮椅升降机。风景优美的园林从这头延伸到那头。岛上不仅是拍照的好地方，而且对孩子们来说，中间还有一个游乐场，有滑梯、秋千，当然还有一些沙子。

当艾丽在衡阳儿童福利中心工作时，他们每年都会在 7 月和 8 月帮助孩子们进入游泳池。游泳池是一位住在澳大利亚的中国女士捐赠的。在 7 月间，艾丽帮助超过 130 名残疾儿童和青少年进出泳池，这虽是一件令人筋疲力尽的工作，却也是令人无比喜悦的事情！在艾丽思维的空间里，无法想象一个整天坐在轮椅上的孩子，在游泳池里会有怎样的自由漂浮感，那些孩子们的欢笑闪烁出桃花般的光彩，永远留在艾丽的心中和脑海里，纯粹的快乐！

忘不了的还有衡阳的油菜花。那天艾丽和同事带着孩子们，驱车来到衡阳县的一个乡镇，极目远眺，阡陌田畴，丘野山岗，遍地都是金黄色的油菜花，在初夏暖阳的照射下，泛出金子般的光泽，幽香飘飘绕绕，跌跌宕宕，洋溢到天际线的尽头，一幅蔚为壮观的画卷，简直惊艳了整个世界，更是俘虏了艾丽的整个心灵。

四、雁城的变迁

在衡阳的 18 年里，艾丽看到了衡阳的巨大发展：楼房越来越高，快轨越来越多，道路越来越平坦有序，街道越来越宽敞安全。超市鼓励重复使用购物袋，有机蔬菜也越来越多。

记得刚来衡阳的那些日子，城区到处都在搞建设，街面上堆满垃圾，出去走走，鞋子上落满灰尘，每天都要擦拭。可是才不过几年，衡阳在创建全国文明城市和卫生城市，背街小巷得到改造，墙壁上添上了美丽的墙画，街道变得美丽整洁，皮鞋半个月不擦，还是锃亮锃亮。

在艾丽所在的社区，看着田野和自然野生空间被道路所取代，野生动物在不断减少，她感到非常难过。野生动物和翠鸟、苍鹭等鸟类曾经以这些地方为家，它们一定很难过。当她和朋友们一起漫步在新建的公园里，独步在宽阔的马路上，享受着道路两旁成千上万棵新树的绿荫时，她也深受鼓舞。她开始相信，鸟类是人类的朋友，在这座大雁"歇翅停回"的城市，这里更是鸟类栖息的温床和家园，亲爱的朋友一定会重返这片可爱的土地。

果不其然，那是一个夏日的清晨，当艾丽还在美妙的梦乡中酣睡，突然一声清脆的鸟叫传入了她的耳际，这声音像被雨水清洗过一样，水波似的在燥热的空气中荡漾出涟漪。她欣喜若狂地从床上爬起来，打开窗户朝外望去，哇，好大一群鸟儿栖息在她窗前的树杈上、草地里，它们蹦蹦跳跳，唱着欢快的歌儿，啄食着树上的小虫子和地面上的青草。她赶快拿出手机，拍下这生动美好的一幕。

发展确实会对环境产生影响，但她感到鼓舞的是，衡阳过去和现在都在尽自己的一份力量保护地球，这样才能继续保护子孙后代。

普及使用是一个目标标准，"陆家新区中心公园"的设计让轮椅使用者也能享受公园的美丽和惬意。艾丽希望有一天，坐轮椅的孩子们也能在学校里享受电梯，在电影院里轻松使用残疾人厕所。令人欣慰的是，这些设施和场所的建设早已经写入衡阳市的人大立法，这些设施和场所在衡阳更是逐渐地遍布起来。当然尽管有些地方没有这些设施，但还是有人愿意帮助坐轮椅的人。家门口餐厅的员工总是乐于助人，帮助坐轮椅的年轻人走上前台。

每当东方的曙光冉冉升起或者晚霞布满天边的时候，成群结队的人群就会向湘江两岸，被称为"湘江风光带"的这片浪漫地方涌来。老年人在这里散步，中年人在这里高歌，年轻人在这里谈情说爱。艾丽和她的朋友不时也来这里漫步，听湘江河里的浪涛声声，汽笛长鸣，看帆船劈浪，星火点点。走在树林下，清凉的气息向她们发出友善的、令人舒适的邀请，感受大自然的造化和人类的鬼斧神工融为一体赋予人的沉醉的快感。

衡阳这些年来建设了好多广场，艾丽叫得出名字的就有太阳广场、石鼓广场、船山广场、雁峰广场、莲湖广场，等等，他们就像城市的客厅，集中了整座房子的高雅和别致，特别宽阔，特别漂亮。这些地方绿树成荫，风在枝丫间回荡，带来阵阵清凉。一簇簇鲜亮的、粉红的、天蓝的花朵同时张开笑脸，让每一个来这里漫步的人，睁开眼睛就能遇到丰盈的美。

衡阳城区已经有200多万人口，就像湘江风光带一样，每当夜幕降临，四面八方的人员也都往广场涌来，不分男女老少，当然还是以老年人居多，他们在这里唱歌、跳舞、打太极拳、做广场操，释放一天的劳累，松动筋骨，强壮身体。还有人带上演奏的乐器，在凉凉的月光里，在高高的树冠下，铺陈演奏，给整个灌木丛展示一种立体的美。艾丽也常常加入其中，露一手演奏的风采，在轻歌曼舞中享受中国式大爷大妈一天中独有的快乐，直至每一个平常的日子都变得畅饮红酒一般芳醇。

2007年7月，艾丽的父母专程从英国来到衡阳看望女儿。艾丽带父母游览了衡阳的许多景点，还参加了国际关心中国慈善协会、衡阳市福利院"走长城"活动。肯尼迪·尼尔夫妇感受了中国的伟大，更感受到衡阳的美，感受到衡阳人的温暖，对远在中国衡阳的女儿也就放下心来，更加支持她的工作。

2020年1月，艾丽的姐姐也带着一分好奇来到衡阳，游览了衡阳许多的地方，与艾丽在衡阳的朋友们一起唱歌、跳舞，度过了人生中最快乐的一段时光。

艾丽认为，衡阳不会让人失望，这里的公园、河流、人们和美食都能给大家带来"清爽的世界"。

五、"洋雷锋"

艾丽虽然知道有很多人认为从事残疾康复这样的职业一定很辛苦，可她心里那种坚定的信仰始终坚如磐石。她认为，这是一项有意义的工作，自己热爱这项工作。有意义的工作是一种恩赐，自己为能找到这样一份工作而深感庆幸，因为自己的技能可以用在如此美丽和勇敢的孩子身上。正是这种对信仰的执着，她用心灵感受到衡阳的美，更用自己的一份心给予了这份美的丰厚回报。

艾丽刚刚来到衡阳时，租住在当地农户家里。那时候经常停水、停电，去往福利院的那条泥泞的山路，下雨天就会坑坑洼洼。现在她每天有一顿免费的午餐，这是义工的福利，其他所有的都靠自己承担。每个月租金、吃饭和交通费要花掉两三千元，还有每年回家的机票也是一大笔开销。这就使得艾丽的日子有点捉襟见肘，可她满不在乎，"我喜欢生活简单，简单反而让人充实。"

那时候孩子们生活的四合院，有的窗户上缺少玻璃，冬天的时候，会透进来寒风。当时，10多个阿姨照顾着55名孩子。最开始的时候，孩子们听不懂英语，艾丽也不会说中文，但是慢慢相处下来，孩子们会高兴地看到"高个子"的出现，因为艾丽有着一米七八的身高，在衡阳这个地方，这就是高个子女人了。

"最初我们的目标，是让孩子们的安全、温饱等基本保障得到实现。今后我们的工作重点是努力让孩子们获得家庭的归属感，创造特殊教育和职业的机会，让他们每一天的生活都能过得富有意义……"经过艾丽他们十多年的努力，现在，孩子们搬进了宽敞明亮的新家，设立了小家庭模式，也添置了许多康复设备，有更多的孩子及时得到了康复治疗，情况越来越好。

游乐场里摆放着从国外引进的各种设施，艾丽喜欢陪腿脚不便的孩子使用助行器练习。有时她会抱着孩子坐在圆秋千里说笑，孩子们并不能完全听懂，但是那种爱的感觉，满满萦绕。

孩子们的康复，需要借助一些特殊的设备。刚开始，艾丽和同事会自己拿着设计好的图纸去找木工、海绵和不锈钢的店家。"来衡阳的前两年，我跟木工店的老板关系很好，他们很乐意听我们特殊的要求，我也很喜欢用自己的手去改东西。"

在衡阳福利院"春天之家"的一楼，有专门用来为孩子们改动康复设备的木工室。孩子们使用的轮椅、助行器等，都是按照身高特殊定做，有些来自国外捐赠。这些帮助孩子们的辅助器材，会被不同孩子使用。有了这些，孩子们拥有了更多自由，照顾的阿姨们也可以省心更多。

而今50岁的艾丽还没有结婚，她并不后悔将人生中最美好的18年放在了衡阳。"结婚是一个祝福，有自己的孩子是一个祝福，可是我的这20多年（包括在长沙工作的时间），当我在办公室听孩子们的开心，当我进去教室看孩子们的进步，当我想到孩子们的之前和未来，我觉得我的祝福更多，肯定更多。"在艾丽看来，钱不会买来开心，够用就好。艾丽说，她在英国的朋友和家人，会给她一些资助，这一点点钱够她在中国简单的生活开支了。简单就是充实，简单就是幸福。

艾丽喜欢唱歌，当自己不舒服或者很开心的时候，她都会选择用吉他弹唱来表达自己的心情。她还写了几首歌，经历了抽枝展叶的新奇，也接受了风霜雨雪的捶打，无论欣喜还是悲凉，无论微笑还是哭泣，还有一些浪漫和幽默，她把这一切收录在一个磁盘里，选择用自己喜爱的吉他和歌声来记录这20来年，在她的歌声里，我们看到的是爱和希望。

艾丽觉得，国外长期义工的付出，只是做了他们该做的一部分。"中国在变得越来越强大，中国的力气也很大"。艾丽说，她希望有更多本地人走进残疾孩子中，关注孩子们的成长，关注孩子们的特别！为孩子们带来更多的爱、希望和机会，改变他们的命运。

衡阳人民没有忘记艾丽。2018年12月，在庆祝中国改革开放40周年之际，她被衡阳人民评为"优秀外来建设者"，受到中共衡阳市委、衡阳市人民政府的嘉奖，她被雁城人民誉为"衡阳洋雷锋"，多家新闻媒体报道了她的优秀事迹。每年中国的春节和西方的圣诞节，衡阳政府部门的领导、许多衡阳的同事和朋友，都要登门给艾丽和她的同事送上一份美好的祝福。

最后，还是让我们用艾丽自己的话来作为这篇文章的结束语吧："我在衡阳生活了18年，那是我一生中最快乐的时光。我是一个外来人，但我相信，通过我的眼睛来观察这座伟大的城市，或许能帮助您像我一样把它视为最值得珍藏的宝藏。"

（刊发于2024年12月《芙蓉》增刊）

桔彩纷呈

迷人的桔香迷人的画

仲秋之夜，湖南省衡东县新塘镇红桔村党支部书记刘秋生、村会计文新春，陪同中顾委委员邓力群和湖南省委书记熊清泉等党政领导，一行人并立在湘江河畔与京广复线的交叉点上，望着秋夜墨蓝色的江面上点点渔火与村庄里辉煌的灯光，听着铁路上奔驰的火车发出轰鸣的汽笛。他们的眼前，就是养育着 800 多人的与他们风风雨雨同生死共患难的红桔的土地。江水哗哗地拍击着江岸，此刻，刘秋生和文新春这两位并肩奋斗了 30 余年的老战友、老农民、老党员，我们共和国最基层一级组织中的领导干部，他们的心情激动着澎湃着，就像湘江的水流哗哗地拍击着江岸，春风吹拂着刘秋生的衣衫和文新春的头发，江水潺潺。

"红桔，好一片流光溢彩的土地！"中央领导同志发出了由衷的赞叹。

"红桔，终于迸发出了迷人的芳香！"文新春，这位朴实憨厚的农村干部，以其独特的心理感受，喊出了一句富有诗意的咏叹！

他们感到由衷的欣慰！是啊，能不欣慰吗？

漫步数里长的防洪大堤，堤上，树木葱茏，花草如火如荼；堤外，滔滔不绝的湘江水奔流东去，江面上机帆船"哒哒"地来往穿梭，拖着长长的浪花，几尾渔船在浪花中摇摇摆摆，悠然地舒展着身姿；堤内，是鳞次栉比的村民住宅，一栋比一栋富丽，一栋比一栋堂皇。更让人流连忘返的是，一片连一片的橘园，高大葱茏的橘树，浓荫如盖的树叶在伸展开去的枝条上微微地摆动，金秋十月，那累累如硕的槟榔柑，那挂满枝头的甜蜜橘，闪着橙黄色的微光，溢出浓郁的迷人的馨香。

迷人的橘香啊，迷人的画！人在画中走，画在心里游！

在这个人均耕地仅有 0.58 亩的小村庄，全村工农业总产值达到了 123.53 万元，人均纯收入 881 元，是 9 年前的 8 倍。村里有 268 亩柑橘基地，48 个橘园，10 个村办企业。欲知红桔村的人们现在富裕到什么水平，请听一段他们自己编的顺口溜："住洋房，穿毛纺，一天三顿吃细粮，凤凰落进光棍堂。"连过去最穷的农户也讲究起"住讲宽敞、吃讲营养、用讲高档"了。教育、医疗、福利等民生，全由村里包了，农民不但不要往上交一分钱，每年还能从集体经济中分红 5 万元。老年人可以拿到养老金，村干部退休了，可以像国家干部一样拿到退休金。四大家用电器乃至高级音响设备，走入寻常百姓家。每到傍晚时分，音响里悠扬的歌声，荧屏上婉转的音乐，红桔人欢乐的说笑，组成了一曲动人的交响曲。可以说，城里人有的，红桔有；城里人没有的，红桔也有。吃水果，树上摘；尝鲜菜，园里采；品美肴，塘里逮。物质上富裕，精神上富有，村里办起了图书室、广播室、电影放映室、游艺室、学习室、电视室、运动场，还有诸多的福利，诸多的奖赏。中央、省、市领导多次来红桔视察，对该村两个文明建设的丰硕成果给予了高度评价。

迷人的红桔村，迷人的芳香迷人的画，怎不使人眼馋心痒哟！

特写镜头之一："刘爱华要回来了！"消息传到红桔村，村里的干部和 50 多位群众，冒着倾盆大雨，来到了村口。他们怀着喜悦的心情，提着不同的礼品，夹道欢迎这位 16 名外流人员中最后回来的一个女人！刘爱华来了，她穿一套崭新的服装，那是村里委托接她的人特意为她购置的。大家一齐围上去，村支书刘秋生握着她的手说："爱华，你受苦了！12 年了，我对不住你！现在，红桔村变样了，我们衷心欢迎你回来！"一股巨大的暖流涌上刘爱华的心头。她想笑，激动的泪水却如泉水般涌出。是啊，12 年了，流落到远离家乡的湖北，那是因为昔日的这片土地太贫穷了啊。这些年，家乡富裕的消息不断传入她的耳里，荧屏上的影，电台里的声，报纸上的名，怎不使她魂牵梦绕啊。今天，她终于回来了，回到了告别贫穷走上富强的红桔村，迷人的土地敞开宽阔的胸怀欢迎着她的归来，她怎能不激动！

刘秋生和文新春陪中央、省、市领导站在星空下，面对他们的村子，只要看看这几年的变化，看看陆续从外地回归的人们，他们有理由感到欣慰，感到骄傲！

然而，此刻，他们默默无语。一颗流星明亮地划过夜幕，又归于寂灭，宇宙默默地生生灭灭着。他们的思绪也随着这星光的闪烁，伸向了那过去的岁月、艰辛的路……

滩头，峥嵘岁月

红桔村，过去叫滩头。俗话说：耍不过沙头，吃不过窑头，打不过滩头。新中国成立前的红桔村，曾是各路土匪流氓疯狂猖獗之地，红帮、青帮、长衣班、短衣班等组织以及地方绅士，为非作歹、作威作福，人民处在水深火热之中艰难地生存。

当地人说，好汉难过滩头。这一则说明当地土匪割据一方，作恶多端，过路行人无法畅通；二则说明天时地利原本于这里不薄。此处紧傍湘江河，地域呈"七"字形。东南（村前）依京广复线，直通湘南名镇石湾镇；西北（村后）傍湘江河，修筑了3个码头，船舶畅通，与新塘古镇即衡山火车站所在地仅10余里。可谓水路陆路交通都十分便利。

距今不久的历史上，滩头也曾出过两位声名显赫的人物。一位是闻名附近几个县市的大财主李楚成，一位是湘粤两省陆军参议、国会代表刘春林。据当地人士说，刘逢恶不怕，逢善不欺，他一生为民做了几件好事，修了一条红石板路直通河岸，盖了两个亭子，春节都宴请当地朴实勤劳的百姓，并致力惩办土匪，为民消除祸患。

然而，这一切均未能使滩头上的人们摆脱悲惨的命运，就连威震一方的刘春林，最终也毙命于土匪之手。

特写镜头之二：丙戌年、甲子年的6、7月间，狂风暴雨，洪水泛滥，澎湃的湘江水犹如咆哮的饿狼直向红桔的土地扑来，顷刻间，全村140多栋茅棚房舍，淹没在汪洋大海之中，10余人死于洪水灾害，抛尸野外。老百姓悲痛欲绝，满含辛酸的泪水，拖儿带女，逃荒至白莲寺、唐河冲。土匪趁火打劫，无恶不作。

滩头上的人啊，在苦海里煎熬，在深渊里挣扎！

春雷一声响，人民得解放。1949年，滩头的人盼来了扬眉吐气的日子，盼来了安定的生活。他们搞互助组，搞初级社，在从地主手里夺回来的原本属于自己的土地上倾注了满腔的热血和汗水，他们为社会主义乃至共产主义的高楼大厦添砖加瓦。

特写镜头之三："嘟嘟嘟"，集合的哨声不可谓不响，不可谓不亮。可是，吹了一遍又一遍，人员还是没有到齐。这还了得，整个衡阳地区的代表来红桔参观啊。二队廖会秋的娘死了，尸体停放在案板上，也来参加会议，谁家的情况比这更特殊？太阳快一竿子高了，还有人摇摇晃晃往会场走。"耳朵给别人了，这么重要的会议不按时参加？""支书，我今早起来，就喝了一碗稀粥。这点子粥，不出门的话，还能在肚子里熬一会儿，这一出门，一下子就完了。"最后进入会场的青年社员骨碌着一双被饥饿折磨得深深地陷了进去的眼睛说。还能指责什么呢？望着眼前这些衣衫褴褛、面呈菜色，被饥饿折磨得毫无青春气息的小伙子，作为大队支书的刘秋生终于沉重地垂下了头……这是20世纪70年代的一个春天，一个毫无生趣，既看不到春天的脚步，也嗅不到春天气息的上午。

"割资本主义尾巴""学大寨、学小靳庄"，红桔村出名了，招来了各地领导干部和先进代表来参观，1974年、1975年，村里接待参观的人数不下两万。然而，滩头上的人啊，仍在贫穷的边缘线上挣扎。欲知这儿究竟穷到怎样的水平，有顺口溜为证："泥巴房，泥巴床，泥巴仓里没有粮，光棍汉子排成行。"有人评价红桔村："对外拿架子，里头盖帐子（没有被子）；台上唱曲子，台下哭妹子（姑娘外逃了）。"因为穷，这里的许多庄户人家经常吃不起盐；因为穷，孩子们的衣服一年四季换不上季；因为穷，弟兄分家时，常常为一只破碗、一只破瓢，打得头破血流。

苦怕了的红桔村，终于开始觉醒。那天晚上，支部几位成员聚到一块儿，一边吞吐着劣质廉价8分钱一包的"丰收"牌香烟，一边苦苦规划着红桔这一小块国土告别贫穷摆脱落后的发展构想，那是个宏观的构想，也是一副铅一样沉重的担子。

"命根子"战略

上下五千年中国人几乎完全靠土地为生，土地是中国人的命根子，锄头是中国人寻求生存和幸福的武器。多年来，红桔的土地被无情的洪水摧残得支离破碎。当红桔的当家人树立起脱贫致富的思想意识之后，他们已经幡然醒悟到，必须加倍地偿还给土地欠下的债务。

特写镜头之四：那是一个寒冬的夜晚，北风冷酷地吹打着大地，村支书刘秋生与另外两名村干部，手提马灯，挨家挨户地走着，坚硬的冰凌在他们身上发出寒光。人心都是肉长的，谁不理解自己的支书呢？是为群众好啊！多少年来，洪水摧毁了我们多少良田，损毁了我们多少庄稼，又吞没了我们多少条人命、多少条牲畜！修筑防洪大堤，谁不愿意！在需要人们勒紧裤带走上工地参加繁重的体力劳动时，他们非常乐意。翌日，全村400多名劳力全部走向了水利工地。那天，田野、篱笆和御风的枫树林全像被寒气侵蚀了，地面上的积雪和尘沙混在一起，被践踏成坚实的硬块。单薄零烂的衣裤包裹着工地建设者们饥饿的躯体，倒下了，爬起来，一锄一锄地挖，一担一担地挑，两位民工死在工地上，20多名强壮劳力染上了伤寒。就这样，经过两个多月的艰辛奋战，一条2里多长的防洪大堤终于修筑成功了。

大堤啊，凝注了多少人的血汗！

第二年，洪水堵住了，人们在自己的土地上倾注着无限的深情，插下去的禾苗，获得了前所未有的丰收。就在这一年，红桔村终于不再吃国家调拨长达 20 多年的返销粮了，这段羞惭人的历史终于成了永恒的过去。

但是，红桔人端着粮食节余的饭碗，他们没有陶醉，由"以粮为纲"口号推导出来的"农业＝粮食；粮食＝水稻"的模式，把聪明的红桔人长期捆绑在那一小块可怜的土地上，他们开始跳出仅仅以粮为生的狭窄通道，打开水稻以外的高值作物种植的禁闭之门，在有限的土地上做起无限美妙又无限深刻的文章来。

1975 年，红桔村党支部明智地作出决定：成立由 20 人组成的大队园艺场，开垦荒山，并腾出部分不适宜种植水稻的水田栽种蜜橘。他们派出专人前往外地参观学习，发动全村劳力，当年栽植了 100 亩蜜橘。此后逐年扩大，至今，全村已有橘树近 300 亩，年产柑橘 30 多万斤，增加收入 40 万元。

同样是那块土地，不仅养活了原来养不活的本村人口，而且活得很不错，还为城乡居民提供了上等的水果食品。

庄户人家也要吃工人饭

中国有句成语：知足常乐。长期以来，闭关锁国的封闭意识铸就了一代代安守本分的国民。生存环境的偏僻和闭塞，更使中国的农民保守终日，无所作为。然而，沐浴着党的十一届三中全会的春风已经过上幸福日子的红桔的农民，却有远见的目光，他们对现有的富裕水平还很不满足，他们不仅善于在原来的困境中找到转机，他们更能够在转机中寻取更高的效益和价值。

1984 年的夏天，泛青的橘子挂满枝头，阵阵清香扑鼻而来，红桔人突发奇想：办一个罐头食品加工厂。消息传出去，众说纷纭。有的说："这回红桔人更发了，加工罐头不仅能够解决柑橘保鲜问题，还能提高经济效益。"但更多的人却为他们担心："庄户人家谋算着吃工人饭？手里头没有个金刚钻，揽不了细瓷活，那财可不是好发的！"可红桔人就有那股倔犟劲，不信这个邪。他们不仅谋算着要吃工人饭，还计划着赚大钱。

在紧靠湘江防洪大堤旁的一栋楼房里，聚集着红桔的当家人。那气氛，那神态，好像是在对一件重大事情作出最后的决策。

党支部书记刘秋生端坐在自家的木制椅子上，挥手对他的"谋臣"们比画着，继而眉飞色舞地说道："伙计们，我们已经扎扎实实地干了两年，粮食产量翻了三番，产值是 9 年前的 8 倍，乡亲们的吃住基本上解决了，这就满足了吗？不，我们还要继续干，让红桔彻底变个样子。"

他抿了一口茶水，继续说道："怎么干？靠作田，潜力有限，我们红桔人平均才几分地，只有走兴工促农之路，搞鲜橘加工，办个响当当的罐头厂。最近，我搞了个调查，1 斤鲜橘价格仅 8 毛多，而 1 斤橘子可以加工两瓶罐头，除去成本，每斤可获纯利 1 块 5，每年就算加工四五万斤吧，也可赚七八万元。"

一席话像一盏灯，拨亮了大伙的心。"谋臣们"服了，大家打心里佩服刘支书的深谋远虑。思想统一了，干！搭起了戏台，红桔人就要登台唱大戏了。

创业伊始、困难重重。办证、资金、厂房设备、技术力量……一道道难关横亘在前。然而，再难也难不倒红桔这一帮铁打的汉子。一个个难题、一道道难关统统被他们踩在脚下。为了获得建厂合法和商标注册的那十几口圆图章，刘秋生几乎把省、市、县的行政"衙门"都跑遍了。这期间，他究竟跑了多少路，吃了多少次"闭门羹"，饿了多少回肚子，看了多少张冷漠的面孔，他都记不清楚了，只有一个数字记忆犹新，前前后后整整跑了7个月，跑烂一双崭新的3节头牛皮鞋。

资金，更是难中之难。走自筹资金建厂的道路。一番宣传发动，自筹资金4.5万多元。

没有厂房，因陋就简把村里的一栋已经废弃的校舍利用起来。同时购进了价值4万余元的生产设备。

万事俱备，只欠东风，缺个技术员。他们先后走访了衡阳市、双峰县以及本县草市等几家罐头厂，请求支持，可均遭婉言拒绝。能怪别人吗？同行是冤家，一旦把你红桔扶持起来，岂不等于砸了自己的饭碗?！天无绝人之路，长沙市轻工研究所伸出了援助之手，派出两位工程师进驻红桔……

1986年9月10日，是红桔人最难忘的日子——罐头厂建成投产了。这一天，刘秋生起得特别早，他又是梳头，又是刮胡子，把自己打扮得通体一新，这是不平常的一天啊。他站在轰鸣的机器旁，望着一排排整齐的罐头，脸上洋溢着无法形容的表情。

首战告捷。年底，除去原材料、工资、奖金、外债，纯赚5000元。1987年盈利1万元。年终总结会上，刘秋生代表党支部、村委会向全村人宣告一个振奋人心的喜讯：取消农民向村里的一切上交款：人均分红55元，有女无儿的老年人（包括五保户）每月发养老金10元，已退休的村干部每月可拿到10元的退休金。

于是，红桔人震惊了，湘江震惊了，可不是吗？世世代代栖居在红桔这块土地上的村民们，他们多年梦寐以求的愿望，今天终于在共产党人的手里得到了实现。奇迹啊，奇迹！湘江两岸多少个乡村，目前能创造这个奇迹的，还只有一个红桔村！

按理说：红桔人应该知足了吧？不！他们又把"贪婪"的眼睛盯上一个又一个高峰。3个月后，村藤椅厂又建成投产了。

红桔农民洗干净脚上的泥土，又走进门口的工厂，成为行销省内外食品的生产者，用一个月乃至半个月创造着过去一年面朝黄土背朝天所创造的价值。这就是红桔人的卓识、红桔人的壮举。

套上金花环的人

谁真正懂得金花环的精髓——开放搞活，发展商品经济的本质意义，谁就会成为它真正的主人。

——朱务本，这位种了几十年田的庄稼汉子，怎么也想不到，自己会西装革履，迈进外贸公司的大门，坐在宽敞的办公室，在庄严肃穆的办公桌前与外商洽谈生意。然而，这是事实！几年前，他还是红桔村比较贫困的农户。1987年，在湖南省生猪生产出现大滑坡的关键时刻，这位朴实的农民，以其敏锐的目光盯准了时机，投标承包了村里的养猪场。当年给村里上缴利润1000元，自己盈利2000元。第二年，在村党支部的大力支持下，他又斗胆与本县"养猪大王"武国全取得联系，不惜重金引进瘦肉型生猪的原种和饲养技术。一年365个昼夜，他吃在猪场睡在猪场，像待自己的亲生儿子一样关心爱抚着他的每一头猪崽。他成功了！去年，他向国家提供商品猪1.7万斤，换回人民币35000元。今年，他又与市外贸公司签订了100头瘦肉型生猪的销售合同。目前，他有存栏瘦肉型生猪143头，头头长势喜人。他说："我有信心超过合同。"他的自信，让我看到了中国农民坚实的脊梁。

——确切地说，尹文达已经不再是一个农民，他是商人，或者说是一位精明强干的农民私营企业家！他说，他的的确确是红桔人，他的根在红桔，他忘不了红桔这块迷人的土地，他忘不了这块土地给予他的滋育和培养，他忘不了这块土地上的风土人情。他的家，仍然安居在红桔村，然而，他现在却在湘南首屈一指的工业城市——株洲市，他在那里租了地皮摊位做了七八年生意。在那里，他拥有价值连城的3个档铺。在枪打出头鸟的岁月里，他就小心谨慎地从事着小贩小卖的生意，屡经劫难，饱受了政策的变动之苦。命运注定他是为着未来而生存的人。当他受到不公正的待遇时，做梦也没有想到后来的形势发展。是党的改革开放政策和个体经济的优势拯救了他。第一个吃螃蟹的人，不幸与有幸的机缘是同等的。他可以为风险年头自己那份超前的胆识感到欣慰。作为真正的敢于向生活搏击的人，他闯过来了。

——谭凤英是一个弱女子，父亲早年病故，她早早就嫁给了老实巴交的庄稼人向炳成。40年的人世沧桑，也磨炼了她倔强向上的性格。在众多人希望通过做生意搞买卖的途径跨入富裕之门时，她却默默地选择了因陋就简的养殖业。1985年，她带领全家，饲养了3000多只德国良种兔。她也发财了，年收入2万多元，家里的存折写上了令人羡慕的5位数。自己富了，她没有忘记还有一些农民在贫困线上彷徨观望，谭凤英向他们伸出了热情之手。先后拿出2000多元现金扶助本村13户群众养兔，上门传授技术不收分文报酬。谭凤英声誉遐迩了，她的家庭被县委、县政府评为"文明户"，她本人也被评为省级"三八红旗手"。

希望之光

红桔人或许并不了解地球上其他国家与民族迅猛发达所经历过的办学兴教这必由之路，但他们深深地懂得，家乡的兴衰与教育的发展是渗透胶合在一起的，兴教办学始终是每个红桔人义无反顾的事业。所以，就是在他们处在极其艰难的生存线上顽强地挣扎的时候，他们也没有忘记教育的举足轻重。

特写镜头之五：1971 年，红桔人决定为孩子们建一所学校。于是，东家添砖，西家凑瓦。人人出工出力，户户投资投料的热闹景象出现了，刘春林等 6 户人家献出了一条大槽门做学校的大门，吴基生等 10 多户献出了门前的树木，4 组有个社员家里穷得实在献不出只砖片瓦，建校 10 余天，每天起早摸黑在工地上拼死拼活地干，不要记一个工分。村里也豁出去了，把仅有的 400元富业劳力管理费积累资金全部垫上，买了煤炭烧了红砖。经过全村干群的齐心协力，1 栋 4 间教室、3 间住房、1 个厨房的校舍，终于建起来了。当一个个孩子背着书包唱着欢乐的歌儿走进教室的时候，红桔的人惬意地笑了！

在艰苦的日子里，红桔人勒紧裤带办教育；当过上幸福的日子后，他们更没有忘记教育。1987 年，村里投资 10 万元，建成了一栋建筑面积 600 多平方米的新校舍，上下三层，全部采用钢筋水泥结构，长长的走廊，宽敞的教室，窗明几净，为教学提供了一个优雅舒适的环境。村里设立了奖学奖教基金，红桔的后代考上初中、高中，考上大学，都能拿到一笔数额可观的奖金。来红桔任教的教师，除教学成绩突出能拿到一份奖金外，村里每年还发给每位教师一定数额的补助，配备全套炊具。

投资兴学，优教优学，推动了红桔教育事业的兴旺发达。近年来，红桔小学的教育教学质量一直在全乡名列前茅，"四率"（合格率、巩固率、升学率、及格率）均达到了国家规定的合格标准。最近10年，村里考上大中专院校的人数超过新中国成立后前30年的总和，这在经济发展较为迅猛的农村也是罕见的。

红桔人对"教育"二字的实质意义有透彻的理解，而对其内涵和外延更有深刻的领会。他们不仅坚实地把握和推动了学校教育的蓬勃发展，对全村党团员、全村村民的思想教育、文化技术教育，更有稳步的措施和方法。党团组织定期过好组织生活，每周开展一次学习活动，定时邀请上级党委派人进行党课教育。党团节日，组织广大党团员参观毛泽建、欧阳海烈士墓，进行革命传统教育。村里办起了"文化技术夜校"，中国柑橘研究所唐教授应邀登门授课，向广大村民讲授柑橘保鲜技术。村里拿出1000元为村民订阅《人民日报》《湖南日报》《湖南科技报》等报纸杂志；村里的广播室、图书室、电影队、电视室，定期播送或放映宣传资料或影片，村里长期开展评选"双文明户"活动，一季一小评，一年一大评，这些无疑推动了全村良好道德风尚的形成。1988年4月，省文明建设办公室主任陈祥成等前往红桔村考察，高兴地说："红桔村过得硬，还真有文明村的样子。"

兴教意识在红桔扎根，在红桔开花结果。这是一项埋藏黄金的事业，为下一个世纪埋藏黄金。红桔的土地将在新世纪太阳升起的时候全方位地镀上黄金的颜色！

当家人的气度、胆量和胸怀

来红桔村之前有关刘秋生的传言就很多。

"这样的支书，别的村少有！"

"有胆量，有魄力！"

"别看他只有小学文化，脑子里可是样样精通。"

这些，无疑给我的采访带来了几分神秘的色彩，尤其是读了专写他的报告文学，更让我期待了——斯人，究竟何许人也？我开始在脑子里酝酿着这位湘南农村村党支部书记的"光辉形象"：身材高大魁伟，容貌英俊潇洒，仪表端庄稳重，说话掷地有声……

就在我得意于自己职业性的丰富想象力时，他来了——我呆了！

这就是刘秋生吗？五十四五的年纪，一米五几的个头，单单瘦瘦的身材，一双干巴巴而缺少弹性的手，筋脉凸起，粗糙得足使人以为是握了一把锉刀，灰黑色的头发已显露出间杂的银丝，穿一身70年代流行的黄布军装。这，不是太平凡了吗？

而当后来，当我们聊起来时，当他侃侃向我大谈起挖掘自然资源发展商品经济；大谈起企业管理和一套套富民之道；大谈起做好思想政治工作建设文明村镇，我只有大睁着双眼傻听的份儿了。

我开始预感到我的采访对象有点了不起和不平凡了……

刘秋生是农民，骨子里仍有着传统农民的品格和气质，具有大地一样的淳朴和浑厚。他挚爱着他的村民，他为他的村民操碎了心，他为养兔专业户打通销路，为种橘专业户寻取技术，为困难户出谋划策、制定脱贫致富的规划。3组有个廖冬生，家里穷得叮当响，老婆也跑了，自己打算破罐子破摔糊糊涂涂混日子。刘秋生三番五次上门做工作，帮助他们夫妻团圆，又为他跑银行借贷款，跑物资公司买钢材，跑煤矿运煤炭。帮他跑乡里，跑区里，跑县民政局，批了救济款，批了建房的地基。又发动全村群众出工出力，为他建起了一栋新房。廖冬生的儿子病了，刘秋生花钱买了 1 瓶罐头、1 斤白糖，登门慰问。在刘秋生的帮助下，廖冬生成了养兔专业户，走向了致富之路。

刘秋生又像工人，胸怀坦荡，光明磊落，有金子般的心灵，有高度的觉悟和纪律。他外出办事，从不乱花公家一分钱。外地来人参观，常常留在自己家里用餐，不要村里报销。他的儿子考上湖南大学，村里要为他做酒送礼，他一一婉言谢绝。作为村支书，他只认为自己是全村人的公仆，从不把自己摆到特殊的位置上，村里干部发工资，他把自己的级别坚决降到与其他干部一样。刘秋生也不善于装扮自己，不善于隐瞒自己的观点，嬉笑怒骂，皆形于色。他不计前嫌，对于为难过自己的人同样以诚相待。本组村民谷楚衡，强填水塘建房，受到处理，扬言要把刘秋生杀了，刘秋生坦诚地与对方交心，后来，当谷楚衡有困难时，刘秋生又伸出热情之手，帮助解决。

刘秋生更具备基层领导干部的胸襟和指挥若定的风度。在许多事情上，他是"第一个吃螃蟹的人"，虽然他常常高谈阔论，滔滔不绝，但他并不是一个空谈家、空想家，他把自己的许多想法都付诸实践，见诸行动。修筑防洪大堤，建橘园，办厂子，都是他第一个提出来的。在关键问题上，他能坚持真理，从不含糊。1982 年，落实生产责任制，捆绑禁锢得太久的农民松绑以后过于饥不择食，又走进一个新的误区，一组、二组要分掉园艺场，三至九组要毁堤造田，个别支委竟带领三组的人，要抬走20 马力的抽水机。刘秋生挺身而出写出了 10 条理由，把这些错误的做法顶过去了，坚决维护了集体的利益。

刘秋生并不是完人，他也有缺点。他说："有时候我性格急躁，说出口的事，一般不容改变。"我想，在某些情况下，这的确是缺点，但不也正是这些缺点与刘秋生更多的纯正的气质融为一体，铸成了一个社会主义新型农村基层干部的形象吗？

尾 声

我要启程告辞了，我要离开红桔，离开这片色彩纷呈、芳香四溢的迷人的土地，眷恋之情无以言表。

刘秋生与村里几位负责同志执意要送我一程。路上，他们兴致极高，不时深情地抚弄一下路边那金黄的油菜，望一眼那嫩绿的秧苗……

就在他们充满柔情地望一眼秧苗之际，我再次深刻感受到了他们那份对于土地，对于庄稼的无比深厚的感情。我完全可以理解他们的心情，这是一部分农民在商品经济的冲击下，在工业、第三产业等多种行业的冲击下所表露出的复杂感情。

晨风轻拂，不知从哪家窗口飘来《在希望的田野上》这首歌的优美旋律："我们的家乡在希望的田野上，炊烟在新建的住房上飘荡，小河在美丽的村庄旁流淌"，无疑，作为一首流行歌曲，它已经在时间的长河里，被西部歌曲和摇滚乐所取代。但是，对于红桔村，对于红桔这块迷人的土地，它不是一首永恒的流行曲吗？

（刊发于1989年11月24日《中国乡镇企业报》"繁花"文学副刊，收入《田野之歌》一书）

人工造龙记

中国是龙的故乡。

龙，这个徜徉于五千年中国文化中呼风唤雨的神灵，被人们尊为吉祥的象征，水的化身，而受到生活在960多万平方公里土地上龙的传人的顶礼膜拜。

龙能造么？这传奇的神灵能按照人的意愿而造福于人类么？能！

本篇报告便是一个真实的人工造龙的故事。

逼闯龙潭

湖南省衡东县珍珠乡双凤村，一个多么漂亮的地名。然而，无情的历史老人却偏偏把一片旱漠和荒凉赐给了这个美丽而偏僻的山村。多少年来，双凤流传着这样一首古老的民谣："扁担是长丘，谷箩是圆丘，遇上天无雨，颗粒全无收。"的确，双凤村山峦叠嶂，地势偏高，全县几个河坝灌渠的水都无法"光顾"这个干旱死角。双凤人一直只能靠天过日子，乞求龙王爷恩赐收获，踯躅在饥寒的边缘线上……

1986年岁首，乡政府召开"两个文明建设表彰会"，会议的尾声，是宣布全乡粮食产量的情况和发奖。当乡党委书记念着那一串振奋人心的数字和村名时，双凤村党支部书记熊金亚心里却怪不是滋味。他觉得党委书记眼光扫过来，那眼光是责怪，还是同情！

"双凤村由于大面积遭受旱灾，损失严重，368 亩稻田颗粒无收，全村减产 40 万斤，减值 4 万元。"

此刻，全场鸦雀无声，静得出奇，好像听得见有人"吃吃"地笑。熊金亚难堪极了，那脸色一会儿红，又一会儿白，他慢慢地把头低了下去……

羞人啊！党的十一届三中全会已过去整整 7 年了，实行家庭联产承包责任制又过去了 3 个年头，古老的中华大地都在激变，在腾飞，可双凤……

熊金亚眉头结起了一个疙瘩，浓黑的眉睫下，两只因患过严重眼疾而视力衰退的眸子，呆呆地盯着党委书记。难道双凤人就那么软弱、任凭旱魔肆虐，而俯首拜倒在"龙王爷"的脚下？不！在双凤这神奇的土地上，也孕育着响当当的奇男杰女，他们也曾同旱魔进行过一次又一次的殊死斗争。然而，由于多种复杂的原因，效果并不十分显著，旱魔仍在肆虐，焦黄的田野仍然在呻吟、在哭泣。

难道我熊金亚太无能，没本事改变家乡的旱灾死角！他在双凤这块土地上摸爬滚打了几十年，先后担任过队长、村会计、副支书、支书等职。双凤的每一条田垄，每一处山水都留下他的足迹和汗水。农村工作的苦寒，长期在基层的锤炼，铸就了他坚强的意志、知难而上的性格；而党的多年培养，又使他深深懂得了自己应该肩负的历史重任和为民排忧解难办实事的神圣职责。

"为了消灭双凤的旱灾死角，为了改变双凤落后面貌，我们要闯龙潭，要造'龙'。"熊金亚慢慢地抬起头来，心里斩钉截铁地说道。

会议结束后，熊金亚带着极其复杂的心情回到家里，刚放下挎包，便一头扎到群众中去了。他主持召开座谈会，找村干部交换意见，与经验丰富的老农谈心，到实地考察。于是，很快获得了第一手资料。他从一位勤劳善良的老农民的话里看到了希望之光。

"熊支书，只要你大胆领着我们干，就是卖了瓦片，再卖了被子，我们也会跟着来。"

"你放心吧，我一定当好你的助手。"担任村主任的文先尧同支书肝胆相照，情同手足，自然全力支持。

于是乎，双凤的智囊们纷纷挤进熊金亚那间土屋子里，召开了"诸葛亮"会。熊支书站在屋中央讲话，话不长，音不大，却铿锵有力。

"这次，我们是真的要闯龙潭了，怎么闯呢？主要是靠大伙心齐气顺。人心齐，泰山移，我熊某就不信这条'龙'造不成。再就是搞个切合实际的规划，我要说的就是这些。"

经过三天三夜的反复斟酌，一个总体规划出台了：兴建两座水库，加固 5 口骨干塘，新建 2 个电排，分期分批，3 年完成。资金问题通过村里拿，群众筹，再争取上级拨一点，分 3 条渠道来解决。

接着，熊金亚组织村里 3 个秀才，突击一个晚上，搞出了十几份报告，县委书记、县长、乡里主管领导，人手呈上一份。又派出两个能说会道的"嘴巴子"上县城，直往县委、县政府、财政局、物资局的办公室里跑。一趟趟地请示，一次次地奔跑，终于感动了领导。县委书记李南陵亲临双凤考察，当即拍板，从水利建设专款中拨出 2.5 万元；村里将多年积累下来的 5300 元倾囊倒出；村民每亩平均出资 5 元，计 6000 多元。

望着那一张张汗津津、皱巴巴的票子时，熊金亚眼睛湿润了，这哪是钱啊，分明是双凤人一颗颗滚烫的心！作为一名党员干部，一名人民的公仆，有什么比群众的理解与支持更珍重、更宝贵？有什么理由再让双凤人去遭受旱灾的凌辱！

筹集资金的计划在逐步落实，筹办材料的轮子也在同步运转。修水利离不开水泥、钢材、涵筒等物资，而这些东西都得到外地去购买，就连石头也得从 40 里外的杨梅坛运回来。难怪有人说：双凤穷，穷得连石头都不长。

不仅如此，全村连一台"身体健康"的拖拉机都没有，汽车更不用说了。那么，这成千上万吨的水利建设物资又怎么运回呢？

于是，运输成了指挥官们的一块心病。熊金亚带领他的几员大将（支委、村委）连夜走家串户，动员全村的村民们，寻亲戚、托朋友，找"盘子"。

一番跑腿磨舌，第二天清早，5 台大货车，一路风光一路情，驶进了双凤村。100 吨水泥运回来了，200 多吨石头运到了工地，涵筒、钢材送到了工地仓库。

一场前所未有的造"龙"攻坚战在冉冉升起的曙光之中扬起了风帆……

历史的车轮轰轰隆隆地驶到了 1989 年，熊金亚带领的造"龙"队，在"龙潭"里整整搏斗了千余个日子。这惊心动魄的 3 年，对于双凤人来说，是他们艰苦卓绝的 3 年，也是令他们引以为傲的 3 年，那风风雨雨、日日夜夜，那彩霞满天的黎明，那残阳如血的黄昏……

在挂满各式奖状、锦旗的办公室里，我们录下了这样一组暖眼的数字：

整个水利工程从破土动工到全面竣工：总投工 3 万个，总投资 6 万元，运石 1 万立方米，挑土 2.3 万立方米。

修建加固小二型水库 3 座，骨干塘 5 口，新建电排 2 个。

在实行责任制后的当今农村，在人们对大规模兴建农田基本建设的观念日渐淡化的情况下，双凤村却创造出如此的奇迹，这不能不令人深表惊讶和钦佩。惊讶之余，我们又冷静思索，除了他们的战略眼光、深谋远虑、顽强不息以外，其动力的源泉是什么呢？

造龙精神

巍巍中华，龙的传人。悠久的文明历史，灿烂的民族文化，锻造了中国人勤劳勇敢、不屈不挠的性格，也铸就了一代代双凤人与天斗、与地斗其乐无穷的造"龙"精神。

"干部能下海，群众能擒龙。"这句被人们日渐感到陌生的话，在双凤竟成了热门话题，处处闪烁着耀眼的光芒。在水利攻坚战中的日日夜夜，村党支部和村委会，十分注意发挥领导班子的战斗堡垒作用，以身作则，当好"龙头"，与群众同艰苦共患难。这，犹如浩荡的春风，荡涤着每个人的心房。全村人抱定了与双凤共衰荣、同福乐的坚强信心，从而形成了一股强大的凝聚力与向心力，个个披肝沥胆，为振兴双凤谱写了一曲曲情感交融的造"龙"者之歌。

烈焰当空，毒日如火，为了引水渠早日竣工，让双凤插上翅膀飞上蓝天，村会计熊罗生拄着拐杖走来了。他是瞒着医生和护士，带着大面积胃溃疡的病躯，来到了沸腾的工地的。工程不能没有他啊！他是村里的"设计权威"，也是唯一的土"专家"。修渠工程一开始，他带领一班技术人员，头顶烈日，跑遍全村每一条田埂，每一个山岭，勘察出一道道引水路线，计算出所需土石方。没日没夜地奔跑，有时一天只吃一餐饭。就这样，他那磨人的胃溃疡复发了，撕心裂肺的疼痛，把他磨成一根棒。村民们含着热泪把他送进了医院，可他身在医院，心在工地，刚刚能下地走路，便开溜了。

当工地上出现熊罗生那跟跟跄跄的身影时，村民们骚动了。支书熊金亚紧紧地握着熊罗生的手，热泪盈眶，说不出一句话。从此后，工地上便出现了一个引人注目的拄拐杖的人影。这天中午，熊罗生那熟悉的身影突然消失了，碰巧，妻子为他备了一份红椒炒香肠，赶到工地来慰劳他这个大忙人。可人呢？有个青年伢子悄悄地指着堤岸边一个水泥涵洞说："嫂子，不要惊醒他。让他好好休息一下吧。"

天哦，一个病人怎么能睡在烈日烤晒的水泥涵洞里，她立即扑上去，拉醒他，眼泪像断了线的珠子，落在丈夫的身上。熊罗生擦干妻子脸上的泪水，轻轻地说："为了水、为了全村人过上好日子，这算得什么呢？"此时此刻，妻子默默无语，嘴唇在微微蠕动，把饭碗朝他手上一放，抹着泪水走开了。

在这个战斗的集体里，又何止一个熊罗生。

文先尧已是7天7夜没有回家了。这天正午，当他拖着疲惫不堪的身子，挪着那双发酸发胀的脚回到家里时，眼前的情景让他惊呆了：灶里柴火已熄，锅里的米未成饭，妻子满脸尘土倚着灶头睡着了。床上横竖躺着两个未成年的孩子，孩子的肩膀上磨破了，留下了点点血迹……

望着，望着，老文一阵酸楚，一行热泪涌了出来。自己只顾抓全村的工程进度，把自己家7400斤石头、18方泥土、3700多斤沙子的任务一股脑甩给妻子，妻子理解丈夫，只有把两个孩子带上工地。任务总算完成了，但这几天是怎样熬过来的？此刻，他多么想让妻儿安安稳稳地睡上一觉啊！可是不行，工地上还有那么多缺劳户，进度缓慢，能不拉上一把吗？连外乡外村的亲友都拼着命干，作为一村之主，自己怎么好意思一走了事？想着想着，他推醒了妻子和两个孩子，做好饭，胡乱扒上几口，带着一家人又向工地走去……

在造"龙"战斗的血与火的考验中，有多少善良、淳朴的双凤人无私地奉献出自己的一切……

84岁的老人李兵生，一个普普通通的双凤人，由于家境贫寒，生儿育女劳动一辈子，现在靠后人奉养，手头没有积蓄，修水利要筹款的信儿传到他耳里，老人看在眼里，急在心里，睡在床上辗转反侧。第二天清早，他把儿子叫到床头边，嘱咐儿子把自己的"千年木"卖掉，百年之后把遗体拉到火葬场去火化了。当老人把几百块棺材钱交到村委会时，干部们看着他那布满老茧的双手眼眶红了。熊金亚心里酸酸地说："老爹，您这份心意我们领了，但这钱，我们实在不忍心收啊！""我苦了一辈子，也穷了一辈子，如今老了，怎能看到子孙后代再像我一样受穷这个窝囊气。只要能引来水，我宁愿把一把老骨头散在荒山中。"老人动了感情，哽咽着。

"老爹，您就放心吧，我姓熊的就是一滴汗珠子摔成八瓣，也要让神龙在双凤安家落户。"

熊金亚双手接过了老人的钱，也接过了老人那一颗拳拳之心。老人的心，老人的情，深深打动了双凤人。在双凤，这感人的一幕，何止一件一桩呢……

他们用一颗颗滚烫的心，联集成一股力量，唤醒沉寂的山村，让它为双凤人们的幸福生活、美好前景献出光和热。

他们有一颗太阳般火热的心，还有一个无边无际的广阔胸怀。也就是这跳跃的心胸，孕育了一种顽强不息的"造龙"精神，锤炼着一代崭新的双凤魂。

壮哉！造"龙"精神。

龙飞凤舞

双凤人以自己的智慧与力量，创造了龙，创造了奇迹。

有人估算过，如若把双凤修水利的石头和土坯砌成一垛高、宽各一米的土石墙，可绕坐落地的新塘区一周。

全村增加库容量 710 万立方米，增加蓄水量 650 万立方米。现在，双凤无论遇上多大的旱灾，仍能保收。

"龙"的神力，水的温馨，溢满了这片土地的每一个角落，旱魔践踏双凤人的日子一去不复返了。

人工"龙"已经按照双凤人的意愿飞黄腾达，造福于民。

站在高高的双凤山岭，鸟瞰锦绣如画的双凤奇景，眼前豁然开朗，在 7 座小山峰的峡谷中，一座座小型水库，碧波荡漾的库水，映照着蓝天白云，一群群鱼儿来来往往穿梭般遨游。这些水库的造型是那么新颖，那巍巍屹立在谷中的堤岸，像灰黄色的城堡，雄伟、壮观，那宽阔、平坦的堤面，那如一排卫士般站立的护堤墩，与青山绿水相映争辉。一口连一口的山塘水坝，飘浮着一簇簇的莲蓬，和风轻拂，莲蓬时而旋转，时而相互挤搡。偶尔，鱼儿腾跃，阳光下，现出一轮碧波，溅起一片晶莹。电排房里机器轰鸣，水管里喷出的水柱，恰似一条条巨龙，欢快地流入田野。

造"龙"，不仅从根本上改变了旱灾死角萧条的面貌，更重要的是，它使双凤人树立了人定胜天的自信力。

有了水，双凤人开始在奔向小康的道路上迈开了迅跑的步伐。

有了水，熊金亚那一帮顶天立地的造龙勇汉，便有了一个振兴双凤经济大显身手的广阔舞台。

有了水，双凤这只沉寂多年的"凤凰"，终于插上了腾飞的翅膀，应着时代的劲风，展翅高翔……

1988年，全村粮食生产获得了前所未有的大丰收，总产9600吨，是1986年的3倍。同时，他们充分利用水利资源发展养殖业，全村增收80多万元，人均收入达到700元。

1987年，双凤村在全市水利建设评比中，荣获第二名；1988年，再次被评为全市水利建设先进村。双凤人终于用鲜血和汗水捧回了荣誉和鲜花，也捧回了希望与幸福。

当我们感慨地对支部书记说："你们双凤真可谓是龙飞凤舞啊！"

此刻，这个朴实的山里大汉欣喜地笑了，笑得那么惬意，那么舒坦。

是啊，我们道出了他们埋藏在心里多少年来未能说出的呐喊。望着他们一张张信心百倍的脸庞，我们看到了双凤的希望，双凤的锦绣前程。我们相信：不久的将来，双凤一定会借助"龙"神力，乘风登天，飞黄腾达，跃居中国富饶农村之列。到那时，我们放开喉咙，为双凤再唱一支赞歌吧！

（刊发于1990年6月18日《中国农牧渔业报》"原上草"文学副刊，收入《田野之歌》一书）

　　长沙铁道学院研究生院的高才生彭荣昭，放弃舒适的市政府机关工作，告别爱妻幼子，扎根农村乡镇，历时十载，致力探索实践"四权共济"政体改革理论。社会对其褒贬不一，然而，他仍然那样坚定与执着，誓志：

面壁十年图破壁

　　彭荣昭，男，38 岁，中共党员，1982 年 7 月毕业于湖南师范大学，祁阳师范任教 3 年，1985 年 9 月考入长沙铁道学院研究生院，1987 年 7 月毕业分配到衡阳市政府体改委工作，历任办公室副主任、科长，1993 年 3 月任耒阳市白鹭乡党委副书记，1994 年 3 月任衡阳市郊区茶山坳镇党委副书记、镇长，1997 年 9 月任茶山坳镇党委书记至今。

向中国深层改革课题挑战

　　彭荣昭原本只是个书生，尽管已经有了十余年的从政经历，言行举止却始终保留着中国知识分子那种固有的书生意气。但书生型干部并不意味着就是"书呆子"，相反，这种书生意气正好奠定了彭荣昭"位卑未敢忘忧国，鞠躬尽瘁为人民"的从政基调和行事风格。

1989年，正是中国改革举步维艰的时刻，尽管当时中央出台了一系列改革举措，但诸如农民负担、干部腐败、经济犯罪、职工下岗、群体闹事等社会矛盾和问题日益突出，甚至严重制约我们国家的长治久安和繁荣发展。深怀忧国忧民意识的彭荣昭，对此进行了认真的分析和理性的思考，透过现象看本质，他认为中国当前矛盾和问题交织的焦点在于少数干部腐败和社会混乱两类现象，其他错综复杂的矛盾和问题均由此派生。产生这两类现象的主要原因在于我们国家对党政机关的监督力度和对社会邪恶势力的打击力度不够，探究其深层次原因则必然归弊于政治体制。因此，彭荣昭认定，解决当前矛盾和问题的根本举措在于推进政治体制改革，寻求一种最能适合中国国情的政体模式。

出于一名共产党人对国家前途命运那份沉重的责任感，在当时政治气候还不是十分宽松，不少人对政治不屑一顾或"谈政色变"的环境下，在有的机关干部满足于"一张报纸一杯茶"的平庸日子里，彭荣昭这位农民的儿子、市政府的普通干部，向中国政治体制这个重大的深层次改革课题发起了挑战。

那是艰难的寻觅，那是不息的求索。起初，彭荣昭沉醉于书海，寄希望从资本主义国家的"三权分立"制中得到借鉴和启示，然而，他失望了，资本主义国家的"三权分立"实质是搞"三个政府"，相互牵制，在中国这样一个人口众多，地域辽阔，有着两千多年封建历史的多民族泱泱大国，无法推行或推行的结局不堪设想。随后，他在繁重的工作之余，自费深入厂矿、深入乡村调查研究，广泛听取基层群众的意见，获取了大量的第一手材料。现实使他深深感悟到，中华民族有中国共产党这一伟大政党的领导，已经寻取到人民代表大会制这个先进的政治制度，中国的政治体制改革必须在此基础上推进。通过反复的学习、比较、分析、思考，他写出了《完善人民代表大会制之我见》及《给全国人大的两项建议》两篇文章。在这两篇文章里，彭荣昭评析了资本主义国家"三权分立"制的利与弊，对照中国现行的政治体制，从探索人民代表大会制的途径入手，着重阐述了这样两个基本观点，即强化人大对党政机关的监督力度，将纪委、监察、检察、审计等监督机关纳入人大机制，完善监督体系，杜绝腐败行为，确保党政机关清廉从政，取信于民；赋予政府行政权和司法权，加大执法力度，确保司法到位和党的方针政策的贯彻落实，确保社会的长治久安和繁荣发展。

文章写好以后，彭荣昭冒昧造访了当时的第七届全国人大代表、衡阳市人大常委会主任彭仁阶，就自己的研究成果向彭主任作了全面汇报。彭主任对这位陌生的年轻人的钻研精神给予了高度评价，对其研究的课题亦产生了浓厚的兴趣。他当即阅读了两篇文章，并留下了两份，日后带到北京，在当年召开的七届全国人大二次会议上，以此为蓝本作了专题发言，随后又在1989年4月17日的《湖南日报》以记者专访的形式全文发表。

领导的肯定和舆论的支持，给了彭荣昭以极大的鼓舞和鞭策。他进一步向专家学者求教，与领导同志们商榷，综合上述两篇文章的观点，夜以继日地探索思考，"四权共济"，这种能让社会主义制度优越性得以充分发挥并与之科学配套的政体模式，渐渐地在彭荣昭的脑海中诞生了。时值盛夏，他在完成单位交办的各项工作任务之余，一头扎进蒸笼似的小卧室，连续奋战两个多月，每天晚上加班到深夜1点多钟，五易其稿，终于完成了长达16000言的政治学论文《论四权共济》，论文就"四权共济"的具体含义阐述为：把国家权力分解成立法、行政、司法和监督共四项，立法权和监督权由人大直接掌握，行政权和司法权由政府行使。通过人大行使立法权，使其他三权有法可依；通过政府行使行政权，组织引导人民遵纪守法，进行各项事业，保证司法权畅通无阻；通过政府直接行使司法权，加大执法力度，保证行政权令必行禁必止；通过人大直接行使监督权，保证行政权和司法权只能依法行权，不能以权代法，真正做到，有法必依，执法必严，违法必究。党的领导处于最高层次，具体从政治、思想和组织领导中体现。

论文散发以后，立即引起有关领导和理论界、学术界的深切关注。上海社会科学院主办的《上海理论》杂志，在1992年第3期将全文隆重推出。该刊办刊宗旨是"贯彻'双百'方针，开阔思路，繁荣学术研究，促进理论联系实际，以有利于中国改革和建设中深层次问题的解决。""本刊严格区别于一般舆论宣传工具，既不公开发行，也不征求订户，仅以党政部门领导同志和理论界有造诣的人士为对象做少量发行，供他们参考。"许多领导干部来信反映："此文寻取到了解决中国当前矛盾和问题的根本大计。"

论文的发表和读者的肯定，使彭荣昭备受鼓舞，也使他更加认识到了研究课题的重大意义。但是，在一片赞扬声中，彭荣昭没有沾沾自喜，相反，他十分注重听取不同意见。在读者来信中，彭荣昭注意到有些读者就论文阐述的观点提出两点异议，一是现行体制中的监督机构并入人大，实际操作必然产生矛盾。二是强调司法独立，认为政府行使司法权必然加剧司法腐败。对于读者的争鸣意见，彭荣昭实际已在论著中阐述清楚，强化人大监督职能，触及现行体制工作性质相同，实际操作并不矛盾，而不适当地强调司法独立，司法权过于分散，行政和司法在体制上不能很好地相互支持，使得政府对社会混乱现象失去强有力的管理手段，司法没有政府的直接参与，执法难以到位。至于司法腐败，有人大强有力的监督，难以滋生。然而，彭荣昭没有就自己的观点一锤定音，更没有终止自己对"四权共济"理论的探索。他牢牢地记住，只有实践才是检验真理的唯一标准。他决心通过实践去进一步认识真理，检验真理，升华理论研究的成果。

理论在实践的检验中放射出璀璨火花

孟子云："故天将降大任于斯人也，必先苦其心志，劳其筋骨，饿其体肤，空乏其身，行拂乱其所为，所以动心忍性，增益其所不能。"出于对国家和民族那份沉沉的责任和义务，出于对自己人生目标的孜孜以求，彭荣昭矢志到最艰苦的地方去进行"四权共济"政体改革试验，让理论在实践的检验中升华成熟。

1992 年 4 月，彭荣昭动员另外两名政府机关干部，联名向衡阳市委、市政府递交了《关于请求到基层办全方位改革开放试验小区的报告》，报告称："一个国家、一个民族、一个地区，要有一股敢闯、敢试、敢冒险的精神，一批人，尤其是一批受过共产党多年教育的年轻人，又何尝不应如此呢？""我们请求到基层去，以便把我们多年的所学、所思，更好地贡献给社会，为衡阳的改革开放探索点新途径，为全市的经济振兴大业作点应有的贡献。""我们不要更多的特殊政策，只要求允许在群众拥护、基层党委和行政组织支持的前提下，对农村经济体制或城乡行政管理体制作点调整。"并立下军令状，如在限定期限内没有改变试验区的面貌，愿接受行政经济处罚。

一石激起千层浪，彭荣昭等3名干部放弃机关下基层、离开城市到农村的举动，在全市上下产生了强烈反响。当时的衡阳市市长何文彬亲自在报告中批示："这几位同志主动要求到基层去，改革农村的落后面貌，精神实在可贵，我们要积极予以支持，并对此大力宣传，使更多的青年同志像他们一样，去建设农村，发展农村。"《衡阳日报》《湖南日报》等新闻单位先后就他们的事迹作了报道。

当年6月，彭荣昭的请求得到了组织的批准，并安排他进驻耒阳农村进行改革试验。到达耒阳后，彭荣昭立即奔赴基层，下到处于全市"南大门"位置的白鹭乡进行调查研究。在调查中发现，白鹭乡社会治安极为混乱，宗族势力猖獗，无政府主义思想泛滥，该乡的青壮年男子，几乎每人购有一支私造土枪。当地有曾、李、罗、刘等几大家族，家族设有掌事人，拥有土枪、土炮，内部实行军事化管理，哨兵、巡逻队、敢死队、前锋队、后卫队、救急队等战争运行机制健全。当地党、团组织处于瘫痪状态，善良百姓居毋宁日，生产生活秩序无法保障，房子被炸、橘园被砍、稻田被废等事件屡屡发生。因此，尽管当地交通便利、自然资源丰富，全乡农民仍在贫困线上挣扎，经济十分落后。到这样一个矛盾问题最多、社会最复杂、经济最落后的地方去实践"四权共济"理论并锤炼自己，正是彭荣昭的初衷。于是，他主动向耒阳市委提出，请求把白鹭乡作为自己的改革试验区。

1993年3月，组织上经过全面的考察，正式任命彭荣昭为耒阳市白鹭乡党委副书记，不久，委以党委书记重任。走马上任，彭荣昭带领全乡干部，深入农村家庭访贫问苦，找老党员、老干部和有正义感的青壮年开座谈会，商讨全乡稳定发展大计。同时，广泛宣传"四权共济"改革理论，取得广大干部群众对乡政体改革试验的理解、认同和支持，力争通过体制改革效应的发挥来改变当地治安状况的混乱和经济的落后。随即，在上级党委政府的支持和广大干部群众的拥护下，彭荣昭依据"四权共济"的政体构想，大胆对乡原有的机构进行调整，着力构建和完善两大体系，一是完善监督体系，人大和纪委合署办公，设立人大办，提名乡纪委书记担任人大副主席，由乡人民代表大会选举通过。人大办的职能主要负责对乡党委、政府工作的监督，指导全乡制订落实《乡规民约》和国家各项法律法规的贯彻实施，清理审计乡村两级财务。二是赋予政府以行政权和司法权，成立政法办，由分管政法的党委副书记、武装部长、公安助理员、驻乡民警、户籍员、法律服务所成员组成，强化社会治安综合治理。

在乡机构调整过程中，乡党委、政府内部也曾产生意见分歧，正如读者争鸣中反映的意见一样，有的同志认为人大与纪委的工作性质不一样，合署办公会不会产生矛盾；还有的同志认为政府行使司法权，会不会与国家法律相抵触。为此，彭荣昭反复向大家解释，人大、纪委都是监督机构，工作性质相近，我们的党员干部和每一个政府工作人员理应接受其监督；党委、政府虽然还没有法律赋予的司法权，但我们可以借助综治办的职能去行使权力。这样打消了内部成员的思想顾虑，使"四权共济"政体模式得以在白鹭乡顺利实施。通过调整，乡机关干部由原来的45人减少到30人，分流出去的15人，充分发挥其特长，下村驻组，带领群众进行农业和旅游资源的综合开发，兴办乡镇企业。实践证明，"四权共济"政体模式的实施，理顺了内部关系，减少了工作人员，提高了工作效率，为除暴安良，维护一方稳定，造福群众，发展一方经济，发挥了巨大的体制效应，显示出了强有力的生命力和推动力。

　　白鹭乡花禾村曾是全乡社会治安最混乱的一个村。村里连续3年没有党支部，宗族势力猖獗，流氓地痞作恶多端。公平派出所曾几次出动警力，对该村治安秩序进行整治，但都因为力量不济而未能成功。乡政府也曾几次组织深入该村治理，但因没有治安处分权而打击不力，致使治安状况丝毫不见好转。为此，彭荣昭决心发挥乡政府改革后的体制效应，压倒宗教邪恶势力的嚣张气焰，还花禾百姓一个安宁。那天深夜，彭荣昭经过周密部署，以乡政法办牵头，带领乡机关全体干部走进花禾村，依靠群众检举揭发，一举抓获一名宗族势力头子和一名地痞恶霸，并迅即带往乡政府，由政法办干警对其进行突击审讯，迫使其交代了所有犯罪事实，并牵带出24名曾有违法乱纪行为的人员名单。彭荣昭又带领乡机关干部，连夜出击，将18名有违法乱纪行为的人员带到乡政府，举办法制教育学习班。最后，借鉴古人"施仁政"的治政方略，凭着"教育从重，处罚从轻"的原则，拘捕2人，行政处罚3人，其余人员放回家里，以观后效。乡里还派出人员进驻花禾村帮助重建党支部，使花禾村的各项工作逐步走上正常化、规范化轨道。

　　以此为契机，彭荣昭紧锣密鼓，部署对全乡社会治安的整治工作。整整2个多月时间，党委、政府充分发挥行政、司法权的威力，开展法制教育，打击社会宗教邪恶势力，先后举办社会"复杂人员"学习班3期，拘捕3人，缴获土枪1800余支、土炮23门，促使全乡社会治安迅速走上了良性运转状态。与此同时，乡人大充分发挥"立法权"和监督权的效力，帮助乡、村重建乡规民约，加强村民自治，强化对乡党委、政府工作的监督，查处乡村干部违纪行为3起，分别作出了党纪、政纪处分。自此之后，白鹭干部为政清廉，甘为公仆；白鹭百姓安居乐业，勤劳致富；白鹭乡由过去的治安混乱、经济落后迅速跃居为耒阳一方屈指可数的"清平盛世"。

1994年3月，彭荣昭调往衡阳市郊区茶山坳镇工作。相对白鹭乡而言，茶山坳镇地处皇城脚下城郊接合处，经济比较发达，但流动人口较多，社会更为复杂。城里和外地一些流氓经常成群结队地在这一带频繁活动，本地一些地痞遥相呼应，敲诈勒索，无恶不作。危害当地居民正常的生产生活秩序，破坏了社会稳定。过去因受体制的限制，党委、政府腰杆不硬，说话不力，社会治安依赖于派出所的管理，而派出所一是力量不济，二是属区公安局垂直管理，"保一方平安"的责任感不强，打击不力，以致当地邪恶势力日益猖獗，百姓怨声载道。加之党风廉政建设存在不少问题，老百姓已经失去对党委政府的信任。

彭荣昭走上茶山坳镇的工作岗位后，借鉴原来的理论研究成果和在耒阳的实践，极力推行"四权共济"政体模式，力求从根本上解决茶山坳镇的社会治安混乱和干部腐败问题，重塑党委政府的良好形象。特别是1997年9月担任镇党委书记后，大刀阔斧地对镇机关体制进行改革，这项改革主要以镇党委为核心，党委总揽工作全局，但又不包揽行政事务，镇政府和镇人大主席团分工明确，权力制衡，人大掌握"立法权"和监督权，纪委、监察、检察、审计等监督部门纳入人大机制。政府掌握行政权和司法权，武装、公安、司法纳入政府机制，区直驻镇机关单位纳入镇政权的统一管理，从而树立了政府的权威，确保了政府"该做的不敢不做，不该做的不敢做"和"该做的有权力做到，不该做的做了要受到应有的惩处"。

一年多来，镇里先后组织3次声势浩大的"严打"斗争，捉获流氓地痞16人次，同时开展经常性的综合治理，给邪恶势力产生了强大的威慑力，外地的流氓地痞在茶山坳再无立足之地，当地的恶霸也只得收起尾巴，老老实实做人。茶山坳镇社会治安迅速好转，成为全区"社会治安综合治理先进单位"。与此同时，镇人大大胆实施手中的监督权，强化对党委、政府工作的监督，查处镇本级领导贪污挪用案件 2 起，村干违纪案件 3 起，为国家挽回经济损失 10 多万元。一村干部贪污公款六千余元，依据其地方势力，抵制镇人大的查处。为此，镇人大、纪委直接指挥检察力量，将其捉拿审讯，迫使其交代了贪污事实，从而有效地推动了全镇的党风廉政建设。

作为镇党委书记，彭荣昭积极协调人大、政府之间的关系，认真考察推荐德才兼备的干部担任人大、政府领导职务，并自觉接受人大监督，工作以身作则，任劳任怨，人称"实干书记"。茶山坳镇曾遭受百年不遇的洪涝灾害，彭荣昭连续 40 多天奋战抗洪第一线，赤膊上阵，带领群众与洪水搏斗。在日常工作中，他把主要精力集中在抓经济建设上，今年规划建设五项工程，即建设开发小区、新修茶金大道、开放珠晖公园、架通自来水、建设金甲岭集镇。目前，已争取资金 200 多万元，五项工程已全面启动。可以预见，不久的明天，一个社会稳定、经济繁荣的新茶山坳镇将屹立于世人的面前。

"四权共济"政体模式在白鹭、茶山坳两个乡镇的实践，让我们看到，党的领导更加坚强，更加充满活力，社会主义公有制、人民当家作主、人民民主专政更加显示出强大的威力，"四权共济"理论因此闪射出璀璨的火花，彭荣昭更拥有了希望和力量。

挫折面前更有曙光的朗照

自古至今，中国多少仁人志士推行改良运动，以期推动社会的发展和人类的进步，但他们无不受到传统习惯势力和邪恶势力的阻挠打击，甚至以付出生命为代价。彭荣昭虽然不是进行全国范围的变革运动，素以谦恭为怀的他，也从未奢想过成为什么改革风云人物。但作为国家的普通一员，积极投身改革洪流的激进分子，尤其是触及人们极为敏感的政治体制改革问题，不能不经受到挫折的严峻考验。我们的某些单位，似乎总有这样一些人，当大家都安于现状，浑浑浊浊混日子的时候，他们心安理得，无甚怨言。而一旦其中一人冲破传统观念，希望干出一番事业的时候，有人就看不惯，闲言碎语接踵而来。还在 1989 年初，彭荣昭刚刚提出"四权共济"的构想，一些无所事事的人就背后议论讥讽："吃饱了给撑的，小人物探讨政治体制改革问题，不知天高地厚。"甚至有人借当时的政治气候，给他扣上"资产阶级自由化"的帽子。他主动申请脱离机关下基层、离开城市到农村，有人又说："出风头，想捞取政治资本。"面对这些闲言碎语，彭荣昭无以理会，他想："别人爱怎么说怎么说去，自己总不能封住他们的嘴巴，但自己选定的路，还得要自己去走。"

不久，彭荣昭的申请得到了组织的批准。但由于种种原因，两位与他一道申请下农村的同仁，却放弃了脱离机关的打算。彭荣昭没有退缩，他告别深爱的妻子和幼小的孩子，孤身一人，奔赴耒阳农村。然而，因为中国特殊的政治体制和某些机关办事效率的低下，彭荣昭到达耒阳后，有长达将近一年的时间没有安排到具体工作岗位，满腔抱负被搁置，原单位多次催转工资关系，2000多元差旅费无处报销，个中无奈与沮丧，只有亲身经历的人才能体会到其中的滋味。但彭荣昭仍然没有放弃自己的追求，决心破釜沉舟矢志不渝。他带上自己所有的积蓄，深入农村农户家中调查研究，写出了《关于在耒阳市白鹭乡创办全方位改革开放试验区的调查报告》。他的真诚感动了有关领导，1993年3月，他终于被安排在耒阳市白鹭乡工作，从此开始了孜孜以求的改革试验。

在白鹭乡，彭荣昭离家200多公里，人生地不熟，他靠自己的吃苦耐劳精神和公道正派的作风，赢得了当地干部和群众的高度信任，改革试验得以顺利进行。但是，他不打牌，不跳舞，不拉拉扯扯大吃大喝，工作之余就是看书学习，时刻保持着一名知识分子的严谨，加之在进行体制改革中，触及个别人的利益，如一些挂靠在部门的人员被合并到办事机构，这些部门的某些领导和干部便跑到市委、市政府告状，说彭荣昭孤傲清高，权力欲太强，把属于部门的权力也剥夺了。为此，他不得不四处游说，花许多精力消除改革的阻力，取得领导对工作的支持。

如果说某些既得利益者受到改革冲击，心里有一股怨气还值得理解的话，来自个别领导的责难和冷淡就更让人心寒。一次，彭荣昭兴致勃勃地向一位领导汇报自己探索实践"四权共济"政体改革成果时，这位领导竟当着他的面讥讽道："政治体制改革是中央书记处的问题，你别吃饱了没事干。上面怎么说，自己怎么去做吧。"

就在这种环境下，彭荣昭走过来了。十年寒暑，可谓十年沧桑啊，尤其是6年农村改革实践的锤炼，他所饱尝的酸甜苦辣，可以说是许多机关干部一辈子都难以体会得到的。一切的闲言碎语和艰难困苦，没有让彭荣昭跌倒，相反，有了这些年的历练，他成熟了，坚强了，而且更坚定了自己的信念。

也许，正如许多人预言的那样，假如彭荣昭一直待在机关，按他原来的发展趋势，早已经是个正处或副处级干部，而他至今还是个正科级头衔，这个正科级已经当了 12 年，比起某些机关 3 年不升半级就牢骚满腹的干部来，彭荣昭简直不知该作何感想。然而，他无怨无悔，他认定，一个人追求的人生价值不同，选择实现人生价值的道路不同，值得引以骄傲和自豪的衡量标准也就不一样。

值得彭荣昭引以自慰的是，他的改革实验已经取得了实质性的成果，他的改革行动虽然遇到过阻力，但一直伴随着曙光的朗照。从"四权共济"理论的提出到深入农村进行改革实验，他一直得到各级领导的关心和厚爱。在体改委工作期间，市县委领导多次就其研究课题提出指导性意见，给其充足的研究时间，给他创设了一个良好和谐的研究环境。每当他改革试验遇到挫折的时候，县（市、区）领导总是亲临他所在乡镇，给予热情的支持和鼓励，给他撑腰壮胆。组织部门为了照顾他的家庭，为其工作提供方便，几经出面，把他从耒阳调往离家近些的郊区工作，重新给他改革试验的舞台，提供施展才华的机会。

就是在各级领导的关心支持下，彭荣昭的"四权共济"理论不断完善升华，影响不断扩大。衡阳市人大及所辖各县市区人大的负责同志，长期与彭荣昭保持通信联系，鼓舞他、支持他，相互磋商，共同提高。有的县市还将《论四权共济》一文以及他后来撰写的《迎接第三次飞跃——关于深化农村改革的超前思考》和《三加法则，一剂拯救国有企业的良方》等三篇文章铅印成册，发给全体人大代表学习参考。原衡阳市人大秘书长徐勋同志经常与彭荣昭促膝谈心，共同探讨"四权共济"理论，并多次向中央、省、市领导、专家推介彭荣昭的理论成果。日前，中共湖南省委政策研究室负责同志专门调阅了《论四权共济》一文，给予高度评价，称这篇著作是"理论与实践的高度总结，具有很强的指导性和操作性"，并已向中央、省委领导推荐参阅。

一代伟人周恩来赴日留学前夕，曾作过这样一首七言律："大江歌罢掉头东，邃密群科济世穷；面壁十年图破壁，难酬蹈海亦英雄。"这里，笔者谨以深深的敬意，将这首诗赠给彭荣昭同志，因为，中国改革太需要这种血性男儿，中国的事业太需要这种仁人风范！

（1998 年 8 月刊于《第一件大事——关于政体、国情的思考与实践》一书）

衡州第一镇的领头雁

这是一个阳光璀璨、碧空如洗的日子，汽车在宽阔的水泥大道上疾驰，清风拂向每个旅客的心田。透过车窗，只觉得绿树、河流、庄稼、房屋，交织成一幅色彩斑斓的油画，倏忽地向后飞奔。

每一位乘客都在张望，每一位乘客都在遐想。

乘客中有一位敦敦实实的汉子，三十五六岁的年纪，眼光深邃而有神采，浑身洋溢着热情、刚毅和活力。放眼车外飞奔的风景，他抑制不住内心的激荡，恨不得插上翅膀，立即飞到蒸水河畔那颗明珠的身旁。

他叫李忠定，衡阳县西渡镇党委书记，刚刚开完全省先进基层党组织和优秀党务工作者表彰大会，就风尘仆仆奔上归程。杨正午等省委领导的谆谆教导仍在耳边回响，表彰大会神圣庄严的场面仍在眼前浮现，那么温暖那么有力的握手仍在心中滚烫。这是何等的光彩和荣耀啊！

总算没有辜负山山水水的哺养恩泽，总算为那方深情的热土添了荣耀、添了光泽，总算尽了一份公仆的心意、公仆的忠情！

汽车在高速公路上稳稳地奔驰，他浮想联翩，思索之翼飞得很远很远。

殚精竭虑谋方略，开拓奋进谱华章

那是 1996 年初的一天，中共衡阳县委一纸调令，将多年从事县直机关工作的李忠定调往西渡镇担任镇长之职。

西渡镇是衡阳县政治、经济、文化的中心，现有人口 14.2 万人，面积 152.6 平方公里，辖 63 个村、15 个居委会，号称"衡州第一镇"。

赴任这样一个大镇的一镇之长，自己又没有乡镇工作经历，李忠定感到肩上的担子是那样沉、那样重。

然而，县委领导的谈话却时刻回响在他的耳边："实践出真知。只要你深入实践磨炼，就一定能战胜自己的不足，逐步地走向成熟，干出成绩。"

想起组织上和人民群众对自己的殷切希望，想想领导的谆谆教诲，李忠定坚定了信心，愉快地奔赴到了新的工作岗位。

走马上任，他根据镇长的职能，给自己定位，积极当好镇党委书记的助手，不越权，不擅权，同心同德，抓好全面工作，并用主要精力抓经济，力争用一两年的时间，使全镇的经济发展实现新的突破。

这年春节的前后，李忠定带领党政办的同志，一方面给人民群众拜年，送去一份党和政府的温暖，融洽干群关系；另一方面着重深入基层调查研究，探索西渡经济发展的新路子。

到西渡赴任前，李忠定就已把县直有关部门跑了个遍，将西渡镇的自然概况和历年来的经济统计数字都抄在笔记本上。为了寻取西渡经济发展的良策，他一个村、一个组、一家家农户地跑，有时一天翻山越岭，行程 30 多公里，跑三四个村 30 多个组，脚打出血泡也在所不辞。在调查中，他一边问，一边记，光记录笔记就达 2 大本 5 万多字。

在广泛深入调查研究的基础上，西渡经济发展的思路在李忠定的脑海中渐渐清晰起来。在党委、政府联席会议上，李忠定列举了西渡镇发展的五大优势：地理优势、农产品优势、工业基础优势、商贸优势、政策优势。进而提出了"以农稳镇，以工强镇，以商活镇"的经济发展思路，赢得了同仁们的一致认同和赞许。

为了让宏伟的蓝图变成美丽的现实，李忠定费尽了心机，沥尽了心血。那是一个春寒料峭的早晨，他告别妻儿子女，背起铺盖来到了天星片万亩水果基地。他与村干部一起规划，一起设计；他与农民一起整地，一起挖坑。渴了，俯下身子舀一捧清泉水灌进口里；饿了，啃一口随身携带的冷面包；累了，擦一把汗，歇一歇继续干。一个多月下来，身子骨瘦了一大圈。然而，艰苦的奋斗换来了成功的喜悦，万亩水果基地以其恢宏的气势展示在西渡的大地。

1997 年，李忠定在抓好农村经济的同时，重点把精力转移到办企业建立镇工业小区上，改造、兴办乡镇企业 13 家，组建建筑建材企业等 14 个企业集团，使镇工业小区实现年产值达到 8.5 亿元。

正因为李忠定政绩突出，1998 年初，中共衡阳县委任命他为西渡镇党委书记。岗位变了，权力大了，李忠定发展西渡经济的决心没动摇，在适当地进行角色转移，抓好全镇干部的团结协调的基础上，他继续把经济建设作为自己工作的重中之重。

根据形势的发展变化，在前两年的基础上，他对全镇经济和各项事业的发展思路进一步给予了完善调整，提出了"开放带动，兴工强镇，科教兴镇"的发展路子，并明确提出"确保全县第一，争创全市一流，跻身全省十强"的奋斗目标。他要求全镇各部门自加压力，对照第一找差距，奋发努力争上游。

招商引资一度是西度镇的薄弱环节，为此，李忠定亲自挂帅，狠抓落实。他多次冒着炎热酷暑，南下广州、深圳，与外商洽谈合作事宜；北上省城长沙，请求支持帮助。有时通宵达旦，不知疲倦。终于引进资金1500万元，兴建起了规模宏大的天力市场。同时，实行"六个不限制"和"十个鼓励政策"，大力发展个体私营经济，去年新发展个体私营经济1023户，培植了新的经济增长点。

在李忠定等党委、政府一班人的带领下，西度镇的经济建设和各项事业有了长足的发展。1998年，全镇实现国内生产总值28.64亿元，比1995年增长45%；财税收入创历史最高纪录；全镇各项工作实现满堂红，连续3年获得县双文明目标管理先进单位第一名；计划生育、乡镇企业、社会综合治理位居全市前茅；全镇投入资金300万元，扩建了西渡中学和西度中心小学，经省两基评估验收为"合格乡镇"；荣获"市十强乡镇""省百强乡镇"殊荣，镇党委被中共湖南省委授予"先进基层党组织"的光荣称号。

西度，好一幅美丽的画，好一幅丰收的景！

情为春风千万缕，飞入寻常百姓家

作家远村先生曾经写过这样一句蕴含深刻哲理的语言：宇宙间无数行星之所以能绕着太阳运转，是因为太阳能发出光和热。

李忠定不是太阳，然而，他作为一名共产党员，一位基层领导干部，正是用自己的光和热，给人民带去了党和政府的温暖，使人民群众更加坚信党的领导，紧跟党和政府奔向美好的未来。

西渡镇应紫村地处偏远，村干部思想因循守旧，缺乏开拓精神，村级集体经济空白，农民负担偏重。李忠定勇挑重担，主动到应紫村蹲点，他把铺盖搬到村里，与农民同吃同住同劳动。在他的指导下，动大手笔调整了村、支两委班子。带领群众，大办集体经济，先后兴办起砂场、采石场、猪场，村级集体经济年纯收入突破 7 万元。村民基本上不需直接上交"三统五提留"了，群众欢呼雀跃。

在镇党委书记的带领下，镇党委班子成员主动到"烂村、穷村"蹲点，大办集体企业，全镇 63 个村共办各类集体经济企业 246 个，全部消灭了集体经济空白村。同时，严格执行"减负"政策，教育附加严禁随读代征，粮食入库除代扣国家规定的农业税外不准代扣其他任何款项，使全镇农民负担处于全县最低水平，群众打心眼里表示拥护。

那还是李忠定上任不久的一天，他深入地处偏僻的新益村访贫问苦。当他来到泥湾组村民宋克骄的家里时，眼前的情景让他陷入了深深的自责和痛苦之中。老宋身患肺结核，长年咳喘不止，生活非常艰难；两个小孩因家庭贫困，失学在家；屋里几乎没有一件像样的家具。面对此情此景，李忠定深深地责怪自己：我们共产党带领群众干了几十年，还有这样贫穷的家庭，问心有愧啊。从此，他把宋克骄一家作为自己的扶贫帮困联系对象，每年资助 800 元，送两个失学的孩子重新回到学校的怀抱；亲自联系医院，把宋克骄送到医院治疗，使宋摆脱了病痛的折磨；多方筹集资金 5 万元，帮助宋家建起一个立体养殖场。如今，宋克骄一家甩掉了贫穷的帽子，走上了富裕之路。他逢人便说："李书记真是我家的救命恩人啊。"

1998年6月，一场特大洪涝灾害突袭西渡镇。该镇通古、咸水两个村的3000多名群众被洪水围困，情况十分危急。而此时的李忠定，因肾结石急性发作，已经住院开刀做手术，此时正躺在病床上。当他得知群众被洪水围困的消息后，顾不上尚未完全康复的病体，也不顾医生的极力劝阻，强行扯下输液的针管，匆匆赶往灾害现场，带领全镇200多名党员干部，解救被洪水围困的群众。在他的精心组织下，3000多名群众全部被转移到安全地带。然而，两个昼夜下来，李忠定终于累倒了，没有愈合的伤口严重感染，同志们只好强行将他再次送进医院。群众感动了，竟自发凑钱购买营养品前往医院看望。情领了，送来的礼品却被李忠定转赠给了重灾的群众。一些受灾群众感激涕零地说道："共产党有这样的领导，有希望，有奔头。"

没人能说得清，像这样的事，李忠定做了多少件。有人说，他做的好事就像蒸水河的水，长流不断。也许在有些人看来，这些事太普通、太平凡，然而，就像奔流不息的蒸河水，最初的源头不过是高原上的一条小溪，正是这点点滴滴的平凡小事，铸就了一个共产党员的人格魅力。

私心杂念皆忘却，留得清白在人间

孔子曰："君子喻于义，小人喻于利。""义"者，邦国大义也；"利者"，寡人私欲也。子又曰："君子坦荡荡，小人长戚戚"，喻于义而不喻于利，坦荡荡而不常戚戚，这种民族的优秀传统在李忠定身上折射出耀眼的光彩。

他常常对同志们说:"武官不怕死,文官不好利,则天下太平矣!鄙人无力回天,却可以从我做起。"他说得真诚,也做得彻底。

基建工程是最容易滋生腐败行为的关键部位,也是干部群众中一个比较敏感的问题。近年来,不少地方"工程上马,干部下马"的现象,给人们留下了沉痛的教训。西渡镇是衡阳县县城所在地,每年的基建投资均在数千万以上,外人眼里,西渡镇是近水楼台,作为镇里"一把手",搞个基建项目更是易如反掌。但在这个问题上,李忠定严格要求自己,从不私自插手工程事宜,从不打呼、批条子、定调子,即使镇里上项目,也坚持集体讨论、公开招标的原则,做到一丝不苟,秋毫不犯。

去年3月份,李忠定的一位老朋友听说镇里引资兴建天力市场,有心沾老朋友的光,把这个工程搞到手。趁夜深人静,提上礼品登门拜访,并在礼品内藏了一个厚厚的红包,口口声声请老朋友"关照关照",并有意无意地把红包亮给他看。李忠定严厉地对老朋友说:"你要是还认我是朋友,就不要污辱我的人格,给我帮倒忙,害我下地狱。你把东西带回去,我们还是朋友,你要是让我给你送回去,我们的朋友关系就到此结束了。至于承包工程,你可以参加竞争,用不着我出面说话。"见李忠定如此认真,这位老朋友自讨没趣地把东西提走了。

这些年来,随着经济条件的改善,城市居民的住房水平有了较大提高。镇里先后4次为李忠定安排住房指标,但他总是把方便让给群众,把困难留给自己,坚决把住房指标让给本镇无房户,自己一直住的是原单位80年代分给的不足50平方米的旧房。

正人先正己。李忠定带头严于律己,要求别人做到的,自己首先做到；要求别人不做的，自己坚决不做。在他的主持下，镇里制定了"五不"规定，即不用公款配置移动电话和报销电话费，不用公款吃喝，不赴宴请，不收红包礼金，不公车私用。李忠定带头维护"规定"的严肃性，严格按规定办事，他不配移动电话，该镇有几个下属单位曾多次给他买移动电话，均被他一一拒绝。他对自己约法三章：不请吃，不请跳，不参加任何庆典活动，不接受红包礼金。1996 年以来，他拒请 190 余次，拒收红包礼金 2.5 万元。

上有所行，下必效之。在李忠定的模范作用下，镇党委一班人带头治奢，杜绝高消费，不但自己不进酒楼、宾馆吃吃喝喝，来人来客也不发烟，就餐一律安排在镇食堂。同时做到不用公款安排客人进舞厅或唱卡拉 OK。1997 年、1998 年两年，每年仅招待费一项就节约开支 12 余万元，全镇上下廉洁自律蔚成风气。

汽车里人声沸腾起来，李忠定抬腕看了看表，又望了望车窗外，那绿色的庄稼、黛色的山林、无际的田畴被成群的高楼大厦所取代。

他幡然醒悟，汽车已经进驻衡阳市区。

西渡，他为之奋斗、为之骄傲和自豪的这片深情的土地，又在向他召唤。是的，李忠定又要回到自己挚爱的这片热土的怀抱，他要与他的战友们为它描绘一幅更美的画卷！

（刊发于 1999 年第 2 期《衡阳工作》杂志）

社教队长与告状专业户的故事

　　彭祥卿刚跨进侯孟轩家的门槛，强烈的自责和浓浓的悲哀立即袭上心头，尽管面对侯孟轩那残酷的冷淡和愤懑的眼神，他完全也有理由像其他同志一样横加指责或避之不及、逃之夭夭。然而，此刻他无论如何难以产生这种厌恶与责备的情感，有的只是作为一名党员干部的责任感和人间真挚的同情心。关于侯孟轩，彭祥卿以前了解甚少，今年2月份，衡东县委派遣他带一队人进驻横路乡进行社会主义思想教育，他才断断续续听到不少关于侯孟轩的传说："横路乡一大刁民"；有田不做，抗粮不交，抵税不还，打击干部，殃及乡邻；"告状专业户"，3年内递交状纸576份，厚达1.5尺余，上至中共中央、国务院，下至乡政府、村支委员会。他的事情谁也处理不好以致谁也不敢处理，谁处理谁就会惹火上身，成为他下一个告状的靶子。因此人们戏谑地称他为"告状专业户"。侯孟杆为什么告状，告状的直接缘由是什么？彭祥卿通过进一步深入细致的调查了解到，1988年，他与原村支部书记侯某结下私怨，拒交当年农业税和合同定购粮，并到处告状。侯某认为侯孟轩是一个"刁民"，便想方设法制服他，指使他人，共同整理了一份侯孟轩强奸自己亲生女儿的材料，上报政法机关。经县人民法院审理认定，侯某犯有诬告罪，判处有期徒刑6个月。侯孟轩不服，要求侯某赔偿其名誉损失费和告状花费的一切费用。在此期间，开始了长达 3 年的告状生涯。县、乡政府和政法机关曾分别给其作出答复，但侯孟轩总是想不通，责任田转包他人，变卖家产，放弃自己熟练的制作竹木躺椅的手艺，来往穿梭于县政府、县法院、县检察院等机关单位，花费 5000 余元，以至倾家荡产，妻子远走他乡。与此同时，他还不负责任地放纵女儿早婚，迁出户口，当地村组干部根据水田承包合同规定，将其女儿的责任田抽出承包他人，侯孟轩不服，先后两次将禾苗全部拔光，致使荒田 0.56 亩。乡村干部上门处理，他置之不理，决心四壁徒空，单身告状，直至告准为止。掌握了第一手材料，作为农村社会主义思想教育工作队队长，彭祥卿决定去见识见识这位名声显赫的"一大刁民"。

这是一个夏日的上午，火红的阳光朗照着大地，泛青的禾苗在微风吹拂下轻歌曼舞。彭祥卿带领 6 名社教工作队员以充满神圣和庄严的情愫向侯孟轩家门迈去。首先映入他们眼帘的是一栋已经砌好上层多年而未曾完工、左右参差不齐的农家小舍，屋前一块肥沃的菜地蒿草丛生，门口两个面黄肌瘦的孩子呆对远山。走进屋去，地面上、墙壁上、木梁上满目白纸黑字森严壁垒，"×××所作所为"几个大字特别醒目，往下看，"长篇章回小说"，已写完前 21 章。屋里无一完整像样的家具，门板没了，窗棂没了，几张破旧的木椅散落厅堂。屋里的主人侯孟轩，这个还只有四十挂零的中年汉子，已为告状费尽心血，一头青丝变成两鬓斑白，此刻正在屋里奋笔疾书挥毫撰写状书。

此情此景，令彭祥卿和几个社教工作队员心绪复杂而又沉重。是啊，近些年来，我们个别干部以领导者自居，一味地责怪自己管辖的村民愚昧落后无知，而很少从自身寻找原因，很少去关心体贴他们的疾苦，很少想过用实际行动去帮助感化他们，以致干群关系越来越僵。彭祥卿走到侯孟轩的身边，拉着他的手说："老侯，我们对不起你。"侯孟轩略抬眉宇，睥睨的眼神宣泄的却仍是怀疑和愤懑，3年的告状生涯，已使他对干部形成了一种逆反心理，一概视为虚伪而不予亲近。彭祥卿望着瘦弱可怜的孩子和满屋萧条的景象，突然发火了，他指着侯孟轩的鼻子："你，你还像个男子汉，像个父亲吗？儿女跟你受罪，你对得住他们吗？我真为你这样的男人感到无地自容，去，买两斤肉，买一条鱼，买点辣椒、豆腐，买包盐，让孩子们吃一顿。"彭祥卿一边说着一边从口袋里掏出30元钱甩到侯孟轩的眼前，大声吼道："否则，我立即向法院起诉！告你虐待罪，看你如何下台。"彭祥卿这突如其来的情感变化，侯孟轩毫无思想准备，他开始措手不及，抬头瞧了瞧彭祥卿那深沉严肃的表情，接着望了望几名社教队员期待的目光，又看了看两个可怜巴巴的孩子，竟颤颤地拿起30元人民币，提上一个破旧的菜篮子向外面走去。侯孟轩走出门以后，彭祥卿对6名社教队员说："现在我们首要的问题是解决侯孟轩的生活困难，帮助他恢复和发展生产，今天上午，我们就一起帮他把屋前这块菜地翻过来。"于是，他们从附近农户家里借来锄头，脱掉上衣长裤，彭祥卿干脆穿一条短裤，光着膀子，热火朝天地干了起来。似火的烈日无情地炙烤着他们的肌肤，汗水像雨淋一样滴落，手掌磨破了皮，可谁也没有叫一声苦。一个多小时过去了，当侯孟轩买菜回来，看到一块蒿草丛生的菜地已经有一大半挖得平平整整时，他的心弦猛烈地一震，急忙走到彭祥卿的跟前，吞吞吐吐地说道："你、你们……"话没说完，他又飞快地走进屋里，提着水桶，打来一桶清凉的泉水，舀了一大碗，双手捧到社教工作队员们的面前，激动地说："歇一歇，喝口水吧。"说实在的，多年来，彭祥卿养成了喝开水的习惯，从来没喝过凉水，一喝凉水，肚子就松。可是，他实在担心这细微拒绝的动作会打断与侯孟轩刚刚建立起来的一丝感情，马上接过大碗凉水，咕噜咕噜灌进肚里。紧接着，他又带领几名队员继续把地挖完。随后，拍了拍侯孟轩的肩膀说："走，老侯，我们炒菜去，你烧火，我掌勺。"灶间，彭祥卿一边忙着炒菜，一边与侯孟轩慢慢地细聊，他问侯孟轩："老侯，你才四十出头，有文化，有一门打制木椅的好手艺，为什么把家庭弄成这残败的样子呢？"侯孟轩长叹一声："唉，说来话长啊。"彭祥卿鼓励他说："能不能讲给我听听呢？兴许我能为你出出主意想想办法。""好吧，我看您也是值得信任的干部。"于是，侯孟轩把3年告状的前因后果详细地述说了一遍，说完，他竟然唏嘘不已。听完侯孟轩的叙述，彭祥卿深沉地回味了一下，说道："老侯，你能运用法律，保护自己的合法权益，学法、知法、用法，这说明你已经是一个很了不起的农民。可是，你不能因为告状，荒了土地，误了家庭，害了孩子呀。其次，因为有点矛盾，就把人家已经插下去的禾苗扯掉，还抗粮不交、抵税不还，这就是你的不对了嘛。你想，我们县法院每天接待来访、上诉的人那么多，假如他们都像你一样，我们的国家岂不要灭亡，那还有什么搞头呢？"

炉膛里，燃烧的火苗发出噼啪声；灶间，彭祥卿的话语也像燃烧的火苗慢慢地点燃了侯孟轩那颗痛苦冷却的心灵。他慢慢地认识到了自己的不对。这时，菜也熟了，老彭帮两个孩子装好饭，又把大块的菜夹到他们的碗里。望着两个孩子那狼吞虎咽的样子，侯孟轩伤心地掉下了泪珠。为了使侯孟轩尽快地恢复生产，彭祥卿又发动6名社教队员每人捐款20元，从每月13.5公斤粮食指标里节省捐出10公斤。当天下午，彭祥卿带领两名队员，顶着炎炎烈日，赶往 30 里外的杨桥粮站，把 70 公斤白鲜鲜的大米买了回来，送到侯孟轩的家里，其他队员也为他买回了 40 公斤尿素钾肥、两瓶农药。晚上，朗朗月亮高悬天空，彭祥卿搬来一张木椅，与侯孟轩一同在禾坪上纳凉，他们就像一对久别的朋友，谈家常，叙友情。最后，又把话题转到学法用法上来。彭祥卿见侯孟轩已经没有刚进他家门槛时的敌对情绪，并已开始流露出和善友好的表情，就趁热打铁地对侯孟轩说："老侯，现在农村的违法现象还比较严重，原因就是大家不学法，不懂法。党中央为什么要部署在农村开展普法教育呢，我看也就是这个道理，是让大家都来学法、懂法、守法，你在这方面做得较好。但是，你把法律用偏了，走了向，告状要通过正当的渠道上诉嘛。"彭祥卿停了停，继续说："为什么我这样说呢，我认为好的方面应该肯定，错误的一面也要给你指出来，一个，你女儿侯春花早婚，是你自己造成的，有不可推卸的责任，她的户口已迁出，按照承包合同责任田应该退出；二个，你两次扯掉禾苗，是破坏生产的行为；三个，你以告状为由，抗粮抗税，没有道理，中国有句千年古训，养儿忠娘，做田还粮。你看是不是这样呢？"一些话，侯孟轩听了，久久没有吭声。夜深人静，凉丝丝的微风驱走了大地的炎热，朗朗的月亮高挂在天空。沐浴着月色，侯孟轩坐在一张破旧的木椅上，此时此刻，他的心情既复杂又久久不能平静，这几年为了告状，3 年没有摸过锄头把了，搞得倾家荡产，妻离子怨，自己的满头青丝都变白了，好端端的一个家庭就这样毁在自己的手里，情景真是够凄惨的。还是彭队长说得在理，法院既然判处了侯某徒刑，就是对犯罪分子的惩罚，自己为什么还要一味地去钻这个死胡同呢？再者，自己告状不能耽误生产、抗粮抗税啊。迷惘中的侯孟轩顿时大彻大悟，他望了望彭队长那深沉而期待的目光，站起身来，言语在他的喉间哽咽，他激动地握住彭祥卿的手，说："彭队长，是我……我错了。"夏日的夜晚，微风轻拂，使人顿感格外的惬意，真挚的温情在两双手的交握中流淌。紧接着，侯孟轩掌着一把煤油灯走进里屋，从一只陈漆斑驳的旧木箱里翻出一个账本，对彭祥卿说："你们工作队这样关心我、帮助我，体谅我的困难，我再不搞好生产，就不是人了。"他一边说，一边翻开账本："这两年我欠下了农业税117.6元，合同定购粮869公斤，今年底我保证一次交清。"侯孟轩显得十分激动，言语间透出真切，彭祥卿也相信这个"刁民"不会戏言。他握住侯孟轩的双手问道："你在生活上还有些什么困难，尽管说出来，大家一定会像从前一样热情帮助你。"

"彭队长，我怎还好意思烦劳你们帮助呢，您就看我的实际行动吧。"说完，两双手握得更紧了。彭祥卿带领队员回到队部后，连夜给出走广州的侯孟轩的妻子写了一封信，告诉她家里的一些情况，说服她夫妻团聚，共同把家庭建设搞好。随后又与队员们商量，如何进一步帮助侯孟轩消除思想上的疙瘩，帮助他发展家庭经济，搞好农业生产，渡过目前的难关。队员们与彭队长想到了一处，也干在了一块。4个多月过去了，时间老人眨眼步入了金色的秋天，层层稻浪在秋风中点头微笑，当人们路过侯孟轩的责任田时，发现这里再也不是蒿草丛生，呈现的是一片丰收的景象，金黄的稻子在灿烂的阳光下，显得格外饱满富态。到了收割季节，彭祥卿带领6名社教队员第17次来到了侯孟轩家里，帮助他收割稻子，忙了整整一天。3.4亩责任田里的稻子收割上岸，晒干车净，一过秤，总产干谷1881.9公斤。侯孟轩说，这是他做田以来产量最高的一年。第二天，他带领两个孩子，请来一台拖拉机，满满地装了两车厢，一路燃放鞭炮，向乡粮站开去。从他家里到粮站，引来了众多乡亲驻足观望，侯孟轩手里提着"辟里啪啦"的鞭炮，脸上挂满了喜悦，他笑盈盈地对乡亲们说："今年我侯孟轩是三喜临门，一是我家农业大丰收，亩产达1107公斤，产量超历史；二是我失学的儿子又重新回到了学校，捧回了一张优秀学生的奖状；三是我出走的妻子又回来了，夫妻团圆，家庭欢乐。"侯孟轩喜上眉梢，简直乐不可支，他一次还清了历年拖欠的征购粮、农业税，还余下现金700多元。在这4个多月里，侯孟轩几乎变成了另外一个人，翻了菜土，种上了一园绿油油的蔬菜，栏里添了猪崽，经过精心饲养，已经长成了200多斤重的肥猪，屋里收拾得干干净净、整整齐齐。就在这时，在校读书的儿子侯辉也传来捷报，学校举行的期中考试，他各科总分由原来全班第21名跃居到第3名。最令侯孟轩高兴的是，远走他乡的妻子也回到了家里，夫妻俩决心同创家业，同奔致富路，共唱幸福曲。这一切的变化，靠的是什么呢？11月20日，衡东县横路乡社教工作队和彭祥卿队长分别收到了侯孟轩一封长达300多字的感谢信，我们就从这封感谢信中摘抄一个段落来回答吧。

敬爱的社教工作队领导：

今天，我眼含热泪给你们写信，我衷心感谢社教队，感谢彭队长，我从你们身上看到了共产党的光辉形象。是你们，是农村社会主义教育晚（挽）救了我，晚（挽）救了我的家庭，假如不是开展农村社会主义思想教育，我现在恐怕是一个无家可归的留（流）浪汉……，我今后保证争气，做好人，努力种田，发展家庭经济，积极完成各项上交任务，以实际行动报答党，报答社教工作队，报答你们的教育……

读着这语言朴实、饱含着真挚感情的信件，人们深深感受到，是社教工作队改变了侯孟轩，是社会主义思想教育改变了侯孟轩，社会主义思想在侯孟轩的身上显示出了强大的生命力，这也是起初怀有敌对情绪，心里充满矛盾，抱着破罐子破摔想法的侯孟轩朝好的方面转化的最佳选择。

（刊发于 1991 年 1 月 7 日《法制建设报》）

湘妹子出征

没有喧天的锣鼓，没有如林的卫队，湘妹子，这个普通的农家姑娘，单枪匹马，挂帅出征，为美化山乡农民，经营布匹服装，立下赫赫战功！

湘妹子芳名侯玉湘，家住衡东县一个远离县城百余里的偏远山村——云集乡塘碧村。历年来，这里的农民干的是粗重活，穿的是粗布衣。党的十一届三中全会的春风吹进这偏远的角落，山民的日子富起来了，袋里有了"工农兵"，便希望美化自己的生活，赶上时代的浪潮。

初中毕业的侯玉湘，看准了这局势，她向父母请求：要去城里调进一批新式布料和服装，满足山民的需求。父母乍听，心里一惊，头摇得像拨浪鼓，也难怪，老实巴交的山里人，哪见过一个黄花妹子单枪匹马到城里去闯荡，不怕人们说闲话？

湘妹子三番五次做工作："娘哎，身正不怕影斜，只要我身正，别个说别个的，再说，我诚心诚意为大家服务，人们自然会理解我。"好说歹说，爹妈答应让女儿也去试巴试巴，成功了呢，这是一家人的福气；失败了，就对四邻八乡说，闺女出去走了趟亲戚，没去干别的。一个女孩子孤单单地出远门，但愿她在外边不遇风险，不出事，平平安安地回来就是胜利。

办好了执照，打好了证明，筹集了资金，湘妹子平生第一次踏上了远去的征程。

湘妹子首次出征，路途委实艰难，汽车一搭，便踏上了湘潭城。可是，脚步刚跨进棉纺厂的门槛，传达室的人便将她挡住了："去去去，乡巴佬，进厂里去干什么？"湘妹子缩回了脚，立即向传达室门卫解释，谁知对方理也不理。泪，止不住从她眼眶里流了出来。她从娘肚里生下来，还从未受过这样的冷落。

湘妹子躲到厂门的一边，呆呆地向大门里眺望，她发现，棉纺厂的门，并不是对任何来调货的人都是关闭的，许多外地来的人不是一个个都自由地进去了吗？湘妹子打量打量人家，又看看自己，她明白了。于是，心一狠，花了80元钱，去买了一身全毛料衣服和一双高跟鞋穿上。第二回，她壮起胆子，哒哒哒，昂首挺胸，直朝棉纺厂大门内走去。看门人什么也没说，能拦吗？谁晓得这是哪门子小姐，派头大得很哩，湘妹子顺利地调到了两千块钱五光十色的布匹和服装。

湘妹子班师回朝，阿弥陀佛，父母心上的一块石头落地了。此刻的湘妹子，却陷入了沉思：怎样把这些布匹、服装推销出去呢？上集卖了几次，看货的倒是不少，买货的却寥寥无几，有的竟然嬉笑着说："这是妖精穿的。"

时间一天天过去，两千块本钱，却是贷的款，信用社来人催还了，限令过期破产还贷。

爹急了，娘急了，急得吃不下饭，湘妹子眉头挂起了疙瘩，是山里人不喜欢这些布料服装吗？不，昔日里和一些姑娘小伙子谈论穿着，他们不是说，真羡慕城里人的穿着打扮。再看那些看货的姑娘小伙子，拿着布料服装，左看右看，穿到身上舍不得脱，拿在手上舍不得放，只是在要决定买的时候，又羞愧地丢下了。唉，朴实憨厚的山里人呀。这时，湘妹子深深地感觉到：改换身上的打扮，也是一场革命，革命哪能是轻而易举的事？她眼眸子一转，计上心来。

第二天，人们发现，湘妹子穿上了一套时髦服装，好不潇洒大方，好不苗条漂亮，当她出现在山里人的面前时，那些姑娘小伙子呀，别提是多么惊讶，多么羡慕！他们又何尝不希望把自己打扮得漂亮一点呢？

一人带了头，众人跟着走。不久，一些大胆的年轻人跟着湘妹子打扮起来了。年轻人漂漂亮亮，中年人当然也不甘示弱，老年人呢，自然不愿意在晚辈面前丢人现眼。

不几天，湘妹子调进的第一批货就被抢购一空。

首战告捷，更激起了湘妹子的进取之心，接着就是第二次、第三次……

5年来，湘妹子的足迹遍布长沙、衡阳、湘潭、株洲、攸县、茶陵、衡东等七八个市县，她经常在云集乡附近的10多个集镇流动摆摊设点，为一千多个农户送货上门。她从未乱涨价，有时候调货进来的价格便宜些，后来物价部门宣布的新价格高些，她仍然按原价出售。困难户到湘妹子这里买布，一律低于市场价，甚至按批发价供给，还允许赊账。她总是按时交纳税款，有时收税员忘记收了，她就主动送上门去。

当然，从事个体经营，湘妹子也受过许多委屈，摆摊子的女人么，难啦。集上，什么样的人都有，无聊的，下贱的，怎不令她气恼？也有人至今不理解她，在背后说她是钱迷了心窍……

有时赶集回来，全身根根筋骨像是散了架，她关紧门，哭啊，哭个够，甚至为当初走上这条路感到后悔。可是，哭过悔过之后，她仍然昂首挺胸，仍然热情奔放，仍然摆摊做生意！她坚信，自己的路走对了；她坚信，女人，绝不是弱者！

是的，她的路走对了，她是个强者！党和人民支持她！近年来，她连续4年被评选为"文明经营户"，并出席市里的表彰大会，人们称她是"美的天使"！

湘妹子，我们祝你在今后的征途上，再接再厉，建立新功！

（衡阳人民广播电台1988年3月18日《个体天地》文学征文播出稿）

"赖狗"这娃

楔 子

你看见他屋里的奖状了吗？省里发的，市里发的，县里发的，可不少呢！"优秀共产党员""优秀团干部""精神文明建设标兵""新长征突击手"，哦，还有乡中学赠送的"教书育人好领导"。好家伙，黄永福，才二十几岁，就获得了这么多荣誉。可不，人家还是县人大代表，刚当选村民委员会主任，又被乡政府招聘去。

"呵，非找到他本人好好聊聊不可。"

侯老师，白跑了吧，第几趟了，娘哎——五趟。嘻嘻，你们这些写稿的真有意思，死皮赖脸地缠住人家，问这问那，一说就没个完。

其实，他倒不一定是不愿意说，是人家忒忙了，走东家，串西家，忙得颠颠儿的，脚丫子拍打后脊梁，没个喘气的工夫。这不，眼下天寒地冻，地面结了一层厚厚的冰，说不定又到哪个困难户家里嘘寒问暖去了。

叫我说说，妈欸，一个妇道人家，晓得么子。嘻嘻，不要紧，你可真会抓公差。这么着吧，我实打实说点我所晓得的事，过筛子过风车，你自个挑选。

坎坷

永福有一个别名叫"赖狗"。怎么取这样一个馊名字？听上辈人说，他刚生下来的时候，父母给他算了个"八字"，八字先生说，永福八字太大，命不好，要取一个下贱的外号，喊破。

哪晓得，永福的命运并没有因为取了个贱名而改变。他小时候经常闹病，乡里人说"做狗狗"。有一次，头疼发热三个多月，当年，父母膝下几个娃，又恰逢国家处于困难时期，家里小孩一点小病小痛，根本就不当回事，结果闹得永福差点见了阎王。多亏一位好心的医生，免费开了两副草药，熬汤喝了下去，病痛才慢慢好起来。

永福9岁那年，哥哥报名参军，走进了人民军队的熔炉。而哥走后不久，娘患下肺结核，也是家里没钱医治，半年下来，就丢下永福和两个幼小的妹妹，过早地离开了人世。

失去了母亲的爱抚，还常常被人叫作"冒娘崽"，他受的怨气，也只能是打掉牙齿和血吞。但那时好歹还有个爹，外头受了气可以回家向爹倾诉。可怜苦心的爹哦，自老伴离开以后，既当爹，又当娘，一把屎一把尿地把几个娃仔拉扯大，最终也因积劳成疾，仅仅51岁的年纪，便早早地去陪永福娘了。

那年永福才不过15岁啊，因为生活所迫，初中还没毕业就辍了学，从此也就失去了在校学习的机会。在校读书的时候，永福担任班长、团支部书记，学习成绩在全校名列前茅，要是现在，考个大学蛮有把握。

单身的大伯看到永福兄妹小小年纪就失去了父母，心生可怜，便收养了他们兄妹几个。可谁能想到，雷公单打空心树，屋漏偏遭连夜雨。没过6个月，大伯也丢下他们，离开了人世。从这年开始，永福带着两个幼小的妹妹，开始了独立的生活。

农村普遍流行早婚，永福爹还健在的时候，就跟邻村一户人家订好了一门亲事。然而，就在大伯死去的第二年，女方就提出这门亲事不算数，理由硬是直打直的讲出来，永福家两间破茅房，欠一屁股债，下面还有两个拖屎虫。

永福把女朋友送给他的纪念——一个日记本、一条手巾，还给了姑娘，对她说："跟着我，你要过苦日子的，走吧，祝你幸福!"嘴里这么说，心里却流着伤心的泪。姑娘跟他分手后，等了他一段时期，终究还是嫁给了他人。

人生的路，布满了坎坷曲折，该怎么走呢？

思　索

夜深了，万籁俱寂，永福却是辗转反侧，久久不能入睡。他想了很多很多，想起了相继死去的母亲、父亲、大伯，想起了失学的痛苦，想起了变故的爱情。厄运啊，为什么偏偏降临到我的头上。最后，他想到了死。

但是，当他起身要去寻短见的时候，也许是上帝作祟吧，他无意间触碰到了躺在身边的两个妹妹，把她们惊醒了，幼小的妹妹使劲地拖住他："哥，你到哪去啊？你不能丢下我们啊，不能丢下我们啊……"

永福的鼻子酸了，他情不自禁地想起了父亲和大伯临终时候叮嘱自己的话："赖狗，你要争气哦，要把两个妹妹抚养大，要做个对群众有用的人……"

他又想起了远在祖国边陲并已提干的哥哥写给他的信："永福，人生的路，历来都是坎坷不平的，你要经受住痛苦的磨炼，为家庭、为人民，多一份责任和担当……"

他泪流满面，双手紧紧地抱住两个妹妹："哥不会丢下你们不管的。"

那些日子，永福继续参加集体劳动，照顾好两个妹妹。同时，找来一些报刊学习，希望从报刊上找到摆脱自身困境、实现人生价值的路径。

《中国青年报》发表了一位叫"潘晓"的青年人的来信，信中发出了惊世拷问：人生的意义究竟在哪里？就此，在全国掀起了一场关于人生意义的大讨论。永福用哥哥寄给他的钱，省吃俭用，订阅了《中国青年报》和《中国青年》杂志，他使命地啃读，每一篇关于人生意义讨论的文章，他都抄录在日记本上，反复诵读。

读书读报，使他打开了眼界，也找到了人生的真谛。他在日记本上写道："厄运并不可怕，可怕的是在厄运面前倒下。我要做一个有志青年，面对厄运，挺直腰板，在生活的海洋里搏浪扬帆，奋勇前进。"

自　荐

1980 年 11 月 28 日晚上，在湖南省衡东县云集乡强兴村第九组的一个农户家里，聚集了 80 多个村民，村干部来了，乡干部也来了，这里，正在举行村民小组大会，改选村民小组干部。

原来的村民小组长死活不肯干了，村支部又推选了三个组长候选人，可是，照他们自己的话说，"带着婆娘子女，安安稳稳过日子，谁买这个账。"

是啊，哪个愿挑这个烂摊子呢？

一个90来人的村民小组，派性成风，今日拌嘴，明日打架，互不团结。更有名的是穷得叮当响，全组人平收入七十来块，上级分配的各项公益事业筹款一半收不上。当组长的受上面的压，受下面的气。

已是深夜12点20分，组长的人选还没落实下来，乡村干部焦躁，全组村民沉闷。

正在这个陷入僵局的时刻，一个一直沉默在旮旯里的后生子站了出来，他，就是黄永福。

黄永福走到屋中间，挥挥手臂，大声说道："各位领导、各位父老乡亲，树有根，羊有头，一个村民小组，必须有个带头人，大家都不愿意干，我试试。"

顿时，80多双眼睛的目光全部聚焦到永福的身上，仿佛要把他看个透。

村支书用信任的眼神看着他："好，有志气，有胆量。小黄，当着众人的面，说说你的小九九。"

"我的措施和目标是：

一、搞好全组村民的团结，建设精神文明；

二、发展第三产业，一年内让全组村民人均增收300元；

三、加强爱国家、爱集体的教育，保证完成各项上交任务。"

干脆利落，句句掷地有声。刹那间，整个会场就像在滚开的油锅里撒下了一把盐，安静的人群一下子沸腾起来。

"嗯，赖狗这娃有内才，有胆量，也有心计，无论做什么事，拿得起，放得下，我们组就需要这号年轻人来当家。"

"气度不凡，是角色，有奔头，我们赞成他上台。"

"我们组的烂摊子，就得要这号有点闯劲的人来治。"

老实巴交的庄稼人，认定自己有了靠得住的当家人，露出无比的欢欣和喜悦。

"同志们，"村支书把声音提高到最大限度，"黄永福毛遂自荐，这是一件大好事，一个年轻人啦，就是要有这股志气，有这份担当，我们大家要支持他，信任他……"

"对，我们选赖狗当组长。"到会的八十多个村民，个个举起了高高的手臂。

在这激动人心的时刻，黄永福深深地意识到了自己肩上的责任，全组村民举手通过后，他发表了庄严、激昂的就职演说。

"什么样的人生才是真正的人生，心弦跟着时代的脉搏跳动，积极投身到治穷致富的时代潮流，不怕挫折，不怕牺牲，含笑走正确的路，这才是真正的人生。"

"当然，我没有三头六臂、火眼金睛，也没有雄才大略、足智多谋，但是，我有党的支持，群众的信任，还有我自己一颗火红的心，我坚信，我们这个地方的落后面貌一定会尽快改变，小康生活的美景一定会在我们每个家庭降临。"

话音刚落，全场立即响起了热烈的掌声。

奋　斗

黄永福走马上任了。上任之初，他分析了本组村民贫困的根本原因是优势没有得到发挥。治穷就像治病，他开始对症下药。

黄其衡、侯子贵，前些年是村里小有名气的裁缝师傅，颜兰生是当地有名的宰猪匠。"割资本主义尾巴"吓得他们心灰意冷，金盆洗手不干了。

黄永福三番五次上门做工作，桌子旁、床头边，促膝谈心："大叔，现如今搞了生产责任制，中央送给了我们政策稳定的定心丸，莫担心害怕了，甩开膀子干吧。"

为了消除他们的思想顾虑，永福专程跑到区工商所，帮他们办理了营业执照。他把执照送到三位大叔的家里，鼓励他们说："干吧，有什么三长两短，有这个本本担保。"又拍拍胸脯说，"批斗坐牢我去。"

三位师傅被永福的真诚感动了，他们接过绿本本，热泪盈眶，激动地说："赖狗，单凭你为我们这份热心肠，就是冒风险，我们也要干起来。"

不久，黄师傅、侯师傅的缝纫机唱起了欢快的歌儿，颜师傅也操起了老行当，在乡政府的街头上摆起了肉摊子。

九组对面有座山，山上满山满山的黑泥巴。前几年，谁也没有注意它。黄永福东敲敲、西碰碰，又从外地挖来一捧瓦泥相比照，好家伙，没啥两样啊。他就大胆地组织组里几个年轻人，办起了瓦窑厂，煅烧出来的青瓦敲起咚咚响，不仅销售到本县的20多个乡镇，而且远销攸县、醴陵、株洲、祁东等县。黑泥巴山摇身一变，成了金山银山。村民们弄泥巴尝到了甜头，半年后，全组32户人家，家家办起了小瓦窑厂，每户家庭平均年增收入3000多元。

黄正根是个残疾青年，既没手艺，也弄不了瓦，吃爷饭，穿娘衣，闲在家里心情沮丧干着急。永福娃走上门来，一边安慰他，一边为他出谋划策："正根啦，现在政策允许个人办商店，你就在村头办个代销店吧，既能帮你找到就业的门路，又可以解决村民购货难的问题。"

"没本钱？我帮你到信用社去贷款500元，细水长流，积少成多，以后赚了钱按时归还就是。"

"身体残疾行动不便？没事，我派人帮你调货，你只负责在家销售。"

"另外呢，如今村里人购买电器的日益多起来，但没人会修理，电器总是有用坏的时候啊，你自学无线电修理技术吧，我那里有几本书，你慢慢看。这样以后你一边做生意，一边搞修理，既解决了自己的问题，又方便了群众。"

这么一筹划，很快，黄正根的日用百货销售店、电器修理店合二为一开起来了。过去长期在家无所事事、寻死觅活的残疾人，如今年收入 3000 多元。

农村土地刚刚包产到户那阵子，一些"半边户"（男人吃国家粮在公家做事）、困难户，缺这少那，黄永福为他们东奔西跑，左想法子右谋算：缺劳力，他组织青年帮工队，一家一户搞突击；缺资金，发动亲帮亲，邻帮邻，还请求村信用社支持，共渡难关；缺技术，除了自己手把手地教，还请来乡农技站、县畜牧局的技术员登门授课，讲浸种育秧，讲发展家庭养殖，购进优良品种，家家办起了"陆、海、空"家庭养殖场。

如此下来，扎扎实实一两年，九组村民由穷变富了，全组 32 户人家，家家有了存款，户户有了余粮，七八户人家成了周边闻名的"万元户"，被村里、乡里评为"致富带头人"。不少农户家庭，土坯房换成了青砖瓦房，添置了"三转一响"高档电器，昔日的穷山沟逐渐走上了致富奔小康的康庄大道。

村民们富了，黄永福又教育大家，富了不忘国家。村民们也通情达理，当年全组破天荒超额完成了各项上交任务。他们说，家庭富裕了，留足自己的，完成国家的，心里落个踏实。

大家奔走在致富的大道上，日子红火了，村民没有哪个再为那些个鸡毛蒜皮的事争执不休，偷鸡摸狗的事也慢慢绝迹。永福趁热打铁，把昔日里闹不团结的大大小小喊拢来，有错的认错，有隔阂的消除隔阂，相逢一笑泯恩仇，握手言欢。

村民们成了物质生活的富农，黄永福想到要让大家成为精神生活的富翁。他自费订阅《中国青年报》《中国青年》《湖南日报》《年轻人》等几种报纸杂志，供全组村民阅读。发动每户人家订阅《湖南科技报》，经常组织村民开展读报用报活动，用报刊上一些生动的事例，教育引导大家走正道，做遵纪守法的好村民。自此之后，组里面再也没有出现过骂街打架之事，大家和睦相处，成了全村文明的典范。

信 任

永福娃一颗诚心为民办实事、办好事，一传十，十传百，他的优秀事迹也就逐渐在全村传开了。很快，赢得了党支部的关注，也赢得了全村村民的信任。

1981年9月，强兴村选举村团支部书记，全村123名青年团员，黄永福满票当选。同年，村委会换届，他又高票当选为村委会委员，兼任民兵营长。

走马上任，黄永福下的第一步棋就是治疗"精神不振症"。他向村党支部提出，要创办一个"青年民兵之家"，丰富山里人的文化生活。

"没钱？没钱我们自己动手赚。"

秋收后，永福带领全村40多名青年民兵骨干，帮助村里翻挖了800多亩杉木林，报酬付账到位，他就带着两名团支委，专程赶到县城，买回1500册图书，订阅了十多种报纸杂志，购买了篮球、乒乓球、排球、口琴、手提琴、胡琴、象棋、扑克等文化娱乐工具，在这个衡东县最偏远的山村，办起了全县第一家"青年民兵之家"。从此，劳动之余，村民们有了学习娱乐的好去处。

永福娃担任村干部，无论分管什么工作，那样工作就在全乡遥遥领先。他担任民兵营长，民兵训练成绩全乡第一；他担任团支部书记，强兴村团支部年年被评为地市先进团支部；他分管治安工作，强兴村社会秩序井然，年头到年尾，没有发生一起刑事犯罪案例，没有一个人到乡里上访告状……

这几年，村民们富起来了，强兴村60%以上的农户建起了青砖瓦房，添置了电视机、录音机、单车、电风扇等高档商品。而永福家呢，至今还住在那两间父母遗留下来的旧房内，家里除了一部半导体收音机，没有一件高档商品。论永福的头脑胆识，成个万元户不在话下，但他却没能成得了，群众说他是"放弃了一个万元户，成就了数十个万元户。"

村支部看到黄永福的家庭现状，决定从民政扶贫资金里给他一些资助，帮助他改建房子，他却坚决拒绝说："等全村人都住上了新房子，再来考虑我吧。"

但是，群众的眼睛是雪亮的。黄永福从物质上没有得到的东西，却从精神上得到了党和人民的高度认可，得到了无法用金钱可以获得的回报。

1982年底，党组织根据黄永福的申请，正式接受他为中国共产党党员，实现了他自己也是九泉之下父亲的夙愿；1984年底，以占选举总人数99%的比例，当选为县人大代表；同期，以满票当选为村民委员会主任；两个月后，被乡政府招聘为计划生育专干，不久，又被提拔为宣传委员。

5年来，黄永福三次被评选为衡阳市"优秀团干部"，四次被评选为县、区、乡"优秀共产党员",一次被评选为衡东县"新长征突击手""精神文明建设标兵"……

县里领导拍着他的肩膀说:"小伙子,有出息,干'四化'就需要你们这号年轻人。"

区委领导拉着他的手说:"小黄,真不错,建设新农村,你有两下子。朝着你追求的理想,继续奋进吧。"

群众说:"我们农民盼望的就是有更多的像黄永福这样的好干部。"

是啊,一个赤胆忠心为党和人民办事的人民公仆,党和人民永远信赖他。

在家庭的舞台上

永福爹走了以后,在村里长辈的主持下,他三姊妹被过继跟大伯生活。当时,大伯也已经是60好几的人了,实际上,十六七岁的永福娃,就已经挑起了家庭的大梁。白天,他和大家一样出集体工;中午,大家在睡午觉,他却利用这段时间种自留地;晚上,洗衣浆墙,忙完一天的家务,照顾好两个妹妹躺下,一天到晚,没有个歇气的工夫。

大伯重病期间,永福守在床边,端茶送饭,揣屎倒尿,就像亲生儿子一样照顾着老人。大伯过世以后,这个家的担子就全部落到了永福的肩上。永福虽然是个刚毅的青年,但要挑起这副担子,确实不容易啊。他不仅是兄长,还是两个妹妹的爹和娘。

在部队服役的哥哥看到家里的困境,要打报告提前转业地方,永福立即去信劝慰哥哥说:"哥,你在部队还大有前程,千万不要因为家庭的困难而提前转业,千万千万!家里千金重担我来挑，做弟弟的一定不会让你失望!"哥听了弟弟的话，再也没有提及转业的事，直至提拔为团职干部才转业安排到地方工作。

为了尽快还清三位长辈治病和安葬欠下的债务，为了使两个妹妹健康地成长，永福拼着劲参加集体劳动赚工分，只要赚的工分多，苦活累活抢着干，夏天，烈日炎炎，他上山打石头;冬天，天寒地冻，他赤脚下水犁坂田，脚冻得发紫。

过年了，父亲母亲在世的时候，家里要办不少的年货，一家人红红火火过大年。如今，永福一个人苦干苦熬，年底决算分得80多块钱现金，早就透支还债了，眼下，手里头攥着五毛钱，这可怎样让妹妹们过年啊。他从别人那里借了两块钱，凑合着去攸县县城贩了120斤两分钱一斤的芹菜，挑到云集乡附近的集市上卖，七分钱一斤卖出去，赚了六块钱。腊月二十九、三十两天，又接连挑了四担，好不容易赚了二十几块钱。这下他的心里踏实了一些，斫了三斤肉，买了两条鱼，还买了饼干、糖果，至少可以带着两个妹妹好好吃一顿了。

两个妹妹年纪还小，永福把他们带在一张床上睡。小妹经常晚上起来上厕所，永福知道她害怕，就陪着她去。平时，妹妹有个头疼脑热，永福更是记挂在心，千方百计带她们看医生，买药打针。日子虽然过得紧巴，两个妹妹的生日，永福却一直不忘，生日那天，总要煮上一碗鸡蛋面送到她们的面前。不管是上学，还是下地干活，哪个妹妹回来晚一点，永福总是坐立不安，生怕她们在外面磕着碰着，每次都要打着灯笼到路上去接。虽然家里穷，生活都很难维持，永福却借钱给两个妹妹交学费，让她们读完了初中。在当时的农村，女孩子能读这么多书，已经很不容易了。

随着岁月的流逝，两个妹妹也渐渐地长大。去年，大妹有了意中人，找了婆家，永福为她配备了一套崭新的嫁妆，为她办了一场风风光光的婚礼。

黄永福一颗金子般的心，得到了人们的称赞，也博得了姑娘的芳心。去年，邻村一位叫香娥的女青年，勤劳朴实，面相俊俏，她认识了黄永福，被永福的美德深深地吸引，不久，他们相爱了，一对新人高高兴兴地领取了结婚证。

现在，夫妻俩带着小妹，一家三口，生活虽然过得还是一样的清苦，但毕竟芝麻开花节节高，一家人和和睦睦，享受着生活的甜蜜和欢欣。

尾　声

采访黄永福结束了，这几天，我总是在思索，他是怎样一个人呢？

他身高 1.76 米，单薄瘦弱，留个小平头，平常模样。但我总觉得，他又有着与一般人不一样的东西。他历经了种种困难的磨炼，饱尝了人生的酸甜苦辣，在他身上具有几种内在而混合的气质。他是农民的儿子，勤劳节俭，朴实厚道，富有爱心；他又有着当代青年的觉悟与才智，不屈不挠，坚毅刚强；同时，他又具备了基层领导的胸襟和风度，胸怀坦荡，勇于履职和担当。正是这些气质融为一体，铸就了一个新时代青年的魁梧形象。

哦，忘了，在采访结束时，听说黄永福已被上级党委任命为衡东县云集乡党委委员、宣传部部长。干得怎样，择日再去采写一篇更得意的佳作。

（创作于 1984 年底，本文主人公现已退休）

第二辑

企业风云

展翅湛蓝的天空

"OK，OK，管理华尔兹"

这是一个秋日的上午，淡淡的云彩高悬湛蓝的天空，柔和的光辉洒满金色的大地，秋风轻拂着前方的稻浪，发出动人的微笑。坐落在湘江东岸衡东县城北郊的湖南机油泵厂，三面群山围绕，厂区内鳞次栉比的房屋，行行高大挺拔的树木，沐浴在透明而温暖的阳光下，显得庄严圣洁。

上午 10 时许，一辆黑色标致牌小轿车徐徐开进厂区，车上走下一胖一瘦两位外国友人，其中瘦的是法国标致汽车公司海外部专家奥古斯托尼先生，胖的是中法合资的广州标致汽车公司法方全权代表夏迪先生。随着标致牌轿车在中国的销售前景看好，他们决定在内地寻找一家轿车油泵生产厂家。这个厂必须具备一流的管理水平和产品质量。当中国机械电子工业部一位领导向他们推荐湖南机油泵厂的时候，他们的心头产生过种种疑虑：一个县办企业，能与饮誉神州的"标致"联姻吗？尽管这位领导反复陈述：湖南机油泵厂是我们定点生产油泵的专业厂，生产汽车配件在国内同行中享有很高的声誉；尽管他们早就通过中国新闻媒介，看到了湖南机油泵厂各种显赫的光环：机械行业全国县办企业中首家命名的国家二级企业、省双文明建设先进单位、国家二级计量单位……然而，这两位在汽车制造行业干了一辈子的沙场老将，他们不相信领导人的介绍，不相信这些显赫的光环，他们远渡重洋而来，只相信一样东西，那就是自己的眼睛！

于是，在这个暖融融的秋日，奥古斯托尼率领他的同行和翻译，带着挑剔的目光，踏进了湖南机油泵厂。首先映入奥古斯托尼眼帘的是厂门口大理石门柱上的铜铸对联：有志者事竟成，破釜沉舟，百二秦关终属楚；苦心人天不负，卧薪尝胆，三千越甲可吞吴。横联是：励精图治。为求得这副对联的墨宝，原任厂长、厂党委书记，现县经委副主任郭炎成，曾煞费苦心，几经曲折，恳请全国佛教学会会长赵朴初出山。因赵老年事已高，难以从命，郭炎成干脆自己挥毫草就了这副千古名联，以表全厂干部职工孜孜以求的宏图大志。看到奥古斯托尼仰视对联的目光，身边的翻译立刻将对联译成法文，并简要地讲述了有关项羽灭秦兴楚、越王勾践十年屈辱收复河山的千古绝唱。听后，奥古斯托尼的嘴角掠过一丝难以察觉的笑意。

恭候在门口的郭炎成正好看到了这丝笑意。这位老党员老厂长，从 13 岁开始步入社会，在我国机械行业摸爬滚打了 40 多个春秋，如今他年已 56 岁，个头不高，壮实的身躯却仍然洋溢着勃勃气势。虽然他的脸上常挂着微笑，方正的轮廓不能不让你感觉到他的严峻。炯炯有神的眼睛，流露出刚毅、机敏、果敢的神情。最引人注目的是他手头的那根拐杖，1975 年坐骨神经出了毛病，加之以后几年一心扑在工作上而未能顾及诊治，从此，拐杖便伴随着他艰难地跋涉在这漫长的人生，伴随他敲开了全国 20 多个省市销售的大门，也伴随他数十次登上中央、省、市领奖台，捧回一个个奖杯、一面面锦旗，一个个诸如优秀企业家、劳动模范、优秀共产党员、先进工作者等耀眼的荣誉称号。走在郭炎成身边的是他的几位老搭档，厂长周正南，副厂长许仲秋、李富兴、陈石桂、任恒明。多少年来，他们并肩战斗，情同手足，形成了一个坚强的领导集体。这个领导集体的每一位成员都秉承尊重、理解、合作的原则，人生几何，为什么在一起就得搞窝里斗？他们从来不在权位上去争你大我小、你高我低，只有心心相印，振兴企业。正因为有这个坚强的领导集体，才能率领他们的企业越过一场又一场风雨，冲破一道又一道坎坷，踏上一条又一条坦途，迎来一道又一道曙光。为了迎接历史赋予湖南机油泵厂的又一次新的挑战，此刻，他们又站到一起，等候外国朋友的到来。他们成竹在胸，神清气定。他们有足够的理由充满自信，他们有足够的本钱在这两位老外面前显示出湖南机油泵厂的慷慨和伟岸。

改革开放以来，湖南机油泵厂主导产品机油泵已由国内 60 年代的水平跃为 80 年代、90 年代国际先进水平，在全国 100 多个同行业厂家中，他们的产品质量处于领先地位，190·S195 机油泵早就荣获部优、省优称号，销售市场由 80 年代的一个省扩大到全国 29 个省、市，部分产品随主机远销美国、加拿大和东南亚各国，每年亦有成套总承出口。湖南机油泵厂的领导者们相信自己完全有能力进入国际竞技场，与世界如林的强手一试身手。专抓生产的副厂长许仲秋，以他充满自信的胸怀，向法国专家介绍着厂里这几年来的变化和他们独具的优势，他的讲话不紧不慢，声调不高不低，神态不卑不亢。

听了厂领导的介绍，察看了厂里每一个车间、每一台车床，法国专家刚来时那种迷惘的眼神开始流露出愉悦和欣喜。他发现机油泵厂的职工遵守着钢铁般的纪律，那套企业管理章程，严谨缜密，无可挑剔。做什么，谁来做，怎样做，在什么地方做，在什么时间做，一条一款写得明明白白，完整无缺。零部件必须按照规定时间送到位，摆放规范整齐，否则质保人员绝不予以验收。全厂职工所干的每件工作，从开始到结束都有专人详细记录在案。

法国专家服了，但他又似乎洞悉中国人熟稔的花架子功夫，还要来个猝不及防，要求随便挑选两位工人回答他的提问。他首先走到一位青年工人的身边，问道："你走上岗位的第一感觉是什么？"这位青工马上用不太标准的普通话答道："我一进入岗位，强烈的责任感就随之而来。""你为什么有这样强烈的责任感？""我们中国还很穷，我们工人阶级要努力为社会创造财富；我们的纪律很严，管理很细，一台机油泵从零部件生产、组装到销售出去，使用三年，只要是质量出了问题，就会追究出是谁的责任。"这位工人的答话激起了法国专家高度的兴奋，他激动地拍着随行的郭炎成的肩膀，晃了晃大拇指，嘴里不无幽默地发出啧啧的称赞："OK，OK，管理华尔兹，这是我在中国看到的第一个！"

管理一座现代化的工厂毕竟不像跳一支华尔兹舞曲那般轻松自如，况且法国专家对中国改革开放以来企业的飞速发展了解得并不全面。倘若他的赞誉不失为过，那么湖南机油泵厂这些年每走过的一步，便是这"华尔兹"舞曲的乐谱。它的音符不是那样舒缓低沉，而是那样令人热血沸腾、亢奋激昂。

搏击奋进之履

历史赋予强者的机遇，往往是在危难之际。党的十一届三中全会，给亿万中国人民点燃了希望之火。从而，中国的改革和千千万万个改革者，从困境中逼出来，步入了艰难的奋进之路。

湖南机油泵厂当然也不例外。这个厂的前身是衡东县农机一厂，生产农用拖拉机油泵、打稻机及汽车配件等产品。1980年，指令性计划生产转为靠市场调节生产，一时间，这个原材料包供、产品包销、吃惯了大锅饭的国营企业，无所适从，4.3万台的机油泵销售合同，不足三五个月的业务。加上零打碎敲，也不够全厂200来名职工糊口，更谈不上盈利。正在这个非常时刻，县委决定将"夕阳企业"县农机二厂合并到湖南机油泵厂。没别的，多了百十张要吃饭的嘴巴，本身就像风雨中一支飘摇的蜡烛，岌岌可危，又怎能承受起这样一个沉重的包袱？老书记卸职退休，告老还乡了。一些有门路的人另寻高就，更多的人在窝着憋着。就是在这种困境中，在飘扬的改革大旗下，以郭炎成为首的新一届湖南机油泵厂领导班子应运而生。

新的领导人走马上任，起初各自久久地沉思在昨天遗落的风景线上，感到有股火焰在心里燃烧，有根针正在心头挑刺……待到第四天晚上，厂党委书记兼厂长郭炎成终于把副书记罗元芝、李富兴喊到自己的家里，吩咐爱人炒了5大盘菜，掏出一壶家乡老酒，3个人彼此心照不宣，可谁都怕触及那根敏感的神经，只顾闷头喝酒。时间过去了一个多钟头，壁上的挂钟嘀嗒嘀嗒响个不停。酒到第4杯头上，有些微微醉意的罗元芝，这位1955年进厂的老工人，30多年炉火纯青的锤炼，造就了他刚直不阿的性格，说话办事干脆利索、风风火火。此刻他终于憋不住了："郭胡子，你今天晚上把我叫到这里来，我知道你的意思，我罗铁匠听你的。"李副书记也接过话茬："郭师傅，你放开胆子领着大家干吧，要是炸了锅，我们都是补锅匠。""好！"郭炎成猛地将酒

92

杯托在桌面上,倏地站了起来:"一副担子众人挑,我郭炎成要的就是你们这句话!"停了停,他继而又说:"这几天,我寻思着,我们要治烂摊子,先收散班子,治厂先治人。"

第二天,厂党委召开会议,领导成员都赞成郭炎成的主张,把憋在窝棚里、散失在街头上的人心收回来,凝结成新的力量,去开创新的历史风景线。郭炎成推出三招:一是调整劳动阵容,废除一次安排定终身的劳动力管理办法;二是推行全面经济核算和全员劳动定额,实行浮动工资、计件工资制;三是严肃劳动纪律,强化制度管理。现在说来这些最起码的治厂策略,可在当时付诸实施时,却是那般艰难。厂规宣布的第二天,便有些青工鼓噪起来,进而发展到聚众罢工,公开抗拒"管、卡、压"。告状的电话、匿名信遍布衡东县委、县政府各大机关。面对来自各方面的压力,厂党委没有作出丝毫让步,大多数同志挺身而出,对违反劳动纪律的人和事,按照厂规作出了严肃处理。在庄严的厂规面前,领导人从自身做起,率先垂范,人们麻木的心谷荡起了希望的回声。三招奏效,喜传捷报:是年盈利5万元,各项经济技术指标均创历史最高水平,工人们第一次拿到了奖金。初次享受了改革成果的人们,欢欣鼓舞,过了一个丰盛的春节。

郭炎成没有就此感到满足,他心里十分清楚:这三招的效应虽然使企业暂时起死回生,但并非高枕无忧。尽管当时"竞争"两个字眼还只在某些报刊偶尔提提,还只是在部分企业管理人员中一般说说,但竞争的现实却无情地来到了他们面前,人员素质低,机械设备旧,生产规模小……怎样使企业长期立于不败之地,郭炎成和他的搭档们在苦苦地思索。正在这时,他从一位长期走南闯北、奔波于全国机械行业的销售科长口里得知一条可靠信息,1980年,全国农机工业一片萧条,以此为生的一些机床厂积压了大批精良设备卖不出去，他们找门子托关系，有三两个钱就往外抛。郭炎成犹如在茫茫的黑夜发现了一颗耀眼的星辰，要知道，参与市场竞争，没有金刚钻，揽不了瓷器活，他决心凭借这颗星辰的光亮，寻求一条希望之路，走出这方狭窄的天空。他庄严地向全厂宣告：贷款85万元，更新设备，鸟枪换炮。谁知，方案抛出，犹如静谧的原野响起一声炸雷，全厂哗然。"企业刚刚起死回生，好不容易才过上几天安稳日子，又不安分了，想把我们工人搞苦不成。""这份家底恐怕要败在这些当官的手里了。"更令人头痛的是来自上头的压力。有位领导说："85万，一个县财政收入有几个85万给郭胡子那班人，真是吃了豹子胆。""花85万去改造一个农机厂，真是制造神话。"主管工业的副县长从郭炎成手里接过可行性报告，一目十行地看了几眼说："老郭呀老郭，挖眼找蛇打，也要看天晴下雨，守住个摊子我就给你烧香作揖了。"对于职工们的意见，郭炎成十分理解，挣这份家业多不容易，而今要冒如此风险，怎不牵动人们的末梢神经。对于领导的担心，他也觉得不是没有道理，那两年，关停并转，全国机油泵生产厂家，弹指间被吞食了1/5，机油泵厂的前途怎样，谁敢卜定。但理解不等于苟同，对小生产意识的迁就等于对现代化建设的亵渎。郭炎成他们有他们思维的方式，用他们的话表述就是：越是在同行业处于极端困难的时候，越是一个千载难逢的机遇，只要我们紧紧抓住这个机遇，咬紧牙关冲上去，待那些困难企业赶上来，我们早已经捷足先登。如果等大家都上，我们这个县办厂要上就难了。

一旦看准了的事情，郭炎成就像脱缰的野马，勇往直前。在没有得到一分钱贷款的严峻形势下，他们绞尽脑汁，筹集20万元自有资金加上赊账，把机床一台台购置回来。一年后，奇迹出现了，机械工业开始回升，机床设备首先涨价 30%～50%，后提价 1～3 倍。特别是等全国同行厂家摆脱困境，重整旗鼓的时候，他们的产品已经占据了差不多半个中国的油泵市场，用户由本省 4 家主机厂、27 家农机公司扩大到全国 29 个省、市、自治区，84 家主机厂和 500 多家农机公司，并出口东南亚。

小不点跃居为全国赫赫有名的机油泵生产大户，使原来反对搞技改的同志醒悟了，都夸郭炎成这班人"真行!"

武装新一代普罗米修斯

身为法国标致汽车公司海外部专家的奥古斯托尼，当他看到湖南机油泵厂那套严格而科学的管理程序时，当然感到惊讶，因为他并不知道或者说并不完全理解，他们十分注重人的行为和职工的素质，是来完善自己获取利润的手段；而中国的企业家们，对职工进行思想政治工作和技术培训及严格的管理，是为了更大程度地调动职工的主观能动性，是更大程度上摆到了与全人类一致的应该追求的价值取向。当然，改革分配制度，严肃劳动纪律，使濒临绝境的湖南机油泵厂起死回生；购进设备，进行技术改造，使这片沼泽地柳暗花明，对此，郭炎成没有独自陶醉。随着 20 世纪 80 年代新技术革命在中国的蓬勃兴起，他的每一根神经都愈发绷紧了。过去的王麻子剪刀、狗不理包子、德州扒鸡……只不过是小生产喧嚣的代表作，只是人的个性的张扬；而现代化的大生产则是更大的群众活动，个人的意志、行为必须纳入群体规范之中，这就决定了企业的竞争关键是人才和人的素质的竞争。因此，郭炎成下决心提高职工队伍的素质，用高尚的道德水准和现代化的科学知识去武装他们。

于是，党委研究决定：不惜血本，把培养人才、提高人的素质，作为一项复杂、细致而艰巨的系统工程来攻破。作为党委书记的郭炎成，自荐担任这项系统工程的总指挥，党委副书记罗元芝负责"三热爱"教育，副厂长李富兴肩负文化知识和业务技术"两个水平"的提高；副厂长陈石桂负责对职工"三个意识"的增强和"两个观念"的提高，即厂兴我荣、厂衰我耻意识，质量为本、用户至上意识，我为人人、人人为我意识，提高法制观念和纪律观念。各路诸侯，分工协作，各显神通。顷刻之间，厂业余党校、业余文化技术学校，在一阵阵鞭炮声中应运而生；理论问题辩论会、理论学习演讲会、机械知识抢答赛、征文书法竞赛等等，风起云涌。"为振兴企业而读书"的口号变成每一个干部职工的自觉行为。铁匠出身、步入天命之年的党委副书记罗元芝，残酷的历史堵塞了他通往学校的大门。当了工人的他，敢于同命运抗争，沉重的劳动负荷没有动摇他强烈的求知愿望，他坚韧不拔地去破译令同辈人生畏的被硬壳包藏着的未知，通过考试终于达到了初中文化水平。进党校、上技校，厂领导班子成员是那样认真、执着。每天晚上，大多数领导都与职工一道恭敬地坐在学员席上同室共读。领导谦恭就学，职工们也暗暗仿效。年过半百的汤师傅，满头白发，一脸皱纹记载着他沧桑的人生经历，但他没有在不可抗拒的生命规律面前退却，而是以极高的热情投入了学习的行列，他为自己布置了一间别致的卧室，床头床尾贴满了用毛笔抄写的学习复习资料，四周墙上挂着大字报式的学习要点。下班后，睡觉前，他戴着老花眼镜，神情专注地念念有词，他正准备摘取经济师的桂冠。就这样，全新的知识，密集的信息，使机油泵厂的职工们抛开亚细亚的作坊，越过泰勒的"定额管理"，去追求奈斯比特的《大趋势》，去猎取托夫勒的

《未来的冲击》。

"自己办的学校，要在广度上做文章。要造就高层次的人才，还必须在深度上下功夫，选拔一批思想素质好，有一定业务功底的同志到大中专院校去深造。"郭炎成与主管职工教育的副厂长李富兴颇有见解地谈了自己的意见，厂党委立即予以肯定。1981 年以来，这个 400 来人的厂子先后派出 70 余人进入大中专院校学习，一笔账算下来，花费 20 多万元，但谁都说值得。1980 年还是基层干部的许仲秋，被推荐进入湖南大学学习，使他在企业管理的纵深领域中有了厚实的造诣。1987 年，他毕业回厂担任副厂长职务，随后负责 240 万元投资的技改工程。通过专家鉴定，由于他运用系统工程学，抓住市场机遇，节约资金 60 多万元。

古希腊传说中的普罗米修斯盗取火种，为人类带来了美好和光明；而今，湖南机油泵厂以郭炎成为首的领导者们驾驶着的诺亚方舟，给全厂的工人们驮来了科学与知识的圣火，从而使更多的"火神"在新时代的挑战中，如同鸟儿搏击长空的新羽在脱落旧毛时渐次丰满起来，在无际的天空纵情翱翔。近年来，全厂职工平均技术等级"翻了一番"，上升到了 5.3 级，获中级以上技术职称的由原来的几个人增加到 40 多人。或许正是因为这些数字的变迁使企业发生了根本性的变异，郭炎成他们更嫌人才的不足了。这些年来，大学生分配令人头疼，有人就是顶着不要，可湖南机油泵厂总是抢在大学生分配前夕，广纳人才。北京大学的高才生来了，湖南大学的佼佼者也来了。莘莘学子在湖南机油泵厂享有优厚的待遇。1990 年，厂里兴建了 30 多套家属宿舍，党委成员中只有一人因 3 代同堂搬进新居，其他同志仍住在过去的"干打垒"旧房里。一些才调来、才分配来的年轻伢子，因为他们是知识分子，就住上了宽敞的新房。个别职工叽叽咕咕："进厂不到几天，寸功未立，太过分了点。"话传到郭炎成耳朵里，他激动了："当年拿破仑远征埃及，曾下令'让毛驴学者走在中间'，那是爱惜知识分子！先古武将尚且尊重知识，尊重人才，何况我们现今的企业！"

随才器使，大学生们大有用武之地，很快在企业找到了自己的位置，湖南大学机械系铸造专业毕业的高才生胡桂云，被郭炎成"抢"到厂里后，全身心投入技术改造。几个月时间研制出旧沙再生袋装置，处理地面造型沙，每年为厂里节约资金1万多元。近两年，他担任技术科长，承担自动化铸造线改造任务，为厂里节约资金40多万元。在这里，有多少个胡桂云，他们正展翅在湖南机油泵厂这片广阔的天空，迎着一轮轮辉煌的太阳，同全厂职工走向希望的未来。

超前托起明天的太阳

命运，似乎有一种诱惑人的神灵，有人总希望通过偶然的机遇，去翻阅命运的底牌。湖南机油泵厂的领导者们不相信命运，他们把底牌捏在自己的手里，逢凶化吉，全仗自己把握。

从1988年下半年开始，随着宏观经济紧缩政策的实施，我国过热的经济势头开始趋向平缓，市场运行中的紊乱状态开始得到治理整顿。不过，"降温""压缩"也使一些企业走入低谷，大大小小的企业领导人几乎都因此遇到了无法回避的麻烦。因为机械行业的疲软，机油泵价格一跌再跌，销售市场出现了白热化的竞争，形势无比严峻。但令人费解的是，湖南机油泵厂的领导者们此刻倒显得坦然自若，因为，他们超前决策，把企业的"阵痛期"消化在萌芽状态了，为迎接市场疲软这个残酷现实的到来做好了充分的准备。

那是一段充满艰辛和痛苦的日子。我国开始进入"七五"时期，湖南机油泵厂正乘着改革的东风，扬帆前进，经济效益直线上升，全厂职工安居乐业。企业也有了一笔钱，有人建议，干脆作为奖金发了。但是，一向以超前意识著称的郭炎成，居安思危。他认为，今朝有酒今朝醉，只能导致企业走向绝路，企业不能养活自己或只是守住个摊子，领导无颜见江东父老，职工无脸见妻儿子女。而要使企业长盛不衰，就必须做到退一步进两步，植树造林，引鸟归巢。经过一段时间的彻夜思索之后，郭炎成又亮出三招：一是建立起完整的全面质量管理体系，使产品质量稳固提高；二是现有资金全部投入，再贷款 100 万元，全面实施"七五"改造工程计划，开发 10 个新品种；三是不惜血本，降价让利，每台机油泵以降价 30%~50%的幅度，占领市场。使用一招便罢，使用二招、三招，平静的湖水顿时掀起轩然大波，遭到了职工们的强烈反对。有人讥讽："投资几百万搞改造，真是癞蛤蟆想吃天鹅肉。""你郭胡子豹子胆购设备，算你机遇好成功了，可现在干守株待兔的事，会葬送全厂职工生路的。"有人质疑："原材料价格一个劲往上翻，产品销价一个劲往下降，这不是糊涂决策吗？"话确实难听，但郭炎成不在乎，他胸有成竹。郭炎成紧紧团结厂领导班子，分析了银根紧缩后，全国同行业的现状和自身企业降价的实力，果断而不武断，主动而不盲动，他深信，自己是在确实有把握的前提下作出这几项决策的。然而，当郭炎成把自己的决策向县里有关领导汇报时，却被婉言劝阻，任你苦口婆心，纠缠不放，仍然是一句不痛不痒的话："我做不了主。"怎么办？商品经济可不是一个温柔慈爱等待你慢慢成熟的温室，优胜劣汰，残酷无情。郭炎成黾出去了，面对来自各方面的压力，他没有退却，对内召开全厂职工大会，公开答辩，力排众议；对上，三天四转，白天找不到晚上来。当时，正是郭炎成腿病发作最严重的时候，大腿两侧皮肉溃烂，但他穿着一条短裤，一边敷药，一边拄着拐杖四处奔波。领导走到哪里，他就踉踉跄跄跟到哪里，好在领导们看在他那条烂腿的"面子"，尽管不作出明确答复，好歹不讨厌、不给他冷遇。这样奔波半年之后，终于有了眉目，有关领导终于表态："你们搞吧。"郭炎成心花怒放了。

然而，好事多磨。就在"七五"改造工程铸造线上马之时，正在长沙办事的郭炎成接到某领导一个长途电话："速回，停职检查。"这，无异于晴天霹雳、五雷轰顶！郭炎成的每一根血管似乎顷刻就要炸裂。为什么？究竟是为什么？这个轻易不发怒的企业领导者却发怒了，"妈的，我何苦呢？"一只杯子被他狠狠地砸在地上，铮铮铁汉的老泪从他眼里流了出来。但是，作为一名久经考验、不屈不挠的企业家，任何挫折和厄运是不会使他崩溃的。他冷静地想了想："我到底犯了什么错误，先了解情况再说。"他立刻驱车赶回厂里。回厂后，才了解到，厂里现有资金已全部投入铸造线，原定本月职工工资贷款发放，但因种种原因，银行贷款落空，工人们没有按时拿到工资。有人告状："职工做了事拿不到工资，这是为什么？就算郭炎成是资本家，也要给工人发工资嘛。"一个好端端的企业，顷刻间发不出工资，顿时满城风雨。在此情况下，领导不得不电告郭炎成，回厂检查。

那是一个正值隆冬的夜晚，被近两天内外交困的压力弄得喘不过气来的敦炎成，爬到了厂办公楼的最顶层，刺骨的寒风吹在他的身上，他渐渐地理清了思绪。此刻，他沿着栏杆来回地走着，他想了很多很多，想起了自己苦难的童年，想起了厂子初创时的艰辛，想起了几十年来的风风雨雨，也想起了这些年来改革中遇到的挫折和失败。他发出一声嘘唏："中国要办一件事情怎么这样难啊。"然而，当他突然抬起头来，面对厂区内那灿烂一片的灯光，那高高挺立鳞次栉比的楼房，那正在动工兴建的铸造线时，郭炎成的精神为之一振，他的前方霎时又充满了希望。是啊，这一切不都是挫折中成功的吗？ "干，一定要干下去！" "对，老郭，我们跟你一起干！"郭炎成猛转头，见周正南和李富兴两人站在他的背后，"你们……" "郭书记，我们早就跟你上楼了，但我们没有打扰你，我们希望这冬夜的风赶走你的苦恼。干吧，我们已向领导解释清楚，已经取消检查决定，支持你领着大家干。" "可是，发不出工资，总是不好的，我应该负责任。工资不按时发，失去工人信任，影响不好啊。" "老郭，你就放心好了，只迟了 4 天。我们已经发动厂里中层以上干部拿出自己家里多年的积蓄，再向亲戚朋友借了一些，凑合凑合，工人们发工资差不多了。" "啊……"一行热泪从郭炎成的眼里流出，多么好的同志啊！每次关键时刻，总有他们的鼎力相助。他们的手握得紧紧的，紧紧的，所有的理解、所有的语言都凝聚到了这三双紧紧握住的手上。

有了新的起跑线，郭炎成和他的同志们将毁誉荣辱抛之脑后，紧紧抓住时间的缰绳，在事业的轨道上疾驰迅跑，无暇顾及昼与夜的交替，也无暇领略褒与贬的内涵，汗水和心血搅拌着他们的时时刻刻。

1989 年底，投资 400 多万元的"七五"技改工程，终于全面竣工，机油泵年产量增加 12 万台，增加产值 100 多万元。特别是那条自动化铸造线的上马，技术达到国际先进水平，为"八五"企业腾飞奠定了坚实的基础。加之同步推行第三招，通过低廉的价格广泛地赢得了用户，占领了市场。湖南机油泵厂生产的机泵居然在全国油泵生产困惑的时候出现了高涨期，销路畅通，销量猛增，经济效益在全国百余家同行业厂家中名列榜首。美国福特汽车公司某分公司老板、汽车制造专家太德先生，为了寻找铸造加工刹车盘的伙伴，专程从大洋彼岸，来湖南机油泵厂参观考察，并对厂子赞叹不已。回国后，立即拍来电报，盛赞湖南机油泵厂的领导集体："我跑了东南亚十多个国家，你们是好样的。"并随即派人洽谈业务，签订合同。

不可以说就是因为这些，也绝不可以不说这些，湖南机油泵厂党委被中共湖南省委命名为"先进党组织"，工厂被评为湖南省"双文明建设先进单位"，郭炎成荣膺衡阳市"改革精英奖"，省级劳动模范称号，省委书记亲手发给他闪光的奖杯。

郭炎成他们从没有想到过要得到这些荣誉，他们考虑的是党和人民把企业交给他们，自己如何向党和人民交上一份满意的答卷。正因为如此，他们时刻高瞻远瞩，步步进取。近两三年，厂里又先后办起了百亩果园、猪场、蛇场、鱼塘和红砖厂。讲起这本创业经，年近花甲的老干部洪自文欣慰地说："虽说这仅仅是工厂的副业，但这些产品不但能够丰富职工的物质生活，更重要的是能够产生一股凝聚力，把广大干部职工团结起来，即使万一遇到倒霉的那一天，也绝不会断了一厂人的生路。"

1991年初，厂长兼党委书记郭炎成急流勇退，辞去厂长职务，力荐管生产技术的副厂长周正南担负厂长重任，县委经过全面考核，批准了郭炎成的请求，把厂长的重任交给了周正南同志。周厂长高高的个子，比较清瘦的身躯显得精神饱满，走路说

102

话颇具才子风度。50年代初，他从工厂考入大学，而后分配到北京一家设计院。也许是太留恋生他养他故乡的缘故，7年后，他又回到了曾给自己以美好憧憬的湖南机油泵厂。30多年来，他潜心科研，致力开发新产品，先后研制成功了ZR100系列三种机油泵，赢得了科技界和机械制造行业的赞誉，也为湖南机油泵厂与拖拉机生产大王——洛阳一拖牵上了一条挣不断的红丝线。1983年，在湖南机油泵厂第四届职代会上，周正南以90%以上的选票当选为副厂长。在主管生产技术的副厂长生涯里，他与郭炎成及厂里其他几位副厂长配合默契，以极其严肃认真的工作态度、朴实而又机敏的工作作风，受到了全厂干部职工和上级领导的高度赞誉。

走上厂长的领导岗位以后，周正南感觉到肩上的担子更重了，为了不辜负党和人民的重托，他把整个身心都融入了湖南机油泵厂的每一项事业之中。他深深懂得，现在，在计划经济与市场经济相结合的经济体制中，我们还面临着许多未知数，如同魔方变幻莫测，唯有不断地开拓进取，才能取得事业上的成功。老厂长带领大家开创的事业，终究属于过去，要使湖南机油泵厂永远立于机械行业先进之林，就必须瞄准社会主义商品经济这个魔方，遨游市场这个大海。他先后三次与老厂长一道，深入广州、深圳等沿海城市，探测油泵市场的最新动态。通过周密的市场分析，查阅各类油泵生产的技术资料，尤其是通过对中法合资创办的广州标致汽车公司的参观访问，他对国内外油泵生产充满了无限的希望。自世界进入80年代以来，拖拉机油泵生产厂家已逐步趋向饱和，各种汽车油泵，特别是轿车油泵在我国机械制造行业中方兴未艾，前景远大。但要生产这种油泵必须具备高档次的技术水平，正如郭炎成所言，农机油泵是小学生，一般汽车油泵是中学生，轿车油泵是大学生，而在全国上百家同行业厂家中，技术水准还没有走在湖南机油泵厂前面的。一句话，机遇来了，只有湖南机油泵厂能够获得这个机遇。因此，周正南决心闯一闯，在自己的任职期末，跨过中学的行列，登上大学的殿堂。在湖南机油泵厂的历史上，这无疑又是一个新的飞跃。历史没有夏时制，时针不会往回转，又一次获得千载难逢的机遇，应当拼一拼，必须拼一拼，也可以拼一拼。

送别法国专家，周正南召集厂里的领导者们，在那间作出了无数次决策的会议室里，又开始了一次具有深远历史意义的议程。湘南秋夜，微风轻拂着大地，郭炎成、周正南、许仲秋、李富兴、罗元芝、陈石桂、任恒民这些为湖南机油泵厂创下了赫赫战功的领导者，在浓浓的香烟雾气中，挑灯夜战，苦心钻研，一份"拼一拼"的可行性方案终于以其壮观的字眼在那个迷人的秋夜诞生了。依照这个方案，"八五"期末，湖南机油泵厂将建成年产 30 万套引进轿车机油泵，年产 20 万套汽车刹车盘零配件的中型企业，利税将由现在的 100 多万元上升到 1000 万元。

清晨，当这些领导者拿好方案，担负着各自的重任走出会议室时，鲜亮的阳光已经洒满宽阔繁忙的厂区，全厂职工又迎来金灿灿的朝霞，开始新一天崭新的生活。

（刊发于 1992 年第 10 期《工商之友》杂志，1992 年 11 月收入北京燕山出版社《开拓者之歌》一书）

后 记

　　湖南机油泵有限公司是全国机械行业的龙头老大，也是衡东县唯一的上市公司。走到今天，我们不能忘记它的前身——衡东县农机厂直至湖南机油泵厂，我们更不能忘记建设这家工厂的元老们：郭炎成、周正南、许仲秋等企业家。1991年，北京燕山出版社约请我撰写这个厂的报告文学，我欣然应允。埋头几晚上，一篇长达1.3万字的作品问世。翻阅过去一笔一画誉抄出来的长达59页的初稿，自己都为之感动。此稿除收入北京燕山出版社出版的《开拓者之歌》一书外，同时被《工商之友》等多家刊物发表。在此，谨以此文向中国改革开放第一代企业家们表示最崇高的敬意！

电子王国一骁将

电子工业，一向被人们誉为新兴科技产业。多少仁人志士，为了它的发展和繁荣，呕心沥血，艰苦奋斗，留下了多少可歌可泣的故事。杨满凤，这位在人民军队大熔炉里锤炼了14个春秋的女将，转业回到地方后，献身电子工业，驰骋电子王国，以其女人的毅力和智慧，以其军人的坚强和伟岸，在整整5年半的时间里，创办一个集体企业，救活一个连续亏损11年、累计亏损158万元的国有企业，在衡阳电子工业的发展史上，谱写了辉煌壮观的一页。因此，她两度被评为省电子系统"优秀厂长"，省"芙蓉杯"竞赛和省仪表协会先进个人、市优秀企业家、优秀共产党员、供销先进标兵十佳人物、优秀军转干部等荣誉称号连年向她垂青。是的，党和人民没有忘记这位为衡阳奉献了情和爱的好厂长，历史更记载了她顽强不息的奋斗足迹。

一

1943年茶花盛开的季节，杨满凤出生于零陵永州市郊区一个贫苦农民的家庭，父母靠租种地主的田地维持生计。他们非常疼爱自己的孩子，也关心儿女们的成长，为了供孩子读书，母亲常常靠卖辣椒和盐菜挣钱给他们交学费。杨满凤读小学的时候，父母每天给她带一个番薯中午充饥，后来到离家 3 公里的高岭桥读高小，母亲就为她做好一个星期的菜带到学校。由于从小在这种艰苦的环境里生活学习，杨满凤也从小培养了自己坚强的意志。在校学习期间，她勤奋好学，热爱劳动，追求进步，高小毕业就加入了团组织，并历任班长、团支部书记、学生会主席，被评为零陵地区青年积极分子。1960 年 7 月初中毕业，正当组织上准备保送杨满凤到湖南省第一师范就学时，总参三部到零陵地区招生，经严格审查，她被批准参军入伍，成为一名光荣的解放军学员。入伍后，她在洛阳外语学院学习了 4 年，随后被分到总参广州三局，一直从事机要工作。在部队，她刻苦训练、努力学习和工作，光荣地加入了党组织，成为国家干部，并被评选为"学习毛主席著作积极分子"。

1974 年 10 月，随着一声长鸣的汽笛，杨满凤脱下了绿色的军装，转业被安排在市无线电厂工作。从此，他踏入了电子工业的大门。刚开始分配做供销工作，杨满凤在部队搞机要，上班大门不出，也很少出差，中国的版图上，一些城市的名称都比较陌生，这一下叫搞供销工作，简直是 180 度大转弯，困难无疑是比较大的。但一向以倔强著称的杨满凤认为，如果是个懦夫，即使是轻波微澜也会变成滔天巨浪；如果是个勇士，惊涛骇浪也会视为前进中的交响乐。她没有向领导作任何的讨价还价，而是以自己刻苦的学习、忘我的工作来取得进步。多少个星期天，她加班加点，搬运产品；多少个节假日，她出差在外，在火车上颠簸，在烈日下的街头奔走。有一次，杨满凤在南昌开订货会，胃部剧烈疼痛，实际已经痛了一个月，只是没有今天这么剧痛罢了。当时她以为是胃不好，就到附近医院买了点止痛药吃，又继续参加订货会。开完订货会回来，她又像男同志一样将 50 斤的货物搬上搬下，以致休克才被同事们紧急送往医院，经检查，系结扎手术后遗症以致宫外孕，再不及时开刀动大手术，就可导致败血症。经过 11 个小时的抢救，才转危为安。出院时，医生嘱咐她一定要休息两个月以上，否则，后果不堪设想。可杨满凤却说："为了把厂里的产品推销出去，宁愿少活几年也在所不惜。"仅休息一个月，厂里在武汉的销售工作中有一重大事件要及时处理，她感到事关重大，决定亲自去武汉一趟。家里人坚决反对，医生也不同意，她避开家人和医生，硬是拖着虚弱的身子由同事搀扶着登上了北上的列车。到武汉后，她又四处奔波，使问题得到圆满解决。正是凭着这种执着的追求和常人难以想象的吃苦精神，杨满凤很快成为推销的一把好手。不但如此，她还能从"南征北战"的推销活动中，抓回新信息、新产品，备受企业界有识之士的关注，也赢得厂内干部职工的一致好评。

二

1989 年 6 月，正当杨满凤打开产品销路大展宏图之时，组织上一纸任命，要求杨满凤与其他 4 位同志一道，挑起创办市精密电子电器厂的重任。创业之初，组织上交给他们的犹如一张白纸，一无资金，二无厂房、设备，三无技术力量，仅靠租用市图书馆 100 多平方米的场地，10 来张办公桌，拼凑起一条生产线。要在这样一张白纸上画出一幅优美的画卷，谈何容易？正在此时，有一位私营老板许诺高薪聘请杨满凤去深圳工作，并提出将其全家人的户口也迁往沿海。一方是艰苦的环境，累死累活的工作；一方是优厚的待遇，优裕的享受，何去何从？有好心人劝她："人往高处走，水往低处流。远走高飞，前程无量。"可杨满凤却几乎是未加任何考虑便义无反顾地选择了前者。她对同事们说："我是农民的女儿，我是喝湘江水长大的，是党的培养才有我的今天，碰到艰苦的工作，就向往丰厚的待遇一走了之，怎么对得起党、对得起衡阳的父老乡亲呢！"正是出于这种朴实的感情，杨满凤毅然接受了办厂的重任。她一头扎进市场，一扎就是120天。在这120天里，她跑遍了全国20多个省市有关的工厂、科研单位、部队、学校，采用询问法、会议调查等方式，调查了上百家用户，详细了解了当前国内精密电子产品的现状与发展方向，以及各单位的购买能力，在众多的精密电子产品中选择DT890A、B、C系列数字万用表作为自己的创业产品。正确的决策，使创业迈开了可喜的第一步。随后半年时间，杨满凤又奔波各地，苦口婆心，签订了150万元订货合同，当年销售收入100万元。新诞生的市精密电子电器厂迅速壮大，到1990年工厂年产值达270万元，人均产值6.5万元，发展成为有产品、有市场、效益好的先进单位。

随着业务的不断发展和市场竞争的日趋激烈，杨满凤清醒地认识到，这种小作坊式的生产无法在瞬息万变的现代工业中形成气候，要使企业汇入现代工业的大潮，在高速发展的电子工业中占有一席之地，必须扩大规模上档次。然而，从何入手呢？作为军人出身的杨满凤，深知实力、胆识、决策、战机在取胜中的重要作用，她敏锐地将目光盯住了已连续亏损11年、累计亏损额达158万元的市晶体管二厂。"兼并它！"经过一番详细的考察，她作出这一用市场手段解决困难的大胆决策。

决策一宣布，犹如在滚烫的油锅里撒上一把盐，顿时在全厂掀起了一场轩然大波。有的人说，一个羽翼未丰的集体小厂兼并一个建厂20多年、包袱沉重的国有老厂，小蛇吞大象，能吞得下吗？这个风险冒得太大了。在职工大会上，杨满凤以战略家的胆识，向全厂职工畅谈了创业的信心："小蛇吞大象，当然不是容易的事，兼并之路也一定充满荆棘和坎坷，但这里有我们急需的场地、设备，有 200 多位渴望企业翻身的好职工，更关键的是我们找到了企业亏损的症结在于产品无市场。我们有信心带动这支队伍，再走一条依靠市场、开拓市场的路子。"一席话，说得职工心里亮堂了。合并之后的"市无线电五厂"的牌子终于以其夺目的光辉挂在了厂门口。

合并的头一年，杨满凤和几位厂领导确实捏着一把汗。新建的五厂还很脆弱，光靠 890 系列数字万用表的生产无法养活全厂200 多人。路总是在脚下，市场是靠闯出来的。他们根据市场情况，理出了"两路并进，互相依托"的发展思路，一手抓开发，一手抓市场。根据销售部门反馈多功能液晶显示数字万用表走俏市场的信息，杨满凤及时组织技术人员，以最快的速度开发出两大系列 7 款产品投入市场。当年实现产值 370 万元，销售收入 320 万元，实现利润 15 万元。一举摘掉原市晶体管二厂多年亏损的帽子，职工收入增加 1000 元。

初战告捷，杨满凤和战友们仍没有沾沾自喜，她及时提出了生产一个、开发一个、构思一个新产品的开发方案，不断用新产品去闯市场，占领市场。1992 年初，成立了厂研究所，在政策上对科技人员进行倾斜，使新产品层出不穷，大屏幕数字显示万用表开发出来了，4 位半高精数字万用表试制成功了，新一代数字直读式万用表投产了。几年来，先后开发了 6 大系列，32 个品种，其中 5 大系列数字万用表通过了省级鉴定，两大系列 7 个品种填补了省内空白，获湖南省优秀新产品证书，获市科技进步三等奖，新产品产值达 90%。"佳达"牌数字万用表在市场上赢得了较高的知名度和信誉度。还改善了晶体管生产工艺、生产条件，开发出了具有国内先进水平的有线电视线路放大器系列产品，很快走俏市场。衡阳市无线电五厂，终于以其磅礴之势，阔步迈进了国际电子市场。

三

市场经济迅猛发展的今天，优胜劣汰，残酷无情。企业要在竞争中长期立于不败之地，除了紧跟市场开拓新产品外，还必须有过硬的产品质量和服务信誉。杨满凤深知此理，企业要在竞争中取胜，必须使产品在质量上过得硬。这些年，她始终把产品质量看作企业的生命，大刀阔斧，改革旧的管理制度，加强全面质量管理，严格生产线的质量控制，在生产中实行群众、班组、车间三级管理，对产品实行"自检、互检、专检"，把质量与奖金挂钩，使每个职工意识到"质量是企业的生命，是取胜的法宝，又是自己的工资和奖金"，从而增强了全员质量意识。近两年来，产品一次送检率达到90%，产出率和稳定率都达到了100%。1991年，通过国家生产许可证审核。1992年数字万用表直通率由20%提高到67%，一次交检合格率由81%上升到98%，投入产出率达到99%。1993年，省技术监督局组织在株洲召开计量工作会议，衡阳市无线电五厂作为衡阳市唯一一家被邀请出席会议的单位代表，在会议上作了《如何提高制造计量器具质量》的专题发言。同年，国家技术监督局委托省技术监督局，在株洲举办全国性的数字万用表原理维修班，无线电五厂又作为被邀请授课单位，授课一星期，得到全国同行业的好评。1994年12月，五厂生产的数字万用表获"湖南省质量信得过产品"。为了引进高技术，更新产品，1994年初，杨满凤拨款5万元，派5名技术员到沿海考察学习。同时，进行了新产品的开发和试制，设置了综合车间，并对车间工人进行岗前培训，边生产边试制，现已取得较好的效果。随着产品质量的提高，厂里的知名度也越来越高。杨满凤常常对同志们说，质量是销售人员的"胆"，产品质量好，牌子响，讲得起话，喊得起价。靠质量闯市场，使她们尝到了甜头。1993年南昌订货会上，牡丹江一家电子公司业务员费了一番工夫才找到五厂推销人员的住地，说他们经营经销全国好几家生产的万用表，相比之下，还是衡阳"佳达"牌质量好，销得又快。他来开会之前，经理特别嘱咐他，一定要订"佳达"牌，会上没订到，跑到衡阳也要订到。为了让厂里的产品取得社会的认可，杨满凤常常亲自出面，苦口婆心，以诚感人。前年武汉订货会上，石家庄一家公司认为五厂的数字万用表质量不错，正在洽谈中，却被另一家厂家拉走。当夜，杨满凤登门拜访石家庄客户，向他再次介绍本厂产品质量和国家认可的证书，并当场测试了表的各种功能，这位客户信服了，第二天，主动上门来，一次订了价值15万元的合同。今年一开门，该公司一次要走了300多台表。

有了过硬的产品，但要占领市场扩大市场，并非易事，尤其是去抢占别人的市场，就更难了！"将欲取之，必先予之"，要争取用户客商，杨满凤不断强化对用户进行企业信誉、形象以及情感的投入，强调销售服务质量。要求销售部门做到"三及时"，即发货及时、回函及时、信息反馈及时。一切为用户着想，以优质服务感动"上帝"。就连不是本厂产品，用户找上门来，也要有求必应。前年，长沙一公司购进一批数字万用表价值12000多元，因质量问题销不出去，压在仓库里，退又退不掉，卖又卖不出去，经理急得团团转。杨厂长得知情况后，主动组织技术力量，为其全部免费修好，几十台表全部销出。当时有的同志想不通，埋怨说："别人的产品我们修。花自己的钱帮别人干活，真是做亏本生意。"可事实上感动一个客户，带来一片生意。杨满凤组织人员为长沙这家公司排忧解难后，该公司深受感动，经理主动上门与五厂建立了长期业务关系并到处宣传，扩大了五厂在长沙地区的声誉，在长沙的销售点由 3 家发展到 12家。五厂产品，迎来了更加广阔的天地。

四

在当今的信息时代，产品更新换代的速度日新月异，处于尖端科学的电子产品更甚。正如杨满凤形象地告诫同志们："吃着碗里的，盯着锅里的，想着砧上的。"因此，对于厂家来说，要想挤进市场，拓宽市场，除了紧跟市场开拓新产品确保产品质量以外，还必须及时将新产品推销出去。否则，无人知晓的新产品也会胎死腹中。

作为厂长的杨满凤，她的主要精力便是抓销售，以销促产。对于销售，杨满凤结合自己 20 多年的实践，首先着力于从思想上、理论上和实践上提高营销人员的整体素质，帮助他们掌握产品的性能、操作和简单的基本知识。同时，对他们进行公共关系学、法律学和市场营销学的培训。在调动大家积极性的同时，杨满凤常身先士卒，乐当一名普通推销员。

为了推销产品，她置自己的身体于不顾，日夜操劳。1992 年上半年，市里反复强调要时间过半，任务过半，可是无线电五厂到 5 月份离任务过半还差 90 万元，怎么办？厂里决定打一场销售大战，把钱收回来。说干就干，她带领销售科的同事全部出动。由于连日奔波，她最终病倒了。到了山东以后，两条腿像灌了铅似的，拖也拖不动，身上的肉一下子掉了10来斤。厂里一位同事看她瘦成这样，禁不住流下了眼泪。厂里其他领导知道这一情况后，几次催她回来休息，她不但没有回来，反而拖着一身的病由山东转到了东北，一边吃药治疗，一边上门收款。43天时间，她收回货款40余万元，同时还签订了30余万元的合同，保证全厂实现了时间过半、任务过半的目标。

为了推销，她欠下了太多太多的人情债。一天，一封加急电报从零陵打来："母病危速归。"正在外地出差的杨满凤风尘仆仆地回来时，90高龄的母亲已是病入膏肓。1978年杨满凤的父亲去世时，她也正在外地出差，待她处理完业务赶回来时，家里人等不及已将父亲封棺了。家人说，老父亲临终前一直呼唤着她的名字。每当想到这些，她的泪水就禁不住沿着脸颊直往下掉。她决定这次好好在母亲身边尽尽孝。回到家里，她张罗着请医生、抓药、送水，忙个不停。两天过去了，她有点坐不住了，青岛有一个订货会等着自己去开呀。她狠狠心贴着母亲的耳朵根说："娘，厂里有急事要我出差，您老人家安心养病，我回来后再好好地服侍您。"母亲睁开眼睛看了看她，眼眶内溢出了颗颗泪珠，没有说什么。老人心里清楚，她的女儿是最孝顺的。老人慈祥的眼神告诉杨满凤：工作第一，你走吧。杨满凤告别了弥留于人世的母亲，登上了北上的火车。到青岛的第二天，她就接到了母亲去世的电报。为此，她悲痛欲绝，久久陷入自责，甚至怀疑自己是否心肠太硬了！

今年春节，规定放假6天，厂里安排杨满凤值班两天。但她却顾不上陪伴丈夫和孩子，安享天伦之乐，却天天去厂里，平均每天推销 1 万多元的产品。用她自己的话说，当厂长最担心的是效益，得分分秒秒地干。

在推销过程中，杨满凤有一个绝招。她将全国 29 个省市的 1263 个客户的通信地址、联系人电话号码、休息日和开户银行账号以及经营项目等等都记录得清清楚楚。同时，坚持每天记"效益日记"，对自己在销售活动中的每一项业务都进行计算、分析。因此，她能及时地向用户提供价格最合适的产品。也因此，客户了解她，也信任她。每次订货会，不论全国的还是中南片区的，只要她将自己的房间号码往外面一贴，客户就会络绎不绝地涌来。

5 年半时间，杨满凤作为厂里的负责人，不但带领全厂职工使产值、销售收入分别比过去增长了 9 倍和 10 倍，而且个人为厂里收回货款 1094 万元，为国家创利润 478.73 万元和税收 67.83 万元。

五

杨满凤虽是众望所归，有口皆碑，但她并没有忘记"红花还靠绿叶扶"，没有忘记"骁将还靠众士勇"。

"企业是发展起来了，"杨满凤坦率地说，"可是，这本不是我一个人的成绩，没有上级的正确领导，没有班子成员的鼎力相助，没有全厂职工的共同努力，我就是浑身是铁，也打不出几颗钉来。只有大家的奋斗，企业才有今天的繁荣兴旺。"接着杨厂长如数家珍般地谈起了企业其他领导成员和有关同志的事迹。厂党总支部书记陈延仁同志，甘当无名英雄，积极支持厂长的工作，为厂长排忧解难，仅 1994 年，他运用法律手段处理经济纠纷 12 起，为电子工贸公司挽回经济损失 50 多万元。分管技术的王小赫副厂长，带领 5 位技术科的同志，攻难关，破难题，不断开发新产品投放市场，占领市场，为了使厂里的拳头产品系列化、多样化满足市场需要，用一个星期的时间就试制了 92 系列表样机，满足了用户的需要。销售科的许光智、易承伏、谢琪等同志，他们发扬"寸土必争"的拼搏精神，哪里有市场，就往哪里占领。面对全国同行几十个厂家激烈竞争的局面，不畏难，勇争一席之地，他们冬到东北，夏到海南，战严寒，斗酷暑，单枪匹马，有时累得实在是滴水不进、粒米不沾，仍坚持工作；副科长许先智同志，有次参加订货会，妻子临产时他还在汉口，尽管家里电话催促，他还是坚持到会议开完，回到家里，孩子出生已 3 天了。因为有这样一支过硬的销售队伍在市场纵横驰骋，销售科自 1991 年来连年被评为市营销先进集体。

如今的无线电五厂，一栋 5 层 3000 多平方米的电子大楼拔地而起；崭新的生产线已投入使用；7 层职工宿舍楼 2100 平方米即将交付使用；职工的工资由人均每年 1500 元到 1994 年年末人均收入达到 4785 元。全新的五厂，全新的精神风貌，正向着 21 世纪的电子王国奋勇迈进。

（收入衡阳市文联主编《巾帼风采》丛书）

迷域中崛起的新星

夏希芳是怎么回到家里的，他自己也不清楚。当书记刚刚说出"我们认为你不适宜干这项工作，准备将你辞退"，他的头脑就嗡嗡作响，后来书记还说了些什么，他一点也没听清。

被乡企业办辞退，这本来是他早已预料的事情，可预料一旦变成现实，仍像丢了什么贵重的东西，人也矮了半截似的。本来嘛，企业办的工作人员，虽说户口在农村，可毕竟吃公家粮拿国家钱，毕竟有人向往有人追求。3 年前，他是承蒙公社党委爱护提拔，群众拥戴推荐，走进那间办公室的。可如今，他被辞退了！再没有资格走进那间办公室喝茶、看报、盖公章了！

"愣个什么，回来了就不吃饭了？草堆里会饿死蛇吗？"妻子是个注重实际的农家妇女，她不稀罕花架子干部，如今世道好，还怕寻不到碗饭。

是呀，堂堂男子汉，为什么就不能干出一番事业？难道说我真的没能力吗？不，在那里办任何事情都得头头点头，手脚绑得紧紧的，离开了，不正可以甩开膀子大干一场吗？对，人，就是要活口气！

一个偶然的机会，夏希芳从朋友那里获悉，河北省某农场需要大批水泥地砖。他当即拿出两年的积蓄，卖掉建房用的钢材和爱人的缝纫机，开办了人造大理石厂。6 个月后，生产水泥地砖

3.5万块。时值仲秋，金黄的稻子正待收获，夏希芳满怀成功的喜悦，风尘仆仆，将水泥地砖运往河北，意想不到的是，经检验，质量不符合要求，场方拒绝收货。夏希芳的心，一下子掉到了冰窖里，他在冰沿上挣扎，苦口婆心，拜了场长求书记，可结果仍然是两个字：不要。也难怪，如果因为建筑材料不行，致使工程不合格，这个责任谁个担当得起呢？

夏希芳像疯子一样，急匆匆返回家。妻子抱有一线希望，她在等待丈夫报告河北的好消息。夏希芳能向妻子报告什么呢？"呜……"妻子终于从丈夫的眼神里预感到了事情的不妙，哭了起来。失败的痛苦本来已经搅得夏希芳心烦意乱，妻子的哭声无异于火上添油。"叭"，一巴掌落到了妻子脸上。可是，就在缩回手的一刹那，他痉挛了，心，针刺般疼。啊，眼前是一张多么消瘦的脸庞，昔日的丰满红润哪去了？你，你真的疯了吗？为了办厂，妻子跟着你还没有吃够苦头？打老婆，你够一个男子汉吗？一颗晶莹的泪珠，在夏希芳扭曲的脸上蠕动。

挫折，对于有的人来说，可能是当头泼去的一盆冷水，从此会使他熄灭燃烧的希望；而对于夏希芳，却是一副强烈的催沸剂，激起了他加倍的狂热。夏希芳卖掉了家里剩存的1000斤口粮，又从亲戚朋友那里借了500元。他计划，先到外头去摸摸行情，然后，重整旗鼓，背水一战。

夏希芳出发了，上海、天津、广州，跑了10多个城市，苍天不负有心人，就在夏希芳返回湖南的车上，他碰到了广东韶关钢铁厂的一名采购员，两人闲谈，采购员向他透露了一条信息：河北省衡水市有个单位需要400吨防水油膏。夏希芳当即赶赴河北，登门签订了200吨的销货合同。

回到衡东，夏希芳径自找到县委主要负责同志，谈了自己的挫折，也谈了自己的雄心壮志。对于夏希芳这种不畏挫折的精神，领导给予了高度的赞扬，并当即指示有关部门，给夏希芳贷款 2.3 万元。有了党和政府的支持，夏希芳的劲头更足了。回到家，他又自筹了八千元资金。在有关部门的帮助下，购回了12000 元的生产设备。

销路已经找到，资金得到解决，设备也已经购置，摆在夏希芳面前却仍然还有两个大的困难：技术与原料。

夏希芳打听到县城住着一位某化工厂退休的工程师，姓向，技术娴熟。一个大雪纷飞的夜晚，他蹬单车赶到城关，找到了向师傅。表明来意之后，向师傅的老伴就挡驾说："老向年老了，不能出去做事。"

是啊，人家退休了，儿女们都参加了工作，两老过得舒舒服服，一个乡下农民办企业，想叫老师傅出山，难啊！可是，夏希芳并不灰心，在一个风雨交加的夜晚，他又叩开了老师傅的门。看到连毛线衣都湿透了的夏希芳，向师傅夫妇的心软了，连忙招呼他烤火、烘衣、喝茶。夏希芳却连连摆手："不要紧，不要紧，我只求向师傅拉我一把，我们农民办企业，难啊。"向师傅的口气松了，只是说自己年老了，讲讲可以，出门不方便，家里老伴又没有人照顾。

一听有了商量的余地，夏希芳高兴得跳起来。接连两天，他替两位老人压煤，买大米。向师傅感动了，不但答应传授技术，而且出山相助。

有了技术指导，夏希芳又为原料奔波。他拿着盖有"圆巴巴"的报告，像到南岳进香一样，见"庙"就拜。该拜的都拜，但不仅没有解决问题，还怄了一肚子酸气："只有你们乡下人不懂味，下了班还缠着人家。"

就在这时，夏希芳的妻弟罗岳鹏去河北处理水泥地砖一事归来，他给夏希芳带来了一条信息：河北省衡水市磷肥厂濒临倒闭，两百余名职工的厂子，发不出工资，只要传授他们防水油膏的生产技术，他们可以长期为我们提供生产原料。听到此讯，夏希芳立即与罗岳鹏赶赴衡水，双方达成协议："衡水市磷肥厂"更名为"衡水市国营东方化工厂"，夏希芳所办厂起名为"三樟市化工厂"，大厂扶小厂，前者为后者长期供应生产原料；小厂助大厂，后者为前者作技术转让，罗岳鹏为常驻衡水代表。

1985年春天，"三樟市化工厂"终于办起来了，夏希芳以每天8—18元的高工资，雇请了8个帮工，全面投入了防水油膏的生产。

质量，就好比人身上的血液，缺血或血质不好，都会影响人的生命。夏希芳吸取生产水泥地砖的教训，每一道工艺都严格把关，确保产品质量。在进行原料过滤这道工序时，高价购进的煤焦油、废塑料，有1/4的废渣被过滤出去。若将这些废渣留一部分掺入原料生产，对产品也无大的影响，但夏希芳却全部不要。有的工人劝他："你一个私营企业，何必那么认真？"夏希芳却回答说："正因为是私营企业，我们更要保证产品质量，维护自己的声誉。"同时，他及时捕捉市场上的信息，成品由液体改成固体，保证销售使用的方便。

就这样，一年下来，夏希芳生产优质油膏210吨，两年的合同，提前一年完成。

为了保证产品销售长盛不衰，夏希芳把一片深情倾注在客户身上。一次，他在市招待所遇到一位外地来客，便上前热情招呼，递烟沏茶，介绍自己的产品。交谈中得知，对方是广州某建筑公司的负责人，此次来衡阳开会。夏希芳当即雇专车接他到衡东做客。客人深受感动，看货后当即与夏希芳订下了 200 吨进货合同，并答应为他的产品广做宣传。

一次对外地客人的热情接待，打开了产品通向开放省的大门，夏希芳由此进一步认识到感情是一项发掘不尽的资源。于是，他长年在外，广交天下客，信揽四方财。他恪守信誉，作出了"产品包销包退"的规定，在厂子和用户之间架起了可信赖的心理桥梁。

3 年多过去，夏希芳创办的三樟市化工厂，已经生产防水油膏 700 吨，产值接近 90 万元，产品远销河北、四川、湖北等 6 个省市。他不仅还清了几万元债务，而且建起了一栋 3 层楼的厂房。3 年多来，他上交国家税款 3.5 万多元，认购国库券 3000 多元，捐款办教育福利事业 1 万元。他出资为三樟中学购回一台 20 匹马力的柴油机和一台五千瓦的发电机，架设了一条供电专线，长期免费供电。本乡同行康国兴、刘青槐两人也开办了防水油膏厂，因购进假煤焦油，所产油膏质量不符，导致亏本，厂子濒临倒闭，夏希芳一下送去煤焦油 12 吨，价值万元，只收成本，使康国兴、刘青槐两人的油膏厂起死回生。

去年 8 月份，《人民日报·海外版》报道了夏希芳的事迹，日中友好文化协会会长福田一郎先生来信高度赞扬，并邀请他去日本做客。前不久，夏希芳又光荣地当选为衡阳市人大代表。

夏希芳，他从迷域中走来，饱尝了人生的酸甜苦辣，但挫折将他磨炼成了一个真正的男子汉，一个社会主义的农民企业家！

（刊发于 1988 年第 9 期《企业家天地》杂志）

洣水河畔一曲奋进的歌

在青翠的杨梓岭脚下，在碧波荡漾的洋塘东岸，一弯婉转曲折的洣水河潺潺流过，汇入滚滚湘江。在这山水相映的原野上，耸立着一座坚固的新建筑，这，就是湖南省衡东县首屈一指的私营企业——衡东化纤厂。不简单啊，一个百十来人的私营小厂，居然以它独特的风姿面向社会，以它伟大的创举在我国灿若星辰的企业中产生了非同凡响的震撼。是谁在商品经济的浪潮中，为她找到了立足的地方？朋友，只要你到过或知道衡东化纤厂，你很可能就会知道何秋国这个名字。正是他和共产党员郭水源共同于1985年创办了衡东化纤厂，在共同的事业中，充分显示了他超群的才华，为振兴农村经济摸索了一条成功之路。中顾委委员邓力群、周里等领导同志曾专赴该厂视察，有关部门也多次评选该厂为"先进企业""重合同、守信用"单位，团中央、国家科委等5家单位授予何秋国同志"青年星火带头人"的光荣称号。回首何秋国办厂的奋斗历程，无不让人产生由衷的敬意。

办厂前，何秋国在乡企业办工作，是一位出色的电工，并担任了企业技改的要职，个人收入颇为丰厚，爱人在乡政府工作，小家庭的日子过得安逸红火。但他想到，安逸的生活只能让人产生惰性，人生只有在奋斗拼搏中才能闪烁出动人的光彩。恰值当时改革的春风吹拂神州大地，千千万万的开拓者、企业家崭露头角。于是，何秋国萌生了辞职办企业、干一番事业的念头。他的想法得到了当时在洋塘河坝工作的郭水源同志的大力支持，并表示愿意放弃在洋塘河坝的工作，加入这个行列中来，这更坚定了何秋国办厂的信念。

亲朋好友及周围的人听说何秋国丢掉"铁饭碗"端"泥饭碗"，颇不理解，说他"放弃别人想都想不到手的现成工作去办厂，是吃了豹子胆，搞得不好厂子垮下来，就会弄得倾家荡产，一辈子都难爬起来"，劝他不要去"冒险"。但何秋国认定人生一世，应该干出一番业绩，为社会奉献自己的一份光和热。他毅然迎着风险上，踏上了艰难的办厂之旅。为了选准生产项目，祖国的南大门洒下了他辛勤的汗水，巍巍五百里井冈留下了他跋涉的足迹。一次，在武昌开往长沙的列车上，何秋国偶然听说井冈山羽绒厂的产品全部采用麻袋包装，既不经济，又不美观。办一个化学纤维编织袋厂的灵感立刻跃入何秋国的脑海。他马上中途下车，掉头赶往井冈山羽绒厂，进行实地考察。经过周密的分析和与该厂领导反复的磋商，双方都觉得生产编织袋市场广阔，前景远大。何秋国立即回家，果断地作出了兴办化学纤维编织厂的决定。没有资金，四面八方借；没有技术，自费到岳阳、株洲一些单位拜师求教；没有设备，与有关厂家联系，购进了6台旧机器；没有厂房，租赁了乡里几间破旧的平房；约请了村里二十几个有志青年，办厂的夙愿终于迈出了坚实的第一步。

建厂初期，正值火红的七月，火辣辣的太阳光透过厂棚塑料石棉瓦洒向车间，整个车间如同一座蒸笼，只要走进里面待上两分钟，就会热汗淋漓。然而，就是在这样简陋而落后的生产条件下，何秋国与工人们一道，每天工作15个小时以上，厂里没钱买菜，他们用盐水汤泡饭吃。经过3个多月艰苦的劳动，终于试产成功，生产出了 4 万多平方米的编织袋。为了把第一批产品推销出去，何秋国自己带领两名职工运货，就在他们把货运到湘江岸边时，天气骤然变冷，河面结冻，细雨夹雪下个不停，渡船停开。忍受着刺骨的寒风，他们在渡口的屋檐下整整守护了两天两夜，饿了，买几个冷包子塞进肚里；困了，舀一把冷河水洗把脸或三个人蜷缩一团打个盹；冷了，沿河岸跑一两圈。第三天，天气稍有好转，他们把货运到一家原已联系好的经营单位，该厂却以种种理由谢绝收货。何秋国又在街头露宿了两晚，最后凭着他那三寸不烂之舌，凭着他那颗振兴企业的赤诚之心，终于说服了这家经营单位的供销人员，接收了他们的编织袋。

建厂前期的两年多时间里，何秋国每年出差在外的时间不少于 150 天，住旅社不上三十晚，大部分的晚上都在火车上、候车室、码头、街头熬过的。回忆那段艰辛的日子，何秋国深有感触地说："也好，人，只有在艰难的环境中才能磨砺出坚强的意志，才能永葆那种奋斗的精神。"

两年后，衡东化纤厂初具规模，效益有所提高，职工待遇有了较大的改善。但何秋国意识到，有人对私营企业最不放心的是产品的质量问题。为此，何秋国以其过硬的措施，解除了用户的疑虑。他自己担任产品质量监测员，严格把住质量关。对产品不合格的，一律全厂通报批评，并扣除当月奖金。在他的企业，全面而系统地推行了美国斯米克公司的"全盘效益管理法"，建立了一套完整而科学的管理制度。人员统考择优录用，财物往来建账，工资奖金福利待遇与产品产量质量挂钩等等。

说起推行这套管理办法，还有一段有趣的故事。那是 1987年的下半年，何秋国去一位领导同志家里做客，偶尔发现一本《斯米克全盘效益管理法》的小册子，他当即翻阅起来，深受启迪，当即向主人提出借阅，同在这位领导家里做客的另一位国营企业厂长说这本小册子是他的，他愿意将它送给何秋国，但有一个条件，等下共进午餐时，必须喝下 5 杯白干。何秋国酒量不大，尽其海量不过两杯左右，为了得到这本"贵重的礼物"，喝了两杯后，第三杯入口就要拿毛巾擦嘴，将酒液沁入毛巾上，但"阴谋"到底被大厂长识破，罚其一杯后，还是把书送给了他。

何秋国如获至宝，组织全厂职工进行了认真学习，并全面推行了这套管理办法。有人说，私营企业灵活得很，搞这些花架子玩意儿有何意义。但何秋国认为，散兵游勇或小作坊式的企业管理，只能使厂子无大的作为或走向自取灭亡的道路，要使企业长期处于不败之地，立于先进之林，必须学习当今世界先进的管理经验，借鉴大企业的管理办法，走正规化的管理程序。

几番风雨，几度春秋，何秋国成功了，衡东化纤厂不但生存了下来，而且稳步发展，走向了繁荣兴旺的鼎盛时期。工厂现有工人 120 多人，拥有机器 14 台（套），扩建了近千平方米的生产厂房，固定资产 50 多万元，年产值近百万元，成了带动周围大片农民致富奔小康的龙头企业。

何秋国年纪轻轻的当起了大老板，拥有一个颇具规模的企业，但日常生活中的他却非常朴实，常常身着一套黄色"的确凉"军装，脚穿一双褪色的解放鞋，到 10 多公里外的镇里办事，常常步行或骑一辆旧单车，他说："这不仅能够锻炼身体，更重要的是提醒自己时刻牢记艰苦创业的精神。"

办学办社会福利事业，何秋国却非常慷慨大方。近年来，他先后捐款上万元支持村里建校、修公路、助学、救济困难户。到衡东化纤厂做工，都必须持有高中毕业证书，还必须经过考试择优录用。去年，何秋国的两个侄儿强烈要求进厂做工，因考试成绩不合格，被拒之门外。而对于残疾人，却从没有任何附加条件，只要他们愿意，随时可进厂做事，免费进行技术培训，工资、福利待遇从优。近两年，他先后接收了 13 名残疾人到厂里从事轻微工种劳动，每月工资都在 200 元以上。人们称赞何秋国是"残疾人的挚友，农民企业家中的优秀代表"。

站在宽阔的厂区，听着机器的轰鸣，何秋国的心中又开始勾画衡东化纤厂明天的蓝图：建起一栋五层高的办公楼、两座规范而坚固的生产车间，引进两套先进的生产设备，创立一个幽雅清新的生产环境，达到一流的企业管理水平。我们深信：何秋国，这位年轻有为的农民企业家，将使衡东化纤厂以更加辉煌的气势，增色于我们这个美好的世界！

（刊发于 1992 年第 7 期《企业家天地》杂志）

郭炎成 "三绝"

最初对 56 岁的郭炎成产生兴趣，是因为他那些显赫的光环：省级劳动模范、省优秀共产党员、优秀企业家、企业改革精英等等；产生动笔写他的念头，主要还是因为他办企业的恢宏气势和卓著成就：他所领头的湖南机油泵厂，在改革开放的浪潮中，力挽狂澜，从一个县办小厂崛起为国家二级企业，连续 10 年上缴税利名列全国百余家机械行业之首；最终促使我动笔的还是他那三大 "绝招"，我觉得那才是最令人兴奋，最让我非写不可的动机。

气　功

那天，与郭老一同赴长沙办事，车至湘潭境内，同行的女科长突然头昏脑胀，只见坐在后排的郭炎成立刻在座位上做好运气的架势，手掌一伸一缩，女科长的头也随着郭老手掌的左右伸缩一摇一摆的，如此三五分钟，女科长居然目清神爽，舒服至极。我不禁大骇："郭老还会气功啊！"郭炎成淡淡一笑："怡情养性罢了。"

司机和同行的几位同志却向我介绍说："郭书记可称气功大师。"那是 1981 年，郭炎成身患坐骨神经痛，受尽苦头。病情初愈后，医生建议他练练气功，没想到，这一练便走火入魔、深深眷恋。随后，他订阅了好几种气功杂志，又拜名师指点。几年下来，居然颇具功力，不仅成了他强身健体的本钱，还能为人民救死扶伤消病祛痛。这些年来，他先后为本厂职工和家属治愈各种病症 200 多人次。

在郭炎成的办公室，摆满了"五加白"酒瓶，这不是他喝剩的酒瓶，而是他用气功为职工治病作为擦试剂用过的，绝大部分又是他自己掏钱买的。但郭炎成从来没有收过治愈者的分文报酬，就是送包烟提瓶酒的，也被他婉言谢绝。今年夏日一天，职工小刘的母亲身患肩周炎，送到县医院也未能治愈。郭老每天下班后为她进行气功治疗，伤处按摩就用了一瓶多白酒，每次 30 多分钟下来，郭老常常累得大汗淋漓。十多天后，老人的病居然烟消云散。事后，小刘母女俩提来一只母鸡感谢书记兼厂长大人的去病之恩，但郭炎成却嘱咐老伴清炖之后，又送回了小刘家，直感动得老人热泪纵横。

话到此处，我由于前些天身患感冒，加之长途行车，谈话过多，头脑亦觉昏沉，便提请郭老为我做做气功。他深深地呼了一口气，一掌伸来，哇，好一股清爽的风，那感觉就像初夏的早晨，漫步绿草如茵的原野，格外的舒畅……

书 道

1981 年，郭炎成受命于危难之秋，出任湖南机油泵厂厂长兼党委书记，为表全厂干部职工励精图治孜孜以求的宏图大志，他特意挑选了蒲松龄"有志者事竟成，破釜沉舟，百二秦关终属楚；苦心人天不负，卧薪尝胆，三千越甲可吞吴"这一千古名联，准备书于厂门口大理石门柱上。为求得这副对联的墨宝，郭炎成曾煞费苦心，几经曲折，恳请全国佛教学会赵朴初会长书写，因赵老年事已高难以从命，郭炎成干脆欣然提笔，挥毫草就。从此，每位来湖南机油泵厂办事的同志，无不被这幅磅礴豪放的对联所吸引，郭炎成"书法家"的美名也在我国机械制造行业传播开来。

去年秋天，对中国书法颇有研究的法国标致汽车公司海外部专家奥古斯托尼先生，来湖南机油泵厂洽谈联姻事宜，首先吸引他的也是这副对联，他不仅为郭炎成一班领导人顽强拼搏的精神所感动，更为郭炎成那炉火纯青的书法艺术所折腰，以致在谈判桌上，未花多少口舌，便很快达成了合作协议。随后，奥古斯托尼先生请求郭炎成为他书写了 4 对条幅，他要将这些条幅带到国外去，向世界人民推介，并作为珍品收藏。

事情往往就是这样，当你的某项品格或特长赢得对方的敬佩时，需要达成或办理的事务往往就迎刃而解了。中法合资的广州标致汽车公司与湖南机油泵厂达成合作协议，能排除郭炎成的书法艺术从中起到的推动作用吗？

事实上，郭炎成对于书法也的确是很有造诣的。他虽然不是科班出身，但从小致力于练好一手毛笔字，在郭老的书橱和办公桌上，珍藏着各种不同版本不同朝代的书法帖子，从 10 多岁开始，他几乎每天都要抽出时间练半个小时的毛笔字。或许是字如其人，郭炎成生性洒脱豪放，他的字亦狂草奔放，气势磅礴。读者诸君若是不信，不妨来湖南机油泵厂走走，那张贴于各个科室诸如"甘为公仆""励精图治"等条幅均为郭老所书。赏此书法，你不由衷地佩服才怪呢。今年初，衡阳市书画家协会已经接纳郭炎成为会员了。

神 侃

大凡企业家都是能侃会道的，但侃出郭炎成这般水平、气质和修养，却是我少见。与郭炎成神聊，你不仅觉得他是天生的企业家，而且更多地让你感觉到他更像一位学者，他的胸怀博大精深，蕴藏着渊博的学问；他的谈话妙语连珠，富有深邃的哲理和流畅的韵味，更有透彻的洞察力，一针见血；他讲话时的节奏不紧不慢，声调不高不低，神态不卑不亢。

我与郭老最初聊及的话题是关于产品质量，他说质量是产品的生命线，对于产品的检验，我从来不相信那些材料上的汇报，只相信自己的眼睛。谈到领导与职工的关系，郭老将这种公仆与主人的关系比喻为"千人之上，千人之下"，"之上"指的是集中全厂职工的聪明才智和顽强意志去进行决策，并勇于走在前头，破浪扬帆，率领大家战胜困难，实现既定的目标；"之下"则意味着领导甘为全厂职工组成的集体的士卒，时刻以职工的长远利益作为自己的重任，为全厂工人发挥聪明才智努力创造条件，使每一个工人无论在生产上，还是在生活上都深深地感受到自己主人翁的地位和自豪。说起提高人的素质，郭炎成随口论到，随着20世纪80年代新技术革命在中国的蓬勃兴起，过去的王麻子剪刀、狗不理包子、德州扒鸡，只不过是小生产作坊的代表作，只是人的个性的张扬，而现代化的大生产则是社会的分工更大的群体活动，个人的意志、行为必须纳入群众规范之中，这就必须将人的素质提高到一个新的层次。企业的竞争关键是人才和人的素质的竞争，因此，我们不惜血本把培养人才提高人的素质，作为一项复杂细致而艰巨的系统工程来攻破。

聊至最后，我问起很为机油泵厂领导者们敏感的话题，听说几年前贵厂职工也曾发生过待遇过低强烈抗议的事情。郭炎成毫不避讳地说道，是的。不过，那是我们采取的以退为守，以退为进，植树造林，引鸟归巢的方针。按当时的情况每个职工每月增加几十元奖金毫无问题。但居安不思危，今朝有酒今朝醉，没有一点超前意识，只能导致企业走向绝路。商品经济可不是一个温柔慈爱等待你慢慢成熟的温室，优胜劣汰，残酷无情，我只有豁出去，把几百万元投入铸造线的改造，以适应机械市场更激烈的竞争。但我们掌握了一个"度"，即不能把待遇降到影响95%以上职工生产积极性的发挥。事实证明，我们成功了！

总之，采访郭炎成或是与其聊天，你不会觉得是来完成某项任务，而是一种享受，得到某种教化和熏陶，你会自觉或不自觉地融入他的境界，走向他思维的领域。郭老神侃，堪称一绝！

当然，郭炎成还善于把自己侃的理论归纳成文章，省社会科学院《企业家天地》就曾发表过他的专题论文《论从严治厂》，部一级的研讨会也是常常邀他参加。

我写郭老"三绝"，其实也是在写郭炎成办企业。气功、书道、神侃，这不仅促成了郭炎成人格的完美，更为重要的是，他把这些"完美"融入自己的事业，从而使他这位企业一把手与职工、与同行、与社会所有纵横关系更为密切，职工中产生的号召力和凝注力更加强大，个体与群体追求的目标更能付诸实现，从而也铸成了郭炎成这位企业家的崇高形象！

（刊发于1992年10月7日《经济日报》扩大版"企业天地"副刊）

后　记

　　郭炎成是我最为崇敬的为数不多的企业家之一，他曾领导一个县办集体企业，白手起家，将其打造成为产品占据全国同行业市场半壁江山的品牌企业，其本人有诸多闪耀的光环。当年应北京燕山出版社之约，为他领军的企业写过报告文学，但意犹未尽，又写就《郭炎成"三绝"》一文，发表于1992年10月7日《经济日报》扩大版。就是这样一位声名显赫的企业家，晚景却颇有些凄凉。因其一生铁心为公，清正廉洁，尽管任上建了数百套职工宿舍，他却始终住在最差的平房里。退休后两手空空，只能来到衡阳市区原静园宾馆附近开一家小餐馆，维持生计之余，寄希望赚点钱买套房子。我不时前往就餐，以照顾他的生意。听说企业改制，国有资产一夜之间落入私人名下，郭老厂长一气之下率众退休老同志堵门抗议，通过"群众"的过激言行阻挠改制的推进。但终因一己微薄之力难抵时代大潮汹涌之势，郭老牵头的这场"抗议"只能是以一场"闹剧"收场。由此，郭炎成积怨成疾，不久便离别人世。郭炎成及那一代企业家的功过是非，历史自有公论，《远村走笔》公众号推出《郭炎成"三绝"》这篇旧文，无意盖棺论定，只是表达个人对这位老企业家的深切缅怀和崇高敬意。

好男纵横

丁冬生给我的第一个印象是直言不讳、干脆利落、精力充沛、思维敏捷。

那天下午，我们约好在他的办公室里见面。当时等着向他请示汇报工作的达 13 人之多，丁冬生逐个作答，有条不紊，十几分钟就打发走 3 拨人，言谈句句似铁，掷地有声，闪耀着智慧的灵光，令对方无懈可击。尽管他的鼻梁上架着一副近视眼镜，西装革履，颇具儒商风度。可我更觉得，他倒像是一位敢作敢为的侠客。

其实，我应该早就料到我这位采访对象的不凡，在丁冬生迈过的 43 年人生历程中，那搏击的身影已经显示出一条辉煌的足迹，23 岁毕业于地区商业学校财会专业，因品学兼优被提前安排工作，随后相继搞过农村工作队，担任过企业财务科长、部门经理兼支部书记，1985 年考取北京金融函授学院，获得大专文凭，同期被城南律师事务所聘请为兼职律师。1990 年元月，荣任市供销大厦副总经理兼船山宾馆总经理，主管宾馆、大厦法律、商办工业、动力等工作，因开拓经营，不断创新及其卓越的组织才能，他主管的工作欣欣向荣，尤其是发挥其法律的专长，为大厦挽回经济损失 200 多万元。正因为有了这些心血和汗水凝成业绩的铺垫，1994 年元月，中共衡阳市委组织部一纸任命通知书，冬生立马走上了静园宾馆总经理的位置。

然而，连丁冬生自己也未曾料到，组织上调他来静园宾馆工作，是让他来吃苦的。当时，市政府已经作出决策，将静园宾馆进行翻修改造，在原有基础上提高一个档次。在确定由谁来承担这项艰巨的任务时，组织上经过多方考察，最终把目光锁住了丁冬生。

来到静园宾馆，丁冬生首先对前段经营情况及市政府的改造计划进行了认真的考察分析，随即又对全市乃至整个湖南省及沿海城市的宾馆业作了一番全面的调查，在充分掌握当今时代宾馆业发展现状及前景的基础上，斗胆向市政府建议：要动就动大的，力争改造后的静园宾馆达到三星级标准，跻身全市一流、全省先进行列。在可行性论证报告上，丁冬生指出，市场经济飞速发展，人们对物质文化生活水平的需求越来越高，况且，静园宾馆是在原市政府招待所的基础上建立起来的，在规模及接待层次上必须高出衡阳市同行业任何一家，小打小闹成不了气候，只有朝高档次、超豪华上发展，才有它驰骋的天空。政府领导在听取了丁冬生的汇报后，当即首肯了他的意见。

但是，展现在丁冬生面前的却是一条艰辛的路。面临的首要也是最大的问题就是资金。当时他接手的静园宾馆是个什么现状呢？除了那些陈旧的客房餐厅、床单被褥外，就是仅有的 90 万元资金。这对于静园宾馆浩大的改造工程来说，无异于九牛一毛。钱从哪里来，"世上没有办不成的事，只有办不成事的人"，这一至理名言立时跃入丁冬生的脑海，他的身上又感觉到了无穷的力量。他想，只要依靠组织、依靠党、依靠人民群众，就没有战胜不了的困难。他日夜奔波，晨昏颠倒，找了一位又一位领导，批了一张又一张条子，盖了一个又一个公章，无论省内省外、市内市外，城市乡村，只要听说那里有资金，不分白天黑夜，他都要马上赶过去。数家银行、基金会，直至乡村信用社，都留下了他奔波的足迹。各界领导和同志被他的诚心感动了，纷纷向他伸出了援助之手，短时期内筹集了2000多万元资金，工程终于按期施工并走上了正常运作状态。

成功就像美妙的风光往往置于险峻的高峰之上，要摘取它必须经过披荆斩棘、艰难跋涉。1995年春节过后，改造工程进入攻坚阶段，就在这时，原材料价格上扬，工地材料告急，700多民工停工待料，而账面上的资金春节前夕拿出部分发给民工回家过年后，已经所剩无几，市里财政和各家银行也要集中资金保春耕，真是到了山穷水尽的地步。而外界社会舆论此时也风起云涌，近乎四面楚歌，有的公开扬言："他丁冬生也真是吃了豹子胆，把国家几千万元扔到水里去。"在不利与艰难的遭遇里，丁冬生想起了法国学者普里尼的名言，"在希望与失望的决斗中，如果你用勇气与坚决的双手紧握着，胜利必属于希望。"是的，在任何困难的情况下，丁冬生始终没有放松勇气与坚决的双手，而一旦拥有这双手，解决问题的办法也就油然而生：发动宾馆全体员工向外界借款。随即，他组织召开了宾馆全体职工大会，发出了"聚全馆之心，举全馆之力，兴全馆之师，咬紧牙关，勒紧裤带，借钱改造，苦渡难关，迎接辉煌"的号召。会后，他自己率先垂范，带头从亲朋好友那里借齐5万元交给会计，并带头推迟一年领工资，把工资款用于宾馆改造。职工纷纷效仿，不到一个月，终于又借资600万元。许多员工也自愿不领工资，借钱给民工作生活费。

那些艰难的日子里，丁冬生已经谈不上还保存着一位总经理、企业家的尊严，倒像是街头衣衫褴褛的乞丐。下广东、赴长沙以及深入市内所有国营、集体、个体装饰材料店，挨家挨户赊购材料，光欠条就打了120多张。在车上过夜也成了他的家常便饭，至于星期天，节假日，也早已被他丢到脑后。宾馆所有员工被总经理这种执着事业、艰苦奋斗的精神深深感染了。连续4个月没有领到工资，他们也毫无怨言。特别是为了赶在市第七届党代会前夕开业，有的家住农村的服务员，不吃早餐，中午两个人合吃一份菜，晚上又接着加班工作。基建采购组的同志搞了千多万元相当于22车皮的材料，常常不能按时吃饭，一个多星期不洗澡。施工队伍更是通宵达旦加班加点，天寒地冻，材料深夜两三点钟到，就半夜起床干。下雨天打着雨伞焊接，吃的却是盐蛋、豆乳。

说起这些艰难的创业过程，丁冬生这位5尺男儿，眼睛湿润了。

但令人欣慰的是，辛勤的耕耘终于换来丰收的回报。经过1年零5个月艰苦的奋斗，土建改造9000多平方，新建、扩建13000多平方，所有客房全部配备了排水、通风、空调、电器系统和卫生间，新增大小会议室16个。走进改造后的静园宾馆，犹如走进一座金碧辉煌的宫殿，豪华气派的大堂，宽阔明亮的中、西餐厅，七彩纷呈的歌舞厅，高级舒适的客房，无不闪烁着耀眼的光彩。同时，丁冬生强化对宾馆员工素质培训，潇洒的先生，漂亮的小姐，整齐划一的服饰，甜甜的礼貌用语，优雅的服务，无不给人一种赏心悦目、宾至如归的感觉。

1995年8月18日，改造一新的静园宾馆彩旗招展，礼炮轰鸣，衡阳市各界领导在这里亲自参加了隆重的开业仪式。紧接着，全省农村工作会议及中共衡阳市第七届代表大会在这里胜利召开。静园宾馆以它一流的设施、一流的服务，张开温馨的怀抱，接纳来自三湘四水和全市基层的来客，受到了所有与会人员的高度赞誉。宾馆开业一个多月就盈利 100 多万元。

宾馆盈利，丁冬生想到的第一件事就是给跟他艰苦创业，勒紧裤带过日子的员工们补齐 4 个月的拖欠工资。随后，他也没有忘记在静园宾馆处于最困难的时候，向他伸出过援助之手的人们，当初，是他亲自上门到装饰材料店赊购材料的，而今他又亲自上门，将欠款送到了他们的手里。

说到欠款，我突然想起了街谈巷议的两个尖锐的话题。我单刀直入，向丁冬生发问道："有人说，静园宾馆欠的钱，你丁老总子子孙孙都还不清，还有的说静园宾馆这样一个浩大的改造工程，你丁老总一定从中得到了不少的好处，你是怎样看待这两个问题的呢？"

丁冬生开始坦然一笑，接着放松的脸孔马上冷峻起来，回答我说："一个大型宾馆进行改造，适量贷款，政策是允许的。况且我们欠债不多，只是涉及面广。现在静园宾馆有 1.2 亿的固定资产，而所有债务不到 4000 万。我们还有一个后盾，就是拥有一块 74 亩的地皮。那儿山清水秀，鸟语花香，现成的建筑物，卖出去至少可以抵到 2000 多万。再说宾馆自开业以来，生意一直保持旺盛的势头，一个多月就盈利 100 多万，照此下去，不到两年，我们就可将债务全部还清。关于第二个问题，我想首先让你了解我这个人的个性特点和工作原则，我这个人酷守制度，要求员工做到的，首先自己带头做到，要求员工不做的，自己带头不做：有话当面说，说话就算数，制度一旦制定，就要坚决执行，衡阳的土话讲就是'霸蛮'，做得不对，我就要骂人，但骂过之后，决不计较。我的工作原则是：根据市场经济的特点搞五湖四海，特别注意横向联系，土话讲就是拉关系，但有两条原则贯穿于工作的始终，一是同等条件下照顾关系，不照顾条件，不照顾价格，不照顾质量；二是生意场上只有信誉，不讲朋友，不讲私下交易。若有违背这两条原则的，只要发现蛛丝马迹，我随时接受纪检、监察及各职能部门的审查。总的一句话，事久见人心，唯我心地坦荡，功过任凭他人评说。"

提起静园宾馆的发展前景，丁冬生仍然充满自信，充满乐观，成竹在胸，他说："下一步，我们着重抓两件事，第一，进一步开拓经营，根据三星级宾馆的要求，该有的经营项目我们一定要有，没有的也要争取有。当前要在着重巩固好客房、歌舞厅、桑拿按摩、中西餐厅等服务项目的同时，开辟总统套房、健身房、咖啡厅、游泳池、商贸门面出租等，逐步发挥静园宾馆全方位多功能的服务。第二，抓软件，抓管理，一是抓好星级达标，按星级宾馆的要求规范程序服务，科学管理，总的来看，要提高全体员工的宾馆意识。静园原来是个招待所，那是躺在计划经济的怀抱里吃饭，现在要跳出计划经济的圈子，走上市场。二是推行以合理分配为核心的企业管理措施。这是我的发明，因为我认为，市场经济的核心还是体现在一个'钱'字上，过去推行以劳动纪律为核心的管理，实际带有一种奴役性质，那是计划经济的产物，市场经济最终牵涉的关键还是个货币分配问题。一句话，我们卖出的服务项目是正品，我们的服务员也必须是正品。静园宾馆的奋斗目标是，营业额以 2500 万为基数，以 15% 的速度递增，5 年之内登上 5000 万的年营业额最高峰，进入湖南省前5 名。5 年之后，再全面进行一次改造，再上一个等级，始终领导衡阳市旅馆业的新潮流。"

告别丁冬生，我不禁想起印度大诗人泰戈尔说过的一句话："有勇气在自己生活中尝试解决人生新问题的人，正是那些使社会臻于伟大的人。"诚然，丁冬生还不是伟人，也许他一辈子也成不了伟人，但他是一个立志"使社会臻于伟大的人"，是一个立志做对社会、对国家、对人民有所贡献的铁血男儿。因而，他时刻都在锤炼自己的刚强气概。敢为人先，搏击商海，百折不挠，中华民族需要的不正是这种人性的张扬吗！

（刊发于 1995 年第 12 期《衡阳工作》杂志）

第三辑

经济视野

农民增收，一个沉重而悠长的话题

"采菊东篱下，悠然见南山。"东晋诗人陶渊明笔下的田园风光，曾给多少文人雅士留下恬淡惬意的遐想。彼时的陶渊明，虽官场不顺退隐山林，但终究为官数载，不必为衣食所忧，寄情山水，自然被眼下的自然景观所陶醉。而对于生于斯、长于斯，日出而作、日落而息的农民而言，则就难得这份闲情逸致了。他们关注更多的是现实生活中的衣食住行、经济来源，增加收入是他们急切的渴望与期盼。

坎坎坷坷增收路
道不尽的酸甜苦辣

新中国成立50多年来，农民增收之路，可谓曲折坎坷、跌宕起伏。

新中国成立初期，翻身的中国农民，一度从集中于少数人手里夺回充足的土地，开始编织发家致富的美梦。

党的十一届三中全会以后，中国走向改革开放，经济体制改革以农村为先导，家庭联产承包责任制的全面实行，乡镇企业的异军突起，二、三产业的蓬勃发展，使农民收入大幅上升。1978年，衡阳市农民人均纯收入才107.7元，到1996年上升到2074元，年均增长17.72%，最高增长期达28%。

但从 1997 年开始，由于农产品流通不畅价格下跌、农业科技推广滞后、农业基础设施抗御自然灾害能力降低、农民负担加重等诸多因素的影响，农民收入开始步入低迷徘徊状态。1997 年至 2003 年的 7 年中，我国农民增收没有一年超过 5%，1997 年至 2000 年增长幅度连续 4 年下降，2000 年只增长了 2.1%，2002 年也只增长 4.2%。衡阳市的情况亦大致相同，虽然近年来我市农民收入总体上呈增长趋势，但速度缓慢，增幅下降。2000 年、2001 年、2002 年和 2003 年，农民人均可支配收入分别为 2606 元、2737 元、2862 元、2999 元，分别比上年增长 4.9%、4.85%、4.6%、4.8%，增幅也一直在 5% 以下徘徊。

必须承认，经济的发展不可能长期持续大幅度高速增长，发展到一定的临界线，增幅就会趋缓。但是，同在一方蓝天下，农民收入增长困难，城市居民收入却持续上升，城乡居民收入差距越拉越大。2002 年全国城镇居民年可支配收入是 7703 元，农民人均纯收入是 2476 元，二者的差距从 1990 年的 2.2：1 扩大到 3：1 的警戒线。2003 年衡阳市城镇居民可支配收入为 7205 元，增长 10.4%，而农民人均可支配收入为 2999 元，仅增长 4.8%。而且，目前还看不到城乡收入差距缩小的态势。

走进现实生活，与农民兄弟聊及增收的话题，更能体会到农民增收的困顿与隐忧，甚至可谓"一副热心肠，满捧辛酸泪"。笔者曾有机会深入农村调查，农民兄弟总要给我算上这样几笔账：先说种粮吧，种一亩单季稻，以亩产 400 公斤计，市场价 120 元/百公斤左右（前些年仅 80 元），那么种一亩地的毛收入为 480 元。而种一亩地的成本开支，包括化肥、农药、种子、雇工等，大概不低于 300 元，再扣除上缴农业税及附加收费，种一亩地的纯收入也就百十来元。这些年有人嚷嚷着调整结构，本来也是好事，而有些干部就知道搞计划经济那一套，行政命令，不是去搞服务，送技术，跑市场，结果对于本来素质不高、抵御市场风险能力不强的农民，比种粮亏的更惨。再说养猪，出栏一头架子猪按 100 公斤计，市场收购价毛重 8 元/公斤，收入 800 元。成本开支包括猪苗款 120 元左右，养育期 10—12 个月，吃粮 450—550 公斤，计币 540—660 元；扣除屠宰税，养一头猪的纯收入也只 100 余元。

农民收入增速缓慢，而各项支出却在看涨。早些年，小学收费才 100 来元，而今上升到 300 多元。过去的人情往来，也就是 50 元上下，而今出手就得 100—200 元。医药费涨得更快，不少农民得病看不起，只得硬扛着。目睹农民这种生存状态，我们不能不唏嘘长叹：农民，苦啊！

外面的世界很精彩
外面的世界太无奈

艰苦的劳作，辛勤的耕耘，获取的只是低廉的回报，伴随市场经济大潮的涌动，自古以来"面朝黄土背朝天"的农民开始觉醒，他们渐渐地离开家乡，离开黑土地，向城市进军，寻取新的增收渠道。于是，滚滚"打工潮"，便成澎湃之势涌向神州各地。

据相关部门统计，我国农民在外打工人数已近 1 亿，打工收入已占到家庭收入的 43% 以上。毗邻沿海的衡阳市，外出务工人数的比例则远远高于这个数字，2003 年，全市外出务工人员达 120 万人。从 1992 年到 2003 年，平均每年以 9 万人的数量递增。农村外出务工人员已经占到农村劳动力的 38.4%，占农村总人口的 22.3%。一些经济基础较差的地方，外出务工人员的比例则更高。衡南县松江乡宗睦村 2002 年有法定年龄的劳动力 635

人，其中外出务工 506 人，占劳动力总数的 79.69%。全村 259 户，举家外出打工的达 104 户，占 40.15%。该村石鼓组 13 户 56 人，只有 1 个女劳力、3 个老年人在家。

农村劳动力外出务工获取的劳务收入，已经成为农民增收的主要支撑。2003 年，衡阳市外出务工人员收入接近 70 个亿。务工收入对农民纯收入的贡献率也在逐年增长，1995 年只有 23.6%，而到了 2003 年，这个数字则达到 80%。也就是说，农民收入每增加 1 元，其中就有 8 角来自外出务工所得。而且，农民家庭的主要支出，如孩子上学、求医看病、上交税费、建住房、买家电等，很大部分都要依靠打工所得，"一人打工，全家脱贫""输出一人，致富一家"，成为农民外出打工增加收入的真实写照。

然而，正如一首流行歌曲唱的那样，"外面的世界很精彩，外面的世界太无奈"。农民外出打工增收的背后，也隐含着几多无奈几多辛酸。农民进城务工自身权益受到侵害的现象普遍存在，生活困苦且缺乏社会保障，生活条件差、工作时间长、劳动强度大、工资被无端克扣、工伤事故得不到应有赔偿和照顾等等遭遇，几乎成了农民打工族中司空见惯的现象。有的农民兄弟深有感触地说："金窝银窝不如自己的狗窝，若是土地上能够养活自己，打死也不到城里去。"

2003 年下半年，中国发生了一起"总理替农民讨工钱"事件，随之一场声势浩大的"清欠"行动在全国兴起。但愿以此为契机，农民进城务工，用自己的双手艰苦创业增加收入创造价值的同时，他们的人格和地位，也会得到全社会应有的承认和尊重。

进军号角已经吹响
农民增收希望在前

历史经验表明，农民富则农村稳，农村稳则国家安。以亲民务实政风著称的新一届中央领导集体，高度关注农村、关注农民，重视农民增收问题。新年伊始，中共中央高屋建瓴，将解决"三农"问题提上首要位置，以改革开放初期在中国历史上产生过划时代意义的连续六个"一号文件"的形式，重绘了加快农村发展，促进农民增收的宏伟蓝图。

依据中央一号文件精神，我国农村经济工作的基本目标确定为促进农民增收，今后一段时期，国家将坚持"多予、少取、放活"的方针，着力支持粮食生产区农民增收，进一步推进结构调整，发展二、三产业，改善农民进城就业环境，开拓农产品市场，增加财政投入，深化农村改革等。如在改革方面，打破城乡分割的体制性藩篱，推进城乡差别化的人口户籍制度改革、城乡分离的劳动力市场改革、城乡分割管理的房地产市场改革、城乡非均等化的教育体制改革、城乡分块的社会保障改革等，形成统筹城乡经济社会协调发展的完善体系，文件共出台了 9 节 22 条相关政策，字字珠玑，无不令人鼓舞和振奋。

当前，一个学习贯彻落实中央一号文件精神的高潮，正在举国上下蓬勃兴起，各级各部门出台了一系列解决"三农"问题、促进农民增收的政策措施。国家财政部拟增拨 300 个亿的支农资金，总额达 1500 亿，增加对农民的转移支付，取消农业特产税，农业税率总体降低一个百分点；农业部日前启动全国乡镇企业"蓝色证书"培训工程、"农村劳动力转移培训阳光工程"，培训 1250 万人次；教育部安排 60 亿专项资金，消除中小学危房，投资 2000 万元开展"一村一名大学生计划"试点；交通部启动"村村通油路"工程；电信部门采取分片包干方式，实施"村村通电话"工程；公安部全力推进户籍等相关制度改革；民政部全面修改收容遣送办法；劳动与社会保障部切实加强执法监督，保护农民工的合法权益，等等。

日前，衡阳市领导在相关会议上，也畅谈了落实中央一号文件精神的行动举措，这一系列相关政策和行动举措，广大农民看得见，摸得着，用得上，无疑对增加农民收入，促进农村经济社会全面协调发展，将起到巨大的推动作用。

现实也让我们欣喜地看到，随着我国农民增收宏观环境的极大改善，农产品市场也开始呈现近些年来少有的繁荣景象，粮食涨了，猪肉涨了，蔬菜也涨了……自 2003 年下半年以来，农产品价格一路攀升。而且，农民收入在总量增加的同时，收入结构已由单一的农业收入逐步走向多元化、货币化，工资性收入已经成为农民收入的重要来源和增长点，农民工工资的发放已逐步迈上规范化、法制化轨道，农民的脸上终于露出灿烂的笑容。

我们有理由相信，随着中央一号文件精神的深入贯彻，农村发展的条件将得到较大的改善，农民的负担将大幅度减轻，农民进城务工的藩篱将全面打破，农民增收的渴望和期盼必将成为美好的现实。农民兄弟姐妹们，抬起头，莫悲伤，进军的号角已经吹响，腾飞的翅膀不再沉重，翱翔吧，向着绚丽多彩的明天飞奔！

（刊发于 2004 年 3 月 10 日《衡阳晚报》）

后 记

　　曾有两种情结渗透到我的写作，对普通民众的悲悯情怀与对文学表达的深情眷恋。这就使得我的一些理论文章彰显出理论课题文学表达的特色。《农民增收：一个沉重而悠长的话题》就是这种写作模式的尝试。文章发表于 2004 年，现在读来不仅缅怀，更有感动。

踏破坎坷猎巨鲨

——"11·6"特大走私案侦破纪实

那是一个寒冬的深夜，漆黑的天空仿佛吞没了世界的一切，刺骨的北风卷起飘洒的冷雨发出阵阵呼啸。

人们为了躲避寒冷早已进入温暖的梦乡，然而，就在这风寒雨急的夜晚，凌晨 0 点 55 分，雁城的一隅却发出了紧急呼叫的信号："116.116，向北！向北！向北……"它，就是战斗的号角。霎时间，25 位穿戴整齐的工商战士，驾驶早已准备好的交通工具，从不同的方向奔赴 107 国道，在浓浓的黑夜中朝着北边的方向疾驰……

让雪亮的目光织成天罗地网

那是 1994 年 11 月 6 日上午，湖南省衡阳市工商局城南分局局长颜学明突然接到经济检查股股长杨光华的电话："群众举报，有两辆走私车装载走私物资途经我市，现潜藏市内。"听到"走私"二字，颜局长的心立刻紧绷起来。近年来，走私贩私活动非常猖獗，作案手段五花八门，不仅扰乱了社会主义市场经济秩序，而且对民族工业的发展产生了极大冲击。打击走私贩私，是工商行政管理部门的一项重要职能。颜学明身为工商局局

149

长，深感自己责任重大。他听取杨股长的汇报后，不敢有丝毫懈怠，当即指示：立即通知分局全体办案人员到你家集中，我马上赶到。

15分钟后，18名工商经济检查人员迅速聚集于杨光华家的客厅，大家的神情严肃紧张，个个威武雄壮，严阵以待。颜局长首先让大家听取了杨光华对举报情况的介绍，随后与主管经检工作的副局长刘忠贻商量，决定由刘忠贻等12位同志密切注视走私车动向，发现风吹草动，立即堵截。

工商干部想尽办法寻觅蛛丝马迹，了解到车上运载的物资是日产铃木摩托车发动机。全体办案人员分三组轮流24小时守候在走私车隐藏之所，昼夜值班盯梢；为避免与通常使用的119紧急讯号混淆，此次行动以案发日即116为紧急信号。随后，他们向市工商局主管经检工作的纪委书记徐光辉作了汇报，徐书记当即表态，从人力、物力上给予支持，各县（市）局、分局经检办案人员及车辆均可调配使用。

领导的支持极大地鼓舞了办案人员的士气。他们把办案的吉普车停在离目标较近的地方，潜伏在车内盯梢。时值严冬，深夜寒风刺骨，车内如同冰窟。但值班人员谁也没叫一声冷和苦，眼睛直盯着目标。饿了，自带开水泡碗方便面；冷了，跺跺脚，擦擦掌，抖擞一下精神；累了，咬咬牙关挺过去。分管内勤的女同志刘俐、廖漓、罗丽、颜穗白天12小时看守目标，寸步不离岗位；杨光华风湿头痛，贴着膏药自始至终24小时坚守值班现场。市局领导打来电话慰问大家，问同志们是否能够顶得住，大家回答："顶得住，顶得住！"全体办案人员只有一个念头：忠于职守，决不让"目标"从眼皮底下溜走，要用雪亮的目光织成天罗地网，使走私分子插翅难逃。

夜幕下的飞车行动

时间一天一天地过去，转眼间经检人员已经潜伏了22天，日历翻到了11月27日。这天晚上，杨光华怎么也睡不着。其实，这20多天来，他又何曾睡过一个安稳觉。作为经检股长，辖区内哪里有制假贩假，哪里就有他打假扫劣的足迹；哪里有走私贩私，哪里就有他打私截私的身影。此次接手走私案，市局书记徐光辉曾开玩笑地对他说："如果让走私车溜走了，唯你是问。"这更使杨光华感到，头上的国徽是那样沉，肩上的蓝盾是那样重。他躺下去又爬起来，爬起来又躺下去，翻来覆去总是合不上眼。杨光华索性跳下床，朝窗外看了看，此刻，万籁俱寂，只有北风在怒吼，雨声在嘀嗒。

杨光华看了看手表，已经是零点50分，他拿起对讲机，正想问问值班人员的情况，突然，话机发出紧急信号，响起了值班人员周爱平急骤的声音："报告组长，大门开启。"像一位威严而又成熟的指挥官，杨光华指示："密切注意!"他预感到战斗马上就要打响了。

零点54分，周爱平再次报告："车灯已亮，已经启动。"杨光华敏捷而又果断地命令："搭的士堵截!"

零点55分，两辆载着走私物资的车子，如离弦之箭，驶出了潜藏地。周爱平迅速拦截一辆出租车，与值班人员罗海涛一道跟踪"目标"，紧追不放。也就在同一时刻，杨光华把抄下的同事们的BP机号码递给前来调运交通工具的值班人员李宁："你迅速通知大家向北追击!"霎时间，"116，116，向北! 向北! 向北……"一阵急骤的信号在每一个办案人员的耳边回响。

信号就是命令，赢得时间就是胜利。短短 10 分钟内，25 名工商干部从不同的方向向 107 国道以北方向急追。年近六旬、身患疾病的徐光辉，衣服还没来得及扣上便披挂上阵，机智果断地指挥大家："跟我上！"同时迅速打开手机，与追在前方的周爱平取得联系，告知全体办案人员已随其后，做好堵截准备。分局局长颜学明，心情虽然急迫，关键时刻却十分沉着冷静，指挥若定。副局长刘忠贻带领 7 名干部，驾驶摩托车追击。车轮如飞，北风夹着细雨吹打在他们的身上，脸和手背由白变红，由红变青，像刀割般疼痛。衣服渐渐地湿透，又渐渐地结成坚硬的冰块。然而，他们一个个全然忘记了这一切，炯炯有神的眼睛紧紧盯住前方，脑海里回响的只有 5 个字："追截走私车！"

道路两边唯有看不透的浓浓黑暗，耳边唯有听不完的北风呼啸。身处战斗最前沿的周爱平、罗海涛，此刻他们的心怦怦直跳。毕竟还从来没有经历过这样一场惊心动魄的战斗。要知道，堵截走私车，必将是一场殊死的搏斗，流血牺牲都有可能发生。然而，年轻人的勇猛和刚毅占据了他们整个的心，他们没心思也来不及想这些，只是不停地催促司机："快、快、快……"

200 米、100 米、50 米、20 米……天赐良机，凌晨 2 点 10 分，车到湘潭县白石乡莲花村路段时，当地正在加班维修公路，来往车辆只能单道行驶，走私车被迫减速。周爱平灵机一动，跳下车跟当地交通警察和修路民工联系，说明两辆车子涉及走私，请求协助截获。交通警察和修路民工深明大义，一拥而上，将走私车堵住。此时，天空正下着倾盆大雨，走私犯一时慌了手脚，以为工商部门在此布下天罗地网，急忙跳下车来，关上车门，丢弃钥匙，妄想溜之大吉。周爱平、罗海涛冲上去拦住司机，打碎汽车玻璃，紧握方向盘。20 分钟后，尾随追击的小分队相继赶到，将司机及走私人员分头拦截上车，同时将走私车和走私物资带回衡阳。

车回雁城，雨过天晴，东方升起了一轮金灿灿的太阳。奋战了一夜的工商战士，眼球布满了血丝，眼窝也下陷了一圈，但个个精神饱满，意志昂扬。他们知道，走私物资虽然被堵回来了，但真正要使走私分子束手伏法，还有更严峻的斗争在等待着他们。

铁的证据击倒嚣张的气焰

初战告捷，连续辛苦了 20 多天的经济检查人员，本来应该好好休息几天，但以往的经验告诉他们，处理走私大案，决不能给走私者以喘息的机会，否则，只能带来更多的阻力。果然不出所料，立案报告刚刚递交到市工商局领导手里，说情的电话就应接不暇。作为两度荣获"全国工商行政管理系统先进集体"、两度荣获"省双文明建设模范单位"称号的市工商局，领导们在法律和原则面前不做让步。面对说情风，市工商局领导主动向市政府领导作了汇报，领导明确表态：是走私案，你们大胆查办。有了领导的撑腰，市工商局领导更坚定了一贯的立场，当即在立案报告上批示：同意查处。同时，他们又从市局经检科调遣了 5 位得力干将协同办理此案。

按照市局领导的指示，全体办案人员忘记了 20 多天的奔波忙碌，忘记了连续几天几夜没合过眼的疲乏劳累，当天就进行调查，查明 3 名司机是湖南平江县农民，货主是深圳罗某。办案人员进一步采取政策攻心、欲擒故纵等策略，迫使他们交代了走私物资的来龙去脉：成都大隆电子实业公司沈某通过济南某单位驻深圳办事处罗某介绍，与汕头远东外贸公司进出口部杨明签订了一批日产铃木 CY-50 摩托车发动机购销合同，并转手卖给济南某进出口公司，数量 1800 台，总金额 117 万元。嗣后，该公司租用罗某单位两辆汽车将货物运往济南，途中被执法机关查扣。

就在办案人员掌握了初步案情之后，罗某却送来了货物入关手续及发货发票复印件，声称运载货物符合法定手续，气焰十分嚣张。具有丰富办案经验的杨光华，接过复印件，一眼便看出这些证据纯属伪造：编号及手写字迹不符，所盖印章在紫光灯下呈现的色彩不对。为拿出铁的证据，办案人员兵分 4 路，进一步调查取证。经检科科长邓建新、副科级干事贺云，分别带人南下深圳、汕头，副局长廖石林、股长周爱民分别带人北上成都、济南。4 路人马风雨兼程，3 天之后，深圳传真：入关手续系伪造；汕头传真：远东公司无杨明其人，发票系伪造；成都传真：大隆公司事先并不知道无入关手续，上当受骗。济南也反馈了有价值的信息。铁证如山，走私者不得不低头。湖南省工商局一纸案件审批通知书给了"11·6"走私者应有的下场：依法没收在案的 1800 台日产铃木 CY-50 型摩托车发动机。

城南工商分局一举查获特大走私案，并以最快速度调查取证，开创了分局建局以来查处走私物资数量最大、金额最高、重特大案件结案时间最短的纪录。湖南省工商局对此给予了通报表扬，衡阳市工商局已为直接侦破此案的城南分局经检股申报集体二等功。荣誉，应该属于英勇的经济卫士！

（刊发于 1995 年第 2 期《法制时代》杂志，1995 年第 6 期《工商之友》杂志）

不尽浪潮滚滚来

——我市发展个体私营经济透视

"不是我不明白，是这世界变化快。"仿佛就在昨天，个体私营经济曾被当作"资本主义尾巴"割得支离破碎，几近荡然无存。伴随汹涌而来的改革浪潮，这支市场经济中的劲旅，犹如当春的枯木顷刻之间焕发出勃勃生机。15 年的风风雨雨，尽管社会上对于个体私营经济的态度沸沸扬扬，莫衷一是。然而，无论你荣辱褒贬，它终究以其顽强的生命力，始终占据直至领导着时代的新潮流。小平同志南方谈话和党的十四大胜利召开，经过 3 年徘徊观望的个体私营经济更以其迷人的诱惑，辉煌的气势，迅猛的速度，磅礴于神州大地。

衡阳，湘南经济的枢纽，历史悠久的重镇，地大物博，人杰地灵，这方澎湃的热土，踏着改革的时代潮，在市委、市政府"超常规，跳跃式发展我市经济"的大政方针指导下，个体私营经济的潜在能量，更得以前所未有的释放，据市工商局提供的数字，截至 1993 年 12 月底，全市个体工商户共 88734 户，212000人，比 1992 年分别增长 45% 和 68.3%；私营企业达到 656户，从业人员 13092 人，较 1992 年分别增长 92% 和 95.2%，个体、私营经济户数总和占全市总户数的 6.2%，从业人员之和占全市总人口的 3.5%。透过这一组组闪光而又惊人的数字，我们不难看到，衡州大地正风涌一个躁动的浪潮：个体私营滚滚来！

圆桌会议的中心议题

纵观市委、市政府关于我市国民经济和社会发展的规划与战略，以及重大的工作部署，个体私营经济都占有十分重要的位置，新的经济增长点有它，三大结构调整中有它，市委常委确定的全市重点抓的十件大事，发展个体私营经济排在第五位。市委、市政府还下发了关于促进个体私营经济发展的红头文件，市委书记颜永盛亲自带队率各县（市）区委书记、主管部门领导赴浙江温州等地参观学习个体私营经济的发展经验。可以这么说，去年我市各级党委政府把发展个体私营经济纳入了重要的议事日程，议而有决，决而有行。各县（市）区分别成立了以政府主要领导为首的个体私营领导小组，以政府的名义召开了大力发展个体私营经济的工作会、动员会、协调会或联席会，主要负责同志作报告、提任务、讲要求。衡南县新任县长上任走的第一个部门是个体劳动者协会，参加的第一个会议是发展个体私营经济协调会，1993年以县政府名义颁发的第一个布告是《关于促进个体私营经济发展的若干规定》。衡山县提出：建设硬环境，优化软环境，上下一齐抓，城乡一齐上，左右齐配合，步入快车道。为制止"三乱"，各县（市）区常务会议决定：推行"负担卡"制度，卡内将应上缴的税费项目标准依据收录，对其中规定项目超出者，个体户有权拒付，并追究有关人员责任。各县（市）区都召开了规模空前的个体私营经济表彰会。常宁县对30名个体私营经济大户授予"社会主义市场经济先导者"的光荣称号，挂红花，拍电视。

全市各部门也对个体私营经济的发展给予了极大的关注。市委政研室、市工商局、市社联等单位相继召开发展个体私营经济研讨会；税务、交通等部门先后下发文件，支持个体私营经济发展；金融部门资金上予以扶持，工商部门进一步放宽政策，保护权益，推出一系列新举措。新闻单位更加发挥了摇旗呐喊的作用，《衡阳日报》、衡阳电视台、衡阳广播电台，几乎每天都有关于个体私营经济的报道，这些无疑为个体私营经济大潮的涌来起到推波助澜的作用。

私营企业主登上政治舞台

1993 年 3 月 14 日，中华人民共和国第八届全国人民代表大会在京隆重开幕，2000 多名人大代表走进庄严的人民大会堂，其中有一位风华正茂的小伙子，迈着轻盈的步伐，笑容可掬地向代表席上走去，他，就是我市衡山县师古乡八里村私营企业主谭兴华。小谭今年 23 岁，从 1986 年办起私营创汇型养殖场以来，共向外贸部门交售瘦肉型商品猪 4000 多头，创汇 225 万元，自己盈利 20 万元，被当地群众誉为"养猪状元"，曾受到党和国家领导人李鹏、朱镕基的亲切会见，1990 年荣幸地被评为全国最年轻的劳动模范，朱镕基副总理称赞他是农村致富的"能人"。

私营企业主当上全国人大代表，进入参与国家大事的殿堂，并受到党和国家领导人的赞誉，在我市历史上还属首例。但个体私营经济从业人员走上政治舞台，参政议政，受到党和人民高度尊重的却是为数不少。去年全市个体户中，先后有 51 人当选为省市县人大代表，有 58 人当选为省市县政协委员，有 8 人当选为共青团县委委员，9 人当选为县妇联委员，2 人当选为省工商联执委，21 人当选为市县（区）工商联执委，18 人被评为省市县劳动模范，28 人走向副乡长、村支书、村主任等领导岗位。他们的共同特点是爱国、敬业，守法，有一定的经济实力，热心社会公益事业，具有一定的参政议政能力。衡东县三樟油膏有限公司经理夏希芳，看到三樟中学经常停电，晚上师生学习生活不便，他决心为发展教育事业尽自己的一份心意，花 4000 多元购置一台大功率发电机，架好电线，给学校送去光明，随后又拿出 3000 多元买了几十张床捐送学校。从石湾镇到三樟的公路，他每年负担 1 万元的养路费。日中友好文化协会会长福田一郎先生了解他的事迹后，来信给予高度赞誉，并邀请他赴日观光。正因为夏希芳有这种助人为乐、为富施仁的崇高思想境界，他当选为市人大代表。

个体私营经济如今迅速在中国的政治舞台上崛起，正在展示着一种令人难忘的动人情景：市场经济潮流不可逆转，个体私营经济前景远大。

多姿多彩的世界

改革之初，党和政府提倡适当发展个体私营经济，只是为了方便人民生产生活的需要，从业者也大多是提篮小卖的农村剩余劳力。当初的上层决策者恐怕也未能料及到今天的燎原之势。然而，大势所趋，锐不可当，而今，呈现在我们面前的个体私营经济，简直就是一幅多姿多彩的画卷。

人员，三教九流，无奇不有。从年龄结构看，有年过八旬的老人，有刚踏出校门的青年。从文化结构看，有只字不识的文盲，也有博大精深的学者。衡阳市镭射产业有限公司经理曾小星，系大学本科毕业。我市所有的个体研究所，其成员绝大部分具有大学文凭。从思想素质看，有劳改释放人员，也有获得过劳动模范、优秀共产党员等光荣称号的先进人物。衡阳燎原生物技术研究所创办人黄淑媛，就曾是全国三八红旗手，全国优秀女企业家，省第七届、第八届人大代表。从原有身份看，有离退休干部、工人、农民、第二职业兼职人员、在校学生，还有一大批打着"红帽子"的假集体、真个体国有私营、乡镇企业承包人员等。这些年，还有不少官员、文化人下海闯世界，加盟个体户队伍，更给个体私营经济增添了异样的风景。

行业，呈多元化、纵深化争相竞渡。前几年，广大个体工商户由于经验不足，加之政策限制过死，拥挤在流通领域这座独木桥，僧多粥少，结果散兵游勇，纷纷溃退。而今个体私营经济的行业结构已发生根本性变化，从事第三产业的个体私营企业迅猛增长，已占总数的 81.4%；生产型、服务型企业来势喜人；科技型、外向型个体私营企业异军突起。私营企业家肖仲春投资 108 万元创办华阳技术贸易有限公司；自学成才的工程师武东福，创办科技型企业现代节能工程有限公司，年利润 200 多万元。全市个体私营企业分别涉及供销、交通运输、工民建筑、房地产开发、科教文卫等 21 个行业，私立学校、医院、广告公司、搬家公司等等，五花八门，频频迭出。只要政策允许，哪种行业是缺门，哪项就有个体户来干。这些"个体私营族"不断摆脱家庭作坊式经营模式，不断得到国家政策的扶持与促进，向规模经营、科学管理转化和发展时，已初步形成具有中国特色的社会主义私营经济新潮流。

大亨，款款走来，好不潇洒。广州有句口头禅：十万元不算富，百万元刚起步，千万元才算富。处于内陆地区的衡阳人，这无疑还只能是追求的目标。但"发财要发大财，创业要创大业"的观念已注入衡阳人的脑海，创业者已不满足于过去的小打小闹，开始向科学化、规模化迈进。去年我市注册资金 100 万元以上的私营企业已达 27 户，前 5 名分别是：东联物业有限公司、三毛实业发展有限公司、金雁实业有限公司、龙华石油有限公司、太平洋实业发展有限公司。无论你接受与否，这些百万富翁们，腰挎 BP 机，手拿大哥大，坐在私人豪华小车里，无不展示着阔老板的潇洒风采。但有个事实得承认，他们在丰富自己的物质和精神生活时，也为国家、为社会创造了财富，增加了数以万计的税收，解决了大批人员的就业问题。

私营一座楼，私营一条街，私营一座城，煞是壮观。江东农贸市场、雁东大厦，已成为省内外瞩目的个体私营楼，其十万元户、百万元户也为数不少。雁东大厦去年经扩展后已容纳个体户1800 多户。市政府改变"衙门"朝向，将傍解放路的临街面改作门面，租赁个体私营老板经营，解放路个体私营一条街已初具规模。江东区提出，经过 3 年时间的努力，实现江东个体城的雄伟规划，蓝图已经绘制，行动已经开始，不久的明天，一座崭新的个体私营城即将耸立在雁城门户。

艰难沉重的步履

毋庸置疑，个体私营经济的发展，眼下正处在黄金时期。但由于我国正处计划经济向市场经济的转折时期，法制还不够健全，个体私营经济的发展是在艰难沉重的步履中向前迈进的，而且仍然面临着诸多的困难。

认识不足，政策有失公允。一些人还停留在"姓资姓社"的争论中；省委、省政府提出的优惠政策只停留在口头上；税收畸轻畸重，征管方式随意性较大，连税票和印章也要加以区别；贷款颇费周折，甚至一毛不拔，不能与国营企业同等对待。

"三乱"猖獗。各种摊派和收费名目繁多，收费标准越来越高，各种押金、保证金层层加码，各种许可证泛滥成灾，个体户如牛负重，举步维艰。据笔者调查，对非公有制经济管理除工商税务外，还有公安、交通、城管、城建、交警、物价、计量、统计、卫生、计生、环保、国土、房地产等 20 多个单位，关系未理顺，职责不明确，甚至无章可循，收取的费用达 49 种之多。某计生委规定，男 15—60 岁，女 15—49 岁，不管结婚、结扎与否，不管有无生育能力，只要是个体户，每人每年一律交流动人口计生管理费 60 元、计生押金 500 元。还有许可证多如牛毛。"三乱"盛行，造成我市个体户"北上南下"，江东综合市场原有资金 40 至 100 万元的个体大户 19 户，已有 18 户北上株洲、岳阳，南下广东经营。

经营场地紧缺。商业、供销部门怕挤，公安部门怕乱，城建部门怕占，卫生部门怕脏，交通部门怕堵的误区一直没有突破，经营场地紧缺已成为个体私营经济发展的一个突出矛盾。市区原临街摊架 2000 户，定点 45 处，不足 1000 户，未定点的人员只好打"游击"。其原因一是近年市场建设基本处于停止状态，扩建江东综合市场、改建后宰门市场刚拉开序幕；二是市场建设没有纳入城市建设规划，新建住宅小区没有规划市场场地，个体私营缺乏发展载体，沿街交易、马路市场再度形成。

部分个体户自身素质低下，坑蒙拐骗，掺杂使假；违法经营，一些停产、半停产企业放长假的职工、城镇闲散人员、农村剩余劳力，无照经营，冲击了有照个体户。

还有社会上少数人员"红眼病"作怪，非法哄抢、私分个体户的劳动成果等，都在一定程度上困扰了个体私营经济的手脚，抑制了发展。

如何解决个体私营经济发展中存在的种种问题，真正实现超常发展的目标？笔者走访了一些直接主管个体私营经济的部门领导，他们一致认为：认识要提高，舆论要支持，政策要公平，服务要高效，法律要保护。具体谈到解决个体户经营场地的问题，他们建议，鼓励多家建市场，适当开辟星期天和夜市市场，打通临街庭院，增加经营门面。

市工商局负责人认为，当前需要切实处理好三个关系，一是公有制与非公有制的关系。全面正确地理解"公有制为主体，个体私营经济作补充"的方针。中央是就全国整体和社会主义所有制结构来讲的，国家所占有的金融、铁路、大中型企业，都是公有制经济，它们是国家的命脉和脊梁，当然必须以此作为主体。但就一市一县来说，就应该从实际出发，也可以是个体私营经济占多数。经济十分发达的温州、石狮及沿海地区，个体私营经济成分占 60%～80%，珠海正式提出今后原则上不再搞国营企业。这些都说明在局部地区和某些领域，个体私营经济占多数不会影响社会主义性质。何况衡阳个体私营经济所占比例还相当低。二是发展与管理的关系。管理是手段，发展才是硬道理。管理的根本目的是抑制其消极作用，而不是"管死"。要坚持依法管理，在众多的管理过程中，要协调统一、坚决杜绝"各唱各的调，各吹各的号"和视管理为收钱罚款的恶性行为，做到发展要管理，管理促发展。三是义务与权利的关系。避免急功近利的做法，应坚持"轻税费、重扶持""养鸡下蛋，放水养鱼，着眼长远"的原则，为个体私营经济创造一个宽松和谐的外部环境。

总之，尚方宝剑就握在我们的手里，只要朝着发展的方向舞起来，个体私营经济的明天一定会更加辉煌，个体私营经济大力发展之日，就是衡阳经济腾飞之时！

（刊发于 1994 年第 3 期《衡阳工作》杂志）

放眼审视衡阳品牌

通过《衡阳晚报》的舆论宣传，"衡阳品牌"的话题近期引起市民的广泛关注。如何看待衡阳品牌问题，笔者以为，必须从衡阳整体的情况作客观的分析判断，既不能故步自封、盲目乐观，亦不可自惭形秽、妄自菲薄，而要正视现状，看到成绩，发现差距，寻求"衡阳品牌"的振兴之路。

衡阳真的没有品牌产品吗？

一个偌大的有着悠久历史的工业城市，经过改革开放长足的发展，到底有没有"品牌产品"呢？笔者的回答是：肯定有！现实也的确如此。

先从机械行业看，衡阳虽无"本田""奥迪"这般叫得响的品牌，但并非没有品牌产品，我们亚新科生产的"南岳"牌喷油泵，在全国200多家同类企业中，其产值、销量、利润连续10多年居全国第二位，与无锡的威浮、北京的重油形成全国"三足鼎立"之势，在同行业中提起油泵产品，没有人不知晓"南岳"品牌的。我们湖南机油泵生产的"湘江"牌机油泵，虽然厂址地处偏僻的衡东小县城，其销量却位居全国同行业第一。最近他们又研制出了全国独有的"汽车方向盘助推器"，目前已成批量投入生产，销售前景不可估量，这应该也算是衡阳的品牌产品。

再看我们的化工行业，我们天宇集团生产的杀虫剂三唑磷、杀菌剂稻瘟灵、复配制剂唑威、病虫净等系列产品被评为"中国公认品牌"，年销售收入、出口创汇均占全国同行业的1/3，其中稻瘟灵质量、规模居全国第一位，撑起了全国同行业市场的"半壁江山"。

综合起来看，我们的特变电工、衡阳钢管、百富利汽车、金杯电缆、燕京啤酒、古汉养生精、钛白粉等均已跨入国家级品牌行列，有的甚至走出国门，饮誉海内外。

因此说，衡阳品牌产品虽无独霸天下之势，但也不至于大跌眼镜，令人扼腕长叹。

衡阳又的确没有品牌

回到现实话题，衡阳人的视角中，为何又总是感觉到我们这块地方没有品牌产品呢？这一方面恐怕缘由在于宣传不够，另一方面则与衡阳的老百姓、衡阳的市民目之所及、触之较多的直观感应不无关系。

如果把我们的视角从整个衡阳工业拉短拉近，最后聚焦到日用消费品行业，则可断言，衡阳的确没有什么品牌产品。早几年，衡阳经济界人士中就流行过这样几句话：衡阳人吃的是广东的食品、喝的是广东的水、穿的是广东的衣、看的是广东的电视、用的是广东的家具。我们把成车成车的粮食、生猪、鸡鸭、煤炭运到广东，换回来的也就是这些远不及粮、猪、煤生产成本高的玩意儿。难怪广东的客商曾经奚落我们说：湖南人真蠢。直到现在，恐怕这种现象也无多大改观。这怎不成为衡阳人永久的"心痛"！

昨日的辉煌何以落寞

回顾过去，即使仅就日用消费品论，我们也曾有过品牌的辉煌和骄傲，比如"中华"牌弹子锁、"回雁"牌自行车等，就连衡阳生产的毛巾，也在全国很有名气。而在衡阳经济社会阔步发展的今天，这些个"品牌"为何又成为历史的尘埃而销声匿迹了呢？这既有外部大环境造成的客观上的制约，也有衡阳人自身主观上的原因。

从客观上的原因看，日用消费品较之机械、化工等行业生产成本和技术含量低，设备简单，劳动力密集。在市场经济新的条件下，个体私营经济、民营经济飞速发展，纷纷涌入，即使是一个小小的作坊，也能摆起摊子生产日用消费品，导致日用消费品市场竞争十分激烈。日用消费品生产企业处于风口浪尖之上，稍有不慎，翻船摔跟头便首当其冲。

从衡阳人自身主观方面找原因，可以概括为一句话：错过了良好的发展机遇期。细述起来，大体上有以下四个方面：一是机制不活，没有适时解放思想，转换经营机制，仍然沿用计划经济时代那一套管理模式和方法。二是投入不足，融资力度不够，没能及时嫁接吸纳沿海及民间资本，拓宽融资渠道，只是依赖于政府，而政府哪能拿出那么多钱来投资。三是产品没能紧跟市场需求，适时更新换代，提高科技含量。四是缺乏一支过得硬的企业家队伍，正如安青先生《衡阳产品为何遭遇市场尴尬》一文中指出的"没有真正的企业家"，企业管理层缺乏敬业奉献精神，说来说去，这一点恐怕还得归结到第一条原因中去。

正是基于上述几点原因吧，像"中华"牌弹子锁、"回雁"牌自行车等，自然风光不再，甚至难逃没落的劫数。

振兴品牌路在脚下

如何振兴衡阳品牌，业内人士众说纷纭，衡阳决策层亦出台过诸如"品牌兴市"、挂大靠强、嫁接改造、招商引资等系列良策，应该说，这些举措均在一定程度上为推动衡阳品牌的发展，起到了较大的推动作用，比如没有市委、市政府强有力的倾斜扶持，像特变电工、凤顺车桥等明星企业就不可能在衡阳崛起并走出国门。

笔者任职于市内一决策参谋部门，曾深入全市 60 多家工业企业进行调查研究，结合政策学习和我市工业企业实际，就实施衡阳品牌战略、振兴衡阳品牌提出以下几点建议：

1. 加速品牌扩张。以衡阳的拳头产品为龙头，以优势企业为依托，以资产重组为纽带，壮大品牌产品企业规模，增强品牌产品企业实力。

2. 创新经营机制。加快产权制度改革，拓宽融资渠道，加强企业管理，推进科技创新。

3. 开拓产品市场。加强市场研究，建立一支强大的营销队伍，推行现代营销手段，增强品牌效应。

4. 实施人才兴企战略。培养造就企业家群体，提高经营者管理素质。

5. 优化发展环境。转变政府职能，强化服务功能，确保品牌兴市战略顺利实施。

条条框框，话虽几句，若能真正实施到位，深信衡阳更多的品牌产品卓立世界之林，定当指日可待！

（刊发于 2004 年 1 月 12 日《衡阳晚报》）

衡阳人的理想，打造汽车城不是梦

打造衡阳汽车城，在许多衡阳人的心目中，或许只是理想中的梦呓，可望而不可即。然而，中国加入 WTO 以后，随着宏观环境的极大改善和衡阳人自身的不懈奋斗，衡阳的汽车工业确实呈现出前所未有的发展态势，可以看到，汽车城的曙光已经在衡阳的地平线上升起。

风景这边独好

人们不会忘记，去年的金秋 10 月，一辆崭新的豪华大巴在衡阳土地上诞生，伴随市长贺仁雨手中钥匙按钮的启动，标志着衡阳汽车工业步入了一个全新的发展阶段。

相对整个衡阳工业，汽车及其配件制造可谓"风景这边独好"。据有关部门统计，2003 年，我市上规模的汽车及其配件生产企业已经达到 30 余家，去年总产值 28.3 亿元，较上年增长45.2%，撑起了全市机械制造业的"半壁江山"，汽车制造业的产值收入跃居全省第二位，仅次于省会长沙。可圈可点的汽车制造企业更是不断崛起。

湖南星马——雁城南郊一道伟岸的风景。湖南星马重型汽车有限公司由湖南重型汽车公司与安徽星马集团合资创建，全面承接安徽星马和日本三菱汽车生产工艺，去年以来，公司投入亿元资金实施年产 5000 辆重型汽车整车、2000 台专用汽车技改项目。

风顺车桥——军工企业再生之光。衡阳风顺车桥有限公司的前身是一家老军工企业，去年，风顺车桥完成猎豹系列汽车前后桥 26440 台套，实现销售收入 3.08 亿元，利税 7500 万元。整个技改工程完成后，可实现年销售收入 10 亿元，利税逾亿元人民币。

还有衡山专汽、亚新科、衡阳四机、湖南机油泵等汽车专业厂家及配件生产企业，去年年产值收入均在 1 个亿以上。

据相关专家介绍，汽车总装主要由底盘、发动机、外壳三大部件组成。而今，衡阳已经具备这三大部件的生产技术和能力，可以预见，随着我市汽车工业的加速发展，衡阳汽车工业自行生产、自行总装的一天定当指日可待。

多轮驱动乘风行

衡阳汽车工业的迅猛发展，得益于多个动力因素的作用，其中既包括历史基础和宏观环境提供的有利条件，又涵盖政府及产业自身主观能动性的发挥。

良好的基础搭建了平台。衡阳是个老工业基地，汽车工业起步较早，发展较快，从 20 世纪 50 年代起步到 90 年代初，衡阳汽车工业谱写过一段辉煌的历史。在计划经济向市场经济转轨的特殊历史时期，不少汽车及其配件生产企业受到强烈冲击，发展跌入低谷。但大量的厂房、设备、技术和熟练工人，对企业的发展仍具得天独厚的优势，为汽车工业的振兴筑起了平台。

宏观环境的改善提供了契机。跨入新的世纪，国内外宏观环境发生重大变化，汽车工业面临着前所未有的发展机遇：中国加入世贸组织，作为劳动密集型的汽车产业得到强化，产品出口增加，国际直接投资增速加快，为汽车工业融入国际化生产和经营创造了先决条件；国家宏观调控政策放松，汽车制造准入制度降低门槛，拓宽了生产空间；我国经济快速发展，居民收入增长，拉动汽车消费需求，拓展了汽车市场；沿海发达城市产业结构调整，产品升级换代，无论是跨国公司还是中小型企业，纷纷到内地寻取发展空间，实施产业、技术、设备、资金的梯度转移。衡阳作为"内地的前沿，前沿的内地"，自然成为沿海产业转移的首选目标，具有基础优势的汽车工业必然成为重点嫁接领域。

机制的转换创造了条件。企业发展的最大障碍是体制性障碍，在市场经济新的形势下，机制不活、体制不顺、产权不明是导致企业走入困境的根本原因。市委、市政府举全市之力，大力推进国企产权制度改革。汽车行业改制步伐领全市之先，湖南机油泵、风顺车桥、衡山专汽等十余家汽车及其配件制造企业，相继实现"产权转让、有偿解除劳动合同"，打破了计划经济体制所形成的铁饭碗和铁工资制度，形成了适应市场竞争的精干主体。

多元化投入注入了生机。资金投入不足是当前困扰企业发展的最大难题，为了破解这一制约产业发展的瓶颈问题，我市开辟多条融资渠道，广泛吸纳社会资本，初步形成多元化投资格局。实施招商引资、"挂大靠强"战略，按照"保存量，让增量"的基本思路，积极推进地方工业资源与全国性的资产重组，寻求国内外大企业、上市公司进行合作，做大做强优势骨干企业，亚新科、风顺车桥、湖南星马等均以此举获胜；大力推进民营资本进驻汽车制造业，非公有制汽车配件生产企业的总体规模和生产能力都有较大发展；实施积极财经政策，加大产业投入，政府先后建立技术改造基金、技术创新基金，成立中小企业贷款担保中心，实施工业园区企业增值税地方财政返还，企业所得税"两免三减"和土地出让价下浮等政策，为汽车产业结构重组和汽车工业的发展注入了旺盛的生机。

任重而道远

纵观衡阳汽车工业发展态势，曙光初露，前景看好。但要真正打造衡阳汽车城，仍然面临诸多矛盾和问题，道路仍然十分曲折和漫长。

从总体格局上看，衡阳汽车产业尚未自成体系，没有形成产业集群，不能显示规模集聚效应，更为关键的是，目前还没有自己的大型汽车总装企业，大多属于面向衡阳以外汽车企业配套产品的生产，如风顺车桥专业制造"猎豹"车桥，亚新科、湖南机油泵专业制造"油泵"配套产品。衡山专汽虽然能够自行总装，但又没有自己属下的配套企业和配套产品，其大型部件均靠从外地购进，且企业规模尚在壮大之中。湖南星马技改项目的实施，虽有可能打破这种局面，但既要满足安徽星马配套产品的供应，又要立足衡阳，面向国内外，全方位开拓汽车产品市场，将企业发展成为集总装与配套生产于一体的大型汽车制造企业，尚有一段艰辛的旅程。因此，从总体上来说，衡阳汽车城的打造还只处于刚起步阶段。

从衡阳汽车及其配件制造企业自身来看，也还存在与市场竞争不相适应的问题。第一，部分企业资产负债率高，负担沉重，缺乏启动资金，加之人员没能消化，社会职能多，生产经营举步维艰。第二，经营机制不活，管理水平低下。有些国有汽车产品制造企业仍然躺在计划经济的温床上，沿袭计划经济老一套模式。产权不明晰，权责不分明，机制不灵活，管理不科学。第三，低水平生产能力过剩，企业产品单一，档次偏低，质量不高，产品成套能力差，生产成本居高不下，行业低水平生产能力过剩，难以满足国内外市场竞争的需求，造成企业开工不足，生产设备闲置，生产资源浪费。第四，核心竞争力不强。从人才角度看，人才储备严重不足，全市骨干汽车企业经营管理层中，硕士以上学历仅占 6.1%，大学本科学历仅占 30.6%，有的企业技术骨干大量流失，人才技术力量不足，使企业难以实现新的质变，长期处于低水平经营状态。从技术角度看，研发能力不强，近几年的发展主要依赖于"技术引进模仿式"，多数产品属于"国外同类产品模仿型"或"国外引进产品改进型"。这些因素的存在，严重制约了汽车工业的发展和壮大。

启动加速器

可以预见，中国是一个潜力巨大的汽车市场，有着 700 万人口的衡阳，推及周边地市，汽车用户亦不可估量。打造衡阳汽车城，加速汽车工业的发展，前景广阔，大有作为。当前关键是要抢抓中国汽车工业步入高速增长期的契机，结合衡阳实际，积极采取应对措施，促进衡阳汽车工业的快速发展。

整合汽车工业资源。衡阳汽车及汽车零配件生产资源丰厚，上规模的生产厂及配件厂有 30 余家，加上个体户、私营企业上百家，资源较为密集。必须充分利用这些资源优势，鼓励汽车企业以资产重组的方式发展大型汽车企业集团，或以优势互补、资源共享的方式结成战略联盟，优化资源配置，合理生产分工，降低经营成本，实现规模效益。比如，湖南星马公司具备重型车、客车底盘等资源，具备制造能力和国际技术合作平台，且重型底盘及客车项目均已通过"3C"认证，能为客车生产企业提供优质底盘，其他汽车零配件厂亦可为星马配套生产零部件，其一，湖南星马坐落在衡阳市，有地理优势，可有效地降低各汽车生产企业及零部件生产企业的物流成本，在竞争中取得价格优势；其二，湖南星马的控股方安徽星马已同日本三菱全面合作，国产化重点将放在湖南，可源源不断地获取先进的设计制造资源，不断提升产品的品质，增强核心竞争力；其三，湖南星马的技改完成后可单班生产一万台底盘，完全有能力满足其他厂家对底配的需求；其四，省市政府优惠政策的支持，能大大加速湖南星马的发展步伐，使之成为全市乃至全省汽车工业的领路者。因此，衡阳汽车产业厂家，只有在共同利益、共同发展的目标引导下，抢占市场先机，才能使衡阳的汽车产业尽快成为有相当实力的集群。

打造精品力作。品牌竞争是当今市场取胜的法宝。衡阳汽车工业产品要抢占市场制高点，必须创名牌，出精品。经济基础相对不如衡阳的永州出了个"猎豹"汽车，我们的衡山专汽、湖南星马，为什么就不能赶上和超过"猎豹"呢？谁领市场风骚，谁就是最大的赢家，打造衡阳汽车城，做大做强优势骨干企业和品牌产品是关键所在，政府必须在此方面进一步出台优惠政策，着力扶持保护，以使衡阳的优势汽车企业进一步发展壮大。

树立创新理念。创新是发展的力量源泉，解决衡阳汽车企业内部的一些矛盾和问题，必须走创新之路。创新主要体现在三个方面：首先要推进制度创新，加快改制步伐，使企业甩脱包袱，轻装上阵，全力投入市场竞争。其次，推进科技创新。紧跟时代步伐，加大技改投入，加快产品更新换代，实施人才战略，促进人才兴企。再次，推进管理创新。树立新的管理理念。除上述之外，还要进一步拓宽融资渠道，优化服务环境，促使衡阳汽车工业走向高速发展的快车道，使衡阳汽车城的梦想早日成为现实。

（刊发于2004年3月2日《衡阳晚报》）

李鬼，哪里逃?!

20 世纪的中国随着历史的车轮滚滚向前，市场经济的浪潮终于汹涌而来，就在这澎湃之声刚刚响起之际，一股浊流也随之混入了洪流之中——假冒伪劣商品泛滥成灾，它扰乱社会经济秩序，殃及人们的生命安全，致广大消费者于惶惶诚恐之中。

泪的呻吟，血的控诉

翻开衡阳市工商局经济检查科提供的案卷，假冒伪劣的案例，令我触目惊心，不寒而栗。

爆炸声声，几多悲剧几多泪

案例一　去年 8 月，衡山县建筑公司司机胡某，驾车至衡山金鑫酒家就餐，取来某厂生产的啤酒，刚要启瓶时，酒瓶"轰"的一声炸裂，胡的左腿被酒瓶玻璃炸伤，血管破裂，先后在县人民医院和衡阳医学院附属医院治疗，花去费用 1500 余元，误工半个月。

案例二　去年春节期间，市人事局干部老贺，在市日杂公司某仓库买了 5 根彩珠筒花炮。除夕，贺的儿子兴高采烈地燃放花炮时，突然火花四溅，把身上的新太空服衣袖烧了一个 20 厘米的大口子，右手从手掌至手腕严重烧伤。经医院鉴定为二度烧伤

90%，三度烧伤10%，住院治疗35天。不仅使贺家喜庆的节日气氛蒙上一层灰暗的阴影，而且带来了巨大的经济损失，给孩子幼小的心灵和肉体留下了永远难以消失的创伤。

案例三　市机械厂职工张某，花2900多元买回一台彩电，家人坐在一起正看到劲头上，忽然轰隆一声，彩电"开花"，一家人身负重伤，治疗费用达1万余元，可爱的小女孩不仅一只晶莹的左眼从此失去光明，那俊美天真的小脸蛋也留下了永远不可消失的累累疤痕。

坑农小丑耍诡计，农民遭殃泪涟涟

案例四　衡东县高湖乡东升村村民贺某，发现衡阳松柏化肥厂生产的过磷酸钙在当地畅销，便勾结杨桥镇刑满释放人员颜某等人，通过非法手段，在永和镇福利塑料制品厂印制衡阳松柏化肥厂过磷酸钙包装袋1000余只，弄来磷矿粉、硫酸、水在水泥地上一顿乱搅胡拌制成假磷肥51吨，以360元/吨的价格委托本村村民罗某等人销售，牟取非法利润1万余元。经化验，他们非法自制的化肥仅含磷1.6%，而国家标准有效磷含量不得少于12%。据匡算，这批假冒磷肥致使农民减产10万公斤。不法分子虽然受到了法律的制裁，而他们给农民造成的损失却无法挽回，害得农民叫苦不迭。

水患泱泱黑浪滚滚

案例五　某县育段乡石吾村村民李合平，收购牲猪18头，送至县园艺场农业队松山坪空场李秀英家，由李提供水桶、热水、勺子等灌水工具，用塑料管和漏斗往猪肚子里灌水，每头灌7—9公斤，然后送交牲猪收购部门牟取暴利。衡东县横路乡某村从事此种勾当的就达12人之多。

案例六　某市山枣镇村民成立新用喷雾器针头等注水工

具，将水注入猪肚鸡腹内，最多的一个猪肚能增重约 1.5 公斤。不少违法分子正是用此类方法将猪内脏注水后再送冷冻厂冷冻。市工商部门在今年的扫假活动中，查获灌水猪内脏 25 吨，含水量最高可达 40% 之多。

一则虚假广告四千群众受骗

案例七 去年 5 月，湖北孝感洪务国等 3 人，谎称有武汉大学研究生和华中师大、河北大学毕业学历，骗取我市某区科委批文成立"衡阳市城北星火科技情报研究所"。同年 11 月，炮制一份署名"湖南衡阳工学院星火科技情报所"的虚假广告，宣称"用米饭等做培养基的第二代室内外栽培新技术"效益佳，汇款寄资料。这则虚假广告经市区某管理办公室盖章签字，先后在首都和一些地方的 17 家报刊刊登，使 20 多个省市 4000 余名群众受骗，受骗金额 60 万元，洪务国等人取走 10 多万元逃之夭夭，衡阳工学院至今背着"黑锅"。

其实，假冒伪劣又岂止这些，秤杆耍鬼、食品掺沙、饮料掺假、假钞假币等等，简直可以说千千万万，遍及每个角落。哪里有名牌商品，哪里就有假冒商品；哪些商品走俏，哪些商品就被假冒；哪些商品赚钱，哪些商品就会被冒充……假冒伪劣成了名牌、走俏、赚钱商品的伴生物。

打假烽火漫卷衡州

生产资料被假冒，生产资料被伪造，人们处于假冒伪劣的包围之中，这股肆虐的祸水猛地拍击着广大消费者的心！"上帝"愤怒了，人们震惊了！国务院发布命令，展开一场打假战役。北京 10 多家单位联合开展"中国质量万里行"活动。衡阳市工商局局长伍远华向全市工商系统的干部职工宣布："立即行动起来，追踪溯源，穷追猛打，下最大决心，花最大力气，把假冒伪劣商品赶出市场!"市、县两级工商局迅速成立了打假领导小组，一场全方位围剿假冒劣质商品的战斗烽火迅即席卷衡阳大地。

领导出击，直捣黑窝点

耒阳市制售假冒伪劣酒由来已久，虽多次查处，终因处理不严、打击不力而死灰复燃。为此，衡阳市工商局4次召开局务会，下决心查处此案，端掉造假窝点。他们抽调了13名干部组成专案协查组，副局长胡兴国、顾问杨文范、调研员汪绍广等局领导亲自带队，进驻耒阳市，协助耒阳市工商局办案。历时半个月，他们行程1400公里，调查了500个经销单位、420名当事人和见证人，查实该市19家酒厂就有16家造假酒。有的酒厂既没有厂房，也没有车间，破旧的灶屋、牛栏边、厕所旁就是他们制酒的场所，2个池子、几个桶子、一堆瓶子，就是他们制酒的工具，用酒精直接兑水生产白酒，掺入色素即为色酒，贴上名牌厂家的商标，即为名酒。就是这种假冒劣质酒成批成批地倾销市场，获取暴利。在查处这伙"害群之马"时，耒阳市工商局遇到多方面的阻力。为打破僵局，市工商局一方面发起舆论攻势，将耒阳假酒案在多家新闻单位曝光。专案组的同志趁热打铁，向耒阳市领导汇报案情反映消费者呼声，从而引起了耒阳市政府的重视，他们专门为此颁发布告，打击制售假酒行为，取缔制假售假窝点。同时，专案组又将调查材料移送耒阳市检察院，促成该院立案查处。不懈的努力终于获取了查处假酒案的全胜，16家制假单位，7家停业整顿，9家吊销营业执照并捣毁其制假设施，没收假商标标识9.8万张，假包装箱1.3万个，印刷版13块，假冒伪劣酒25万瓶，处以罚款36.54万元，当事人都受到了严肃处理，情节特别严重的雄狮食品厂厂长被依法追究刑事责任。耒阳市假酒案的查处在全市引起了强烈反响，广大消费者拍手称快。

多年来，衡阳市中药厂通过艰苦卓绝的努力，终于使产品"古汉养生精"声名远扬。然而，就是这样一种名牌产品却蒙上了假冒的阴影，导致该厂产品声誉受损，销路锐减。市工商局局长伍远华是在晚上 11 点钟听到这个反映的。当时，他身体不太舒服，晚上破例在 10 点钟就寝了。可是，听到这个消息以后，他再也躺不住了，腾地从床上起来，"衡阳出一个名牌产品多不容易啊，这假冒者实在可恶。"他当即与江东工商分局取得联系，指示"派出精干力量，彻底捣掉制假黑窝"。江东工商分局雷厉风行，立即组织人力，首先对区内的国营集体和个体经销摊点进行普查，查出 2728 盒有害人身健康的假"古汉养生精"。紧接着，根据经销者提供的线索，顺藤摸瓜，穷追不舍。经查实，都是从市建湘柴油机厂工人莫某手上批发进来的，江东分局风驰电掣地一举捣毁莫某开设在江东区武装部招待所的假"古汉养生精"批发点。然后，根据莫的口供，市工商、检察院等部门与市中药厂星夜兼程，直赴浙江省苍南县灵溪村，彻底端掉该村村民陈义锡（化名池芳芳）生产假"古汉养生精"的地下工厂。

冲破阻力斗邪恶，顶风办案腰不弯

1992 年 5 月，祁东县工商局接手县技术监督局移交的该县某公司经销报废糖果一案，县工商局派员调查，公司经理依仗其"农民企业家"的牌子和保护伞的权威，拒绝接受检查，不提供发票账册。调查组的同志及时调整方案，东进千里之外的上海市调查取证，查实该公司以每公斤 0.6 元—0.9 元的价格，先后 2 次从上海某糖果厂及其二厂购进报废奶糖、棒糖、桉叶糖和万事发系列糖果 31.88 吨（厂方已明示只能作加工原料用，并标注

"已报废"字样）。在真凭实据面前，该公司才交代以每公斤2.00—2.50元的价格直接销售给群众食用的事实，允许检查组封存未销售的16.1吨报废糖果。结案时，个别领导以该公司有困难为由，多次出面说情，并组织有关单位协调，明令工商局不予处罚。在这种情况下，祁东县工商局立即向市里汇报，由市工商局领导出面，顶住说情风，最终使这一案件依法处理。

去年初以来，衡阳县集兵乡农妇邹某，租用市郊西湖乡建设村郭某的住宅，从收破烂者手中买进各种装洗涤用品的旧瓶，用香精、色素加肥皂或洗衣粉，生产假洗发精，假冒上海"天美""美加净""蜂花""达而美"等名牌商品，并在市某大厦设点推销。郊区工商分局办案人员前去检查，邹竟纠集30多人进行围攻阻拦。检查人员毫不畏惧，沉着冷静，坚定地公布事实真相，宣讲国务院打假决定，使围观的群众明辨是非，自动离散。邹见一着不成，又施二计，脱衣解裤大耍无赖。办案人员厉声呵斥她的这种下流行为。正义终于战胜邪恶，邹某最终自行收敛，交出了2000多瓶假洗发精、几麻袋旧瓶子和制作工具。工商行政管理人员当众销毁了伪劣产品。

布下天罗地网，置假冒伪劣商品于人民战争的汪洋大海之中

扫假既是一项系统工程，又是一项长期的艰巨任务，必须全面出击，综合治理。因此，市工商局充分动员全社会力量，由市委、市政府牵头，协调各行政执法机关、司法机关、银行信用社、企业主管部门，同时发挥群众监督作用，布下天罗地网，置假冒伪劣商品于人民战争的汪洋大海之中。衡南县咸塘乡毛坪中学病休教师邓某为了钱财，不管"有义""无义"，什么"为人师表"全然丢之脑后，竟与河南省宁陵市柳河镇服务站签订300

吨磷肥的空头供货合同，勾结退休教师陶某，装运 240 吨黑红色和瓦灰色泥土至衡东县大浦镇岭村公路旁，将泥土捶碎拌合，假冒衡阳氮肥厂的"双塔牌"过磷酸钙，企图坑骗需方。在大浦镇火车站和信用社的协助下，衡东县工商局及时将这批假磷肥和 684 个包装袋、1 台封口锁边机查获，并追缴了邓从对方骗来的 2.1 万元货款。

1991 年春节前，衡山县城关镇市场同时出现 7 种假"一滴香"酒。县工商局通过调查分析，这些假酒产于长沙，产自四川，便立即抽调 8 名干部，分三路出击：一路人马奔四川查生产厂家，一路人马赴长沙查批发单位，一路人马留当地收缴未售完的假酒。办案人员分工合作，携手奋战，多次往返于长沙，先后 3 次入川，并取得成都驻军，当地公安、检察、工商等部门的鼎力相助，仅用 2 个月时间，就将这个涉及 2 省 6 县（市）的 6 家酒厂、8 个经销单位联手制售的跨省假酒大案查清。共查获假"一滴香"酒 148 万瓶，追缴赃款 15 万元，罚没 21 万元。同时，将四川省邛崃县某酒厂用液化酒精直接兑水制造假"一滴香"酒和长沙市港务处二公司某仓库大量批发假酒以及骑龙山酒厂某厂长靠制造假酒成为当地富翁等劣迹大白于天下。

近三年的扫假行动，全市工商系统共出动干部职工 7422 多人次、车辆 368 台，对全市范围内 23168 家国营、集体企业和 58941 户个体工商户进行了检查，共查处假冒伪劣商品案件 2296 件，其中万元以上大案 230 起，查获各种假冒劣质商品 1450 种，价值 1966 万元，其中化肥 140 吨，农药 103 吨，家用电器 10327 件，药品 89212 公斤，洗涤用品 56291 袋，食品 46192 公斤，卷烟 742398 条，酒 1700287 瓶，商标 1455066 张；端掉制假窝点 73 个，没收制假工具 354 套，移交司法机关惩处 16 起 21

人。工商打假，成绩辉煌，日月可鉴，尽管他们付出了代价，却保证了衡阳经济建设得以健康发展，也维护了消费者利益。他们所做的这一切，人们不会忘记！历史不会忘记！

李逵斗"李鬼"，战争还在延续

《水浒传》里假冒李逵的李鬼，绝非李逵的对手，几下交手，便败下阵来。而今，人们还常把假冒伪劣商品比作"李鬼"。现实生活中，"久经沙场"的李逵却被众多的李鬼"逼上梁山""败走麦城"。市工商系统两年多的扫假行动虽然已经取得阶段性战果，但李逵与李鬼的交杀远远没有停止，形势不容乐观。打击制造假冒伪劣商品要做到标本兼治，仍面临诸多困难。

制售假冒劣质商品者呈现多元化趋势。有退休工人、在职人员、无业者；有外地商贩，本地农民；有个体、私营企业，也有国营、集体企业；更严重的是近年来兴起的行政、事业单位下属的公司。假冒劣质商品泛滥成灾，已渗透到生产、经营各个领域，其作案手段更加隐秘，查处更加困难。

一些人不走正道，致富欲望更趋膨胀，暴富心理表现更加强烈。我国经济体制正处于由计划经济向市场经济的转折时期。在此之前的计划体制中，实行的是平均主义政策，人们共同拿低工资，也安于清贫；一旦从旧制度、旧体制的束缚下解放出来，获得了自由发展的社会经济环境，人们致富的欲望便像干柴一样被点燃。特别是在少数人致富，贫富平衡打破后，某些人的心理发生扭曲，为"致富"往往不择手段。工商执法人员在向耒阳假酒制造者调查取证时，他们就赤裸裸地说道："如今的人谁不为了钱。"所以，我们不难看出，极度膨胀的金钱欲、致富欲引导不当必然为制假、销假推波助澜。

法制不健全。我国现行的工商法规大都是计划经济体制下的产物，对于市场经济体制下产生的一些新的问题和矛盾，运用过去制订的法律法规，无疑已很不适应市场经济的发展。

更严重的是地方保护主义作祟。我国工商行政管理体制是一种条块分割的行政性经济监督机关。当前实行的"分灶吃饭"的财政体制，进一步强化了各级地方政府在经济上的独立行为。各级地方政府作为国家权力机关，应该积极维护社会公众的利益，坚决打击"假冒伪劣"。但是，不少地方为了保护本地方某些局部利益，对本地生产、经销"假冒伪劣"的状况听之任之，有的甚至支持、纵容。如衡山县工商局查处某印刷厂非法印制出版物一案，厂长印刷黄色书刊，却被评为模范，而检举揭发者却遭受打击报复，市工商局出面也没有收到明显效果。直至中央、省有关部门直接干涉，舆论机关施加压力，问题拖了一年多，才有了满意的结果。这些地方保护主义成为假冒伪劣产品的温床，是致使其屡禁不止的主要原因之一。

查处假冒劣质商品的困难当然远不止这些。但是有一点我们可以坚信，无论目前假冒伪劣现象如何严重，"李鬼"如何猖狂，随着我国市场经济体制格局的建立，法制的进一步健全，全社会必将行动起来，打一场消灭假冒劣质商品的全民战争，使其成为过街老鼠无处藏身。

（刊发于 1993 年 11 月 27 日《湖南经济报·周末特刊》一版头条，1994 年第 1 期《工商之友》杂志）

第四辑

史海浪花

夏明翰一家何以走出五名英烈

夏明翰，我党创建初期无产阶级革命家、伟大的共产主义战士，以其"砍头不要紧，只要主义真。杀了夏明翰，还有后来人"的千古绝唱，震撼时代，启迪后人。他的弟弟夏明震、夏明霹，妹妹夏明衡，外甥邬依庄，追随其革命步伐，同样壮烈牺牲。夏明翰一家何以走出五名英烈？追根溯源，离不开先进理论的熏陶、父母家人的支持，更因为他们有着坚定的革命信仰和深厚的家国情怀，从而在追随共产主义事业的征途中，充满了坚毅前行的力量。

士子风骨的传承

封建士大夫是中国历史上一个特殊的阶层，其主要构成为文人和士绅，他们注重个人的修养、责任和担当，强调对国家和人民的忠诚和奉献。忧国忧民、不为五斗米折腰等是其主要精神特质，立德、立功、立言是他们的最高追求。从文天祥"人生自古谁无死，留取丹心照汗青"的豪迈悲壮，到范仲淹"先天下之忧而忧，后天下之乐而乐"的家国情怀，从杜甫"安得广厦千万间，大庇天下寒士俱欢颜……何时眼前突兀见此屋，吾庐独破受冻死亦足！"的民本思想，到陆游的"王师北定中原日，家祭无忘告乃翁"的疆域意识，无一不是这种精神特质的流露和彰显。夏明翰兄妹所处的家庭就是这样一个封建士大夫家庭。

祖父夏时济知识渊博，撰述宏富，是衡阳名望颇高的官僚士绅。他家学深厚，教子严谨，素以书礼治家，期望儿孙成为"书香门第"的继承人。夏时济虽为封建官僚，但不贪钱财，无论是在清朝还是在民国，凡遇有人找他办事，他对送来的钱物一概拒收，还将来人当面痛骂一顿。因此他做官几十年，没置产业，弃官回家时只能租赁房屋居住。这在贪污盛行的晚清、民国时代，实属难得。

夏明翰的父亲夏绍范，年少勤奋好学，青年时留学日本，企望能干一番有益于国家和民族的事业。辛亥革命后，他拥护孙中山先生的"三民主义"，是一位阅历深广、积极进取的地方官员。

夏明翰也善于利用封建士大夫家庭特别是祖父夏时济的社会关系，来帮助推动革命。在"驱张运动"中，他带领何叔衡拜访祖父，促成夏时济带头签名，声援"驱张"；在抵制日货运动中，夏时济出任国货维持会会长，促进了衡阳"维持国货、抵制日货"运动的迅猛发展。

夏时济、夏绍范父子都是正直爱国的知识分子，他们身上所具有的士子风骨和家国情怀，无疑浸入了后人的血脉、基因，为他们走向革命道路产生了积极深远的影响。

至暗时代的激愤

1840 年鸦片战争后，中国社会开始进入半殖民地半封建社会。湖南虽然身处内陆，但是各种社会矛盾错综复杂，新旧斗争空前激烈，气壮山河的群众运动，像一幕幕悲壮的历史剧，在湖南这块土地上不断上演。

衡阳曾是湖南各路军阀拉锯式争夺的战场，社会动荡，经济凋敝，人民备受苦难。这一时期的社会思想非常活跃，那些忧国忧民的先进知识分子和爱国志士，纷纷探求拯民救世之道。

夏明翰兄妹均出生成长于这个灾难深重而又群雄逐鹿的时代，他们目睹了封建主义和帝国主义在中国大地犯下的罪行，感受到了广大劳苦大众悲惨的命运和痛苦的生活，唤起了他们对国家的责任和担当。

正如千千万万正直的爱国知识分子一样，他们对现实表现出强烈的不满，极希望改变这个社会，但由于没有先进的理论作指导，缺乏强有力的政党把大家凝聚起来，往往是空有一腔报国热情。他们探索、奋斗、迷茫、彷徨，热切地寻求救国济民的真理。

先进理论的传播

俄国十月革命一声惊雷，马克思主义的光芒照耀中国，衡阳成为马克思主义火种传播最早的地区之一。1918年1月，衡阳新城学子廖焕星联合衡阳学界人士，发起组织了衡阳的革命社团——端风团，创办了以"革新""改造"为宗旨的《端风》杂志，为衡阳人民了解和接受马克思主义思想打开了一扇窗口。

五四运动后，衡阳学界成立了湘南学生联合会，夏明翰曾任湘南学联第二届总干事，夏明衡、夏明震、夏明霹均为学联成员。湘南学联出版发行《湘南学生联合会周刊》《湘南学报》，宣传马克思主义，促进人们思想的觉醒。

衡阳的进步社团通过各种形式售卖新书报刊，各大中专学校纷纷成立新书报售卖部，推售《新青年》《湘江评论》《共产党宣言》等进步书刊。毛泽东、邓中夏、何叔衡等来衡阳发表演讲，宣传马克思主义。

马克思主义在衡阳的传播，最初都是在思想最为活跃的青年学生中展开，当时在湖南省立第三甲种工业学校就读的夏明翰，首先受到了马克思主义思想的洗礼，在革命斗争实践中逐步成长为学运、工运、农运的骨干和领袖。

母亲思想的熏陶

苏联作家高尔基说："世界上的一切光荣和骄傲都来自母亲。"明翰兄妹能够走上革命的道路，离不开大仁大爱大义的母亲的支持，正如毛泽东同志的称颂："夏明翰有一位好母亲！"

夏明翰的母亲陈云凤追求真理，博学多才，正直刚毅，是一位颇具传奇色彩的潇湘女杰。在担任衡阳县议员期间，她曾公开倡言："今日之中国，军阀混战，万民涂炭，沉疴痼疾，非实行共产主义，莫可医也！"

1914 年，夏绍范英年早逝，陈云凤携儿带女返回湖南衡阳湘江东岸。陈云凤常常把孩子们召唤到膝下，给他们讲述"越王勾践卧薪尝胆""岳飞精忠报国"等励志故事，教导孩子们从小立下报国志，担负起天下兴亡的匹夫之责。

1923 年 5 月，日本商轮"武陵号"开进长沙港，制造了震惊中外的流血惨案。湘南学联学生及上千名士农工商游行示威，强烈抗议日军暴行。陈云凤抱病上街参加游行，并利用县议员的合法身份，掩护子女及黄静源、毛泽建等共产党人的革命活动。衡阳"沁日事变"发生后第二天，江东各学校地下党善后会议就在她家召开。

当夏明翰与祖父夏时济立场观点产生分歧、矛盾加深之时，陈云凤毅然支持他脱离家庭，投身革命。待子女陆续成年后，她又将他们一个个送上革命道路。在母亲的教育和影响下，四个子女相继加入中国共产党，成为革命斗争的骨干力量。

大革命失败后，全国陷入一片白色恐怖之中。1928年，夏明翰四兄妹相继壮烈牺牲。噩耗接二连三传来，陈云凤强忍悲痛，劝慰家人："雁断何须添烦忧，自有旌旗映红楼；好护瑶琴弹旧曲，莫将凤纸写离愁。"她擦干眼泪，把对反动派的血海深仇埋藏在心里，迁回衡阳城西老家礼梓山，在王船山故居湘西草堂附近建了一座学堂，培养革命的"后来人"。

兄长榜样的引领

夏明翰从选择正确的人生道路开始，就积极投身反帝反封建的伟大斗争，并成为我党早期重要领导人。他始终以强烈的感染力给弟妹们示范和引领。在日常生活中，夏明翰谨遵母亲的教导，除了给弟妹们生活上无微不至的关怀外，更多的是在思想上引导他们树立良好的品行，激发他们的报国之志。

夏明翰身上没有一点富家少爷的气派，当学生时他就非常勤俭，穿的是土布做的衣服，所有事情都是自己做，还常帮助家里的女工干活。他放学回家便带领弟妹挑灯读书，在外从未参加过任何娱乐，不会抽烟、喝酒，连戏剧也没看过。

在湘南学联工作期间，为了让弟妹们接触新文化、新思想，夏明翰主动将他（她）们吸纳为湘南学联成员，动员鼓励他们踊跃参加学生运动。

　　1920 年 8 月，夏明翰从湖南省立第三甲种工业学校毕业，到毛泽东等创办的长沙文化书社工作，这里当时是传播马克思主义的重要阵地，他也在这个时期完成了成为马克思主义者的思想转变。党的一大后，1921 年 8 月，毛泽东、何叔衡回到湖南，夏明翰经他们介绍加入中国共产党。

　　在文化书社时，夏明翰经常买一些进步书刊带回家里供弟妹们阅读。他还陪同毛泽东、何叔衡等革命家来衡阳作宣讲演说，传播马克思主义，同时动员弟妹们参加学习讨论，让马克思主义深深扎根在他们的脑海。

　　妹妹夏明衡性格刚强，人称"假小子"。她的婚姻不幸，丈夫是个纨绔子弟，她忍受不了志不同道不合的家庭生活。夏明翰作为她坚强的后盾，毅然支持她摆脱封建婚姻。在哥哥的指导下，她逐渐懂得革命道理。不久夏明衡入长沙自治女校学习，结识了毛泽建等进步学生，成长为一名坚定的共产主义战士。1928 年 6 月，她为革命献出了年仅 26 岁的生命。

　　夏明震、夏明霹比夏明翰小 7 岁和 8 岁，夏明翰经常带着他们听母亲讲故事，指导他们阅读进步刊物和革命书籍，介绍他们加入共青团和共产党，送他们到广州农民运动讲习所和武汉农民运动讲习所学习，使其逐步成长为学运领袖和农运先驱。1928 年 3 月 22 日，夏明翰壮烈牺牲的第二天，夏明震被反革命分子杀害，年仅 21 岁。1928 年 2 月 28 日，夏明霹英勇就义，时年不足 20 岁，比夏明翰牺牲时间更早。

　　邬依庄是夏明翰大姐夏明玮的儿子。夏明翰对邬依庄这个外甥特别器重，常常给他讲读书做人的道理，在他幼小的心灵里播下革命的种子。邬依庄长大成人后，了解到舅舅姨妈为了革命事业相继牺牲的英勇事迹，决心向四位长辈学习，为劳苦大众谋幸福。1930 年，红军攻打长沙时，邬依庄毅然投奔红军，后在战斗中不幸中弹牺牲，年仅 19 岁。

追忆夏明翰满门忠烈的成长历程，带给我们灵魂的洗礼和思想的启迪，激励我们在建设中国式现代化的伟大征程中，坚毅前行，开创属于我们这一代人的历史荣光。

（刊发于 2013 年 12 月 15 日《中国纪检监察报》"养廉"副刊，2024 年第 5 期《老年人》杂志）

"地下长城"的时光记忆

——衡阳防空洞探秘录

20世纪六七十年代，美苏两个超级大国掀起一股反华浪潮，苏联一再放出"外科手术式核打击"的战争言论，对中国进行威胁与恐吓。欧美敌对国家更是一副有恃无恐、咄咄逼人的架势，欲置伟大的中华人民共和国于死地。面对如此复杂严峻的国际态势，毛泽东同志审时度势，向全国人民发出了"深挖洞、广积粮、不称霸"的伟大号召。正是在一片刀光剑影之中，作为中国西南地区门户和军事咽喉，自古以来便是战略要冲的衡阳市，众志成城，拉开了一场轰轰烈烈的全民挖洞运动，从1969年3月到1973年底的四年多时间里，构筑人防工事四万多平方米，打造出一个纵横南北东西的"地下长城"，创造了令世人瞩目的人间奇迹。

这里曾经是一个鲜为人知的神秘世界，伴随着时代的发展和科技的进步，过去那些曾经被册封为"绝密"的人防史料逐步得以解密，这片隐秘的空间便悄然走进大众的视野。

街头巷尾的"风景线"

作为全国二类人防重点城市的衡阳市，1969年3月，衡阳市委向全市广大军民发出了"坚持自力更生，大打人民战争"的动员令，提出了"县以上城镇，都要完成防空工事的构筑""每两个人有一平方米隐蔽工事"的战略部署。一时间，全市上下"家家户户总动员，男女老少齐上阵"，形成了打一场人民战争的火热态势，全民参与挖防空洞成为衡阳街头巷尾随处可见的"风景线"。

在构筑人防工事的群众运动中，专业队日夜挖，居民轮流挖，学生放学挖，职工下班挖，广大民兵劈地斗水，战斗在工地上：红小兵用书包背沙子，运石头；白发苍苍的老人为工地送茶水，捶石子。许多家庭一家老小全上阵，出现了一家祖孙三代挖洞的动人情景。每个人都以极大的热情投身到这场全民挖洞运动中，能做什么就做什么，有一分力量发一分光，找泥巴，做土坯，运砖，挑沙，有的小孩子拿不动，拿一块砖也尽己所能。

1969 年秋冬，为了战备防空，整个衡阳到处都是忙乱的人群，到处都堆满挖洞的泥土。全市各企事业单位、各社区居委会广泛出动，寻觅房前屋后的各种荒坪空地，开挖战时防空壕和掩体，一人挖个隐蔽位置，猫耳洞、家家洞、防空壕等简易工事遍地开花到处可见。

每到黄昏时分，机关企事业单位上班的干部职工，下班回家便全部投入挖防空洞的战斗，弄堂里更加热闹起来，到处都是挖地洞做砖头的人们，他们纷纷在自家院子里、楼底下开挖，几乎每家每院都有或大或小的坑洞。有位市民在当时所住的院子里挖了一个 20 多平方米的"地下室"，那时候的衡阳人住在"墙门"院子里，一条门进去里面有十几户人家，几乎每个墙门都挖了地洞。他们把地洞挖在进门的小空地上，顶上盖了木板，再铺上泥土，留一个小洞进出。日久月深，因为没有更多的利用价值，这些地洞早已随着城市的改造和建设消失在历史的尘埃中。

决战 "709" "733" 工程

1970 年 9 月 25 日，解放路地下人防工事主干道 "709" 工程正式动工。上午 8 点钟，衡阳市委在解放路与中山路交界的衡阳饭店门口召开誓师大会，470 多个单位、23 个专业连队、2000 多民兵参加大会，会场红旗招展，号声雷动，许多青年民兵激情澎湃，热血沸腾，现场递上 "决心书"，立誓为深挖防空洞奉献青春力量。

当年挖防空洞的条件非常艰苦，没有先进的工具，大家只能用锄头、钢钎、铁锤，手拉肩扛。从早上 7 点上工，一直挖到晚上 12 点，第二天又连续作战接着干。民兵骨干基本上一天一夜不睡觉，必须按时把水泥、黄沙、砖坯及时运送到工地上去，运送黄沙都是用铁锹一锹锹地铲到卡车上，四个人推着卡车，然后卸到工地。劳动工地没有一个人偷奸耍滑，个个挥汗如雨、汗流浃背，比学赶帮超，争先恐后，比如背运水泥，一个人把一包 100 斤的水泥背到肩膀上，有的 "大力士" 一次背三四袋，4 袋怎么背呢？肩膀扛两袋，两只手一边夹一袋，胜过一匹骏马。

为了抢时间、争进度，有的施工人员一天 24 小时吃住在工地，年轻人没有做过人防工程，但他们边学边干，渐渐从门外汉变成了行家里手。妇女和后勤工作人员也加入争分夺秒抢工期的行列。有一位当年在食堂工作的女同志回忆：我们食堂大概有 20 来个人，分三班倒，我们两个怀孕的女同志，挺着大肚子，一摇一摆地行走在工地上。那时晚上要加班，食堂就要做饭，还要把饭送到工地上去。虽然我们挺着个大肚子，面临着要生小孩，因为人手不够，大家也是无所畏惧地争着上工地。有些事也真是说不清，现在的一些年轻人，孩子总是怀不上，怀上了也要待在家里"养胎"，我们那时到快生产了还在工地上奔波，孩子却安然无恙。

在施工一线的民工刘玉民回忆道，一天夜里，暴雨突然倾盆而下，正赶上工事水泥浇筑刚刚成型，躺在家中的刘玉民睁着眼睛怎么也睡不着，雨水总是这样不停地往洞里灌溉，整个防空洞就要溃塌下来。他立即翻身下床，冒着狂风暴雨，找来了抽水机，四五台机器同时开动，展开了与暴雨的争夺战。从黎明时分开始，抽到下午四五点钟，几百平方米的水，就像一个偌大的大水塘。由于刘玉民及时处置了雨水，人防工事得以保住。

人们何曾忘记，那是一个晴空万里的上午，施工人员像往日一样，走进了离地面十几米的地底深处，正当大家在进行紧张的挖洞劳动时，突然洞的左侧大水喷涌，紧接着一块5尺见方的泥土坍塌下来，3位施工人员被压在了沉沉的泥土下面。当大家采取紧急措施排水挖土后，而这3位同志血肉模糊，已经停止呼吸，他们为挖防空洞献出了宝贵的生命。

可是又何止这一次呢，在"709"施工战斗中，战胜了近千次大小塌方，闯过520米难工险段，处理98处枯井、废塘、护城河和弹坑，穿过房屋、下水道、水管41处，排除23根高压电杆、电线杆的影响，攻克数处流沙白浆泥禁区，整个工地形势都是在不断地总结经验教训，取得了劈地斗水的节节胜利。经过9个月夜以继日的艰苦奋斗，至1971年"七一"前夕，"709"主干道打通，整个工程东起湘江河畔，北连进步电影院，沿着解放路，穿过回子岭、天马山，通往西郊凤娥山脚，净宽2米，高2.3米，全长3670米，开设房间63间，进出口16个，总面积7050平方米。

决战"709"人防地下工程，衡阳军民始终保持着蓬勃的激情和昂扬的斗志，先进模范人物如花盛开，不断涌现。经过工地多次评选，共评选出先进个人 4135 人次，立功 603 人次，8 人火线加入中国共产党，66 人光荣加入中国共青团。

雁峰山"733"工程是衡阳市又一重大人防工程，4400 多平方米的地下工事，由东干道、北干道组成，里面有的是单拱，有的双拱，还有的四拱。当年这些工程赶得非常急，上级要求工程一定要限期完成。附近 12 个小工厂联合作战，由领导干部带头挖，发动在岗职工轮流挖，成百上千的群众共同挖，热火朝天、人山人海，昼夜不停地奋战在施工现场，一批批热血青年更是在这里挥洒着他们的青春和汗水。

衡阳铁路列车段的职工，80%是列车员，分散流动性大，如何完成防空洞的修筑任务呢？厂里决定，有条件上，没条件创造条件上。他们召开了一个声势浩大的誓师大会，书记作总动员，然后调集一批思想纯正、体力旺盛的精兵强将，针对列车员的工作特点，从分散中找集中，从流动中找固定，实行"分线建队，固定跑车"的办法，充分挖掘劳动力的潜力。连续 3 年，做到了跑车不停，挖洞不止，构筑人防工事 1300 多平方米。

历时 3 年多艰苦的开凿，终于完成了衡阳历史上又一罕见的人防工程，它与衡阳"709"地下人防工程交相辉映，与日月争辉，共岁月长存，成为护卫衡阳人民的坚强堡垒。

斩关夺隘

1973 年 9 月初的一天，衡阳冶金厂地下人防工程正式动工，身材高大的民兵连长手举火把钢钎，大声吼道："逢山开路，遇水架桥，太上郎君急急如律令，各路大神，我来了!"随之一声令下，全厂民兵群情振奋，意气昂扬，银锄挥舞，投入轰轰烈烈的挖洞运动。

这仪式庄严肃穆，虽然带有一些神秘的色彩，但正是这种大无畏的英雄主义精神，这种勇往直前的坚韧与担当，才使当年的建设者们迎击了透水、塌方等重重风险，攻破了被覆难、效率低等道道难关，硬是在深深的地底下构筑起坚固的"地下长城"。

构筑人防工事，需要大量的被覆材料，在计划经济的年代，砖头、河沙、卵石、水泥等建筑材料都非常紧张，这些材料从哪里来？困难挡不住英雄汉，广大市民坚持自力更生的方针，采取挖、捞、采、烧、制等方法，广开被覆材料来源。当年通过自己解决的被覆材料占人防工程用料的1/2以上。

衡阳市第二中学共有师生员工1300人，他们构筑地下教室、办公用房和坑道1300平方米。挖洞没有工具，驻校工宣队用找来的废钢铁锻出8把羊角镐，5个镢头，10根錾子，凭这些工具挖洞。被覆需要河砂卵石，就发动全校师生利用参加劳动时间到河里捞回河砂、卵石100多立方米。自做炉渣水泥砖35000余块。结合人防工程建设需要，办起了一个活性炭厂，烧出了质量达标的活性炭。

像这样想办法突破技术难题，自行制砖、砌砖解决材料短缺问题的群众和单位无以数计，有的单位职工就地取材，利用挖洞打出的毛石加工成料石，有的居民则到附近工厂收集炉渣、电石渣做材料，有的街道集体办砖窑，家家户户参与到做砖坯的队伍中。

为了提高工程质量，降低工事造价，加快工程进度，技术革新的群众运动也是蓬蓬勃勃、如火如荼。几年中，实现技术革新

1200 余项，自制和改装各种挖、运、推机械工具 800 多件。

衡阳市城区地势比较低洼，江河、塘堰面积有 11 平方公里，占城区面积 1/3 以上。湘江常年水位 48 米，最高洪水水位 62.78 米。水塘沟渠渗水较大，给挖筑防空洞带来重重阻力。衡阳市也是一座古城，地下古井多，淤泥塘浆多，还有古老的护城河和抗日战争时期留下的炸弹坑。土层由白夹泥、沙黏土、粉沙土和黄黏土组成，土质松软复杂。加之江河、塘堰水域面积大，地下水位高，构筑人防工事容易塌方。

面对极为艰难的地形地貌，广大干部群众群策群力，集体攻关，逐步认识和掌握了地下水的规律，摸索出自然流水、盲沟引水、打井渗水、选无水层、皂矾防水等治服地下水的技术措施，发明了竖井施工、四角支撑、飘桩封闭、三道开挖、密集支撑、顶棚支撑、棚拱挡砸、边挖边被、三角扶立等作战手段，克服了施工中土质松散的困难，创造了防止和战胜塌方的人间奇迹。

随着技术难题一个个被攻克，开挖进程也在有条不紊地加快推进，整个地下防空做到了连片成网，连通搞活，能打能防，能机动能生活的效果。城北区民兵结合房子底下挖洞，将解放路等 4 条干道开挖贯通，形成了跨越 4 条马路，穿越 28 幢房子，连通 86 家商店、45 个单位的地下通道式布局，架设防空警报器 100 多支，能疏散人口 20 多万。

岁月过去了将近半个世纪，防空洞的秘密不仅仅代表国防建设，更深层地反映了一个时代的梦想、担忧和决心。每一寸钢铁和混凝土背后，都是无数人的努力与付出。

地底世界别有洞天

伴随着改革开放的大幕徐徐拉开，邓小平同志指出：人防工事要平战结合。衡阳防空洞工程日渐呈现出多元化的发展态势，利用防空洞建成的生产车间、地下仓库、电影院、服务场所，犹如雨后春笋般涌现，在助力经济社会发展中彰显了"防空洞"的独特魅力。

衡阳纺织印染厂地处闹市，厂房狭小，车间噪声大，周边居民意见纷纷，告状信投到了市政府。主管这家企业的区领导断然拍板，把企业扩充到洞子里去，这一下子增加了700多平方米的生产面积，影响周边群众多年的噪声问题迎刃而解。更令人欣喜的是，过去夏季温度高，影响产品质量，通过利用地道冷风、冷水降温，生产车间变得温度宜人，改善了职工生产条件，提高了产品质量。

1981年5月，一家面包店租用了雁峰山的部分防空洞从事面包生产。洞内气温适宜，利于面粉发酵，生产出来的面包香甜可口。那时人们的环保意识也没有现在这么强，尽管地洞里空气不畅，面包店外每天却是排着长长的队伍，受追捧的程度绝不亚于今天的麦当劳、肯德基，防空洞里生产的面包成了衡阳宴席上的香饽饽。

每当夏季来临，衡阳进入高温模式，位于衡阳县新正街的星悦茂地下商业街却是人来人往、川流不息，货架上的商品琳琅满目、五彩纷呈，进出口的美食店芳香四溢、美不胜收，让人流连忘返。夜幕降临，灯光闪烁，习风阵阵，来此购物纳凉的人群络绎不绝，点亮了衡阳县夜经济的半城烟火。

医院是人防工程的一张特殊"表情"，密闭的空间、冷峻的灯光、尖锐的手术刀，让人联想到战争的残酷和战争年代艰苦的医疗环境。而在 20 世纪 80 年代，建造在衡阳人防工程内的医院，却成了造福一方百姓的温暖的"庇护所"，沉着冷静地保障着人民的生命健康，并成为衡阳市积极探索盘活人防资产、注重人防资源利用的一道缩影。衡阳附二医院开设的地下病房，在一幢新盖的 10 层楼房下面，修建了一个地下病区，病人可以通过电梯，直接被送到地下病室。在走廊和病房里，鼓风机按时输送进来新鲜的空气，每个病房还安装了除湿机，走廊里配有紫外线灯，病人在地下病房里医疗，诊疗条件并不比地面病房差，不仅成为衡阳本地患者，也是周边地区求医患者的"打卡"地。

衡阳一些上了年纪的人还记得，当他们还在青春年少的时代，歌舞厅、电影院、录像厅、溜冰场等休闲娱乐场所，曾是他们心驰神往的地方，这里不仅留下了他们的青春年华，也播撒了他们爱情的甜蜜和幸福。那时候年轻人谈恋爱，最喜欢去的就是地下商场、溜冰场、电影院，不仅凉快还特别"隐蔽"。衡阳天马山歌舞厅是利用防空洞改建而成的歌舞厅，它是 20 世纪 90 年代衡阳市最为红火热闹的场所，也被誉为"灯红酒绿"之地。因为歌舞厅位于地下空间，无噪声，不扰民，当年广受衡阳年轻人的追捧，犹如现在的网红打卡地。天马山一带过去是衡阳市比较偏僻的地方，但自从搞起了这个地下歌舞厅，这一带便成了当时衡阳市最繁华的地段。

改革开放前后，人们进城住宿，要凭单位的介绍信才能住到旅店。当年一个外地采购员来到衡阳采购物资，由于旅店业刚刚放开，衡阳旅馆还十分紧张，他被厂家安排到了一个地下旅馆住宿。他不太情愿地来到防空洞改装成的旅馆，结果惊喜地发现，这地下旅馆设施还不错，而且他还庆幸自己惊奇地看到了衡阳城市地底下面，还有一个别样的天地。当年，衡阳利用人防工事兴办旅馆和招待所 180 多家，床位 17000 多张，无疑为外地来衡出差观光旅游的顾客和进城办事的基层老百姓提供了一个温馨的港湾。

时光流逝，不安定的生活已经烟消云散，人们已经习惯把和平当作最好的掩体，回顾当年那段火热的生活，回首当年"地下长城"别有洞天的情景，更多人心中珍藏的，是那段峥嵘岁月中抹不去的记忆，而与防空洞有关的日子，更像是岁月长河中一首动听的歌谣，永远回响在祖国大地。

（衡阳市国防动员办公室所编长篇报告文学《隐形的力量》一书节选，刊发于 2024 年 7 月 13 日《湘声报》"钩沉"副刊）

彭仁阶赴柬埔寨推广杂交水稻散记

出使异国他乡，对于许多人来说，都充满着无限的魅力和向往。然而，1977 年那个莺飞草长、鲜花盛开的三月，时任衡阳地委副书记的彭仁阶受组织派遣，出使柬埔寨推广杂交水稻。那里工作和生活的环境，却远没有人们想象的"出国"那种安逸与舒适。彭仁阶这一生中唯一的一次出使异国，时间近两年，而且经历了劫后余生的生死考验，这是一段让人无法忘怀的刻骨铭心的工作历程。

直抵马德旺

柬埔寨是个典型的农业国家，享有"水稻王国"之称。但由于中国杂交水稻的推广，柬埔寨的粮食生产曾远远落后于中国。1976 年 8 月底，柬埔寨国家领导人到中国访问，请求中国派驻一支农业专家队伍，支持他们的农业发展。为了支持柬埔寨，巩固第三世界联盟，中国政府立即作出回应，着手在全国抽调人员组织专家队伍支援柬埔寨。湖南是全国杂交水稻的发源地，"杂交水稻之父"袁隆平就在湖南，杂交水稻技术力量雄厚。中央要求湖南组建一支杂交水稻专家组，派驻柬埔寨支援，帮助他们开展杂交水稻生产。

而衡阳的杂交水稻生产全国有名，主抓这项工作的地委副书记彭仁阶，更是深得时任省委书记张平化的赏识，张亲自点名由彭仁阶担任专家小组组长，随后又分别从常德抽调一人、岳阳抽调一人、衡阳抽调四人，组成七人专家组，赴柬帮助培训杂交水稻学员，推广杂交水稻种植技术。

1977年3月28日，彭仁阶接到赴柬的通知，还感到有点突然，因为衡阳是全省的农业大市，自己分管的农业工作，任务艰巨，担子很重。当时柬埔寨的经济发展还相当落后，而国内对援外人员除工资照发、每月补助30元津贴外，再无其他待遇。但是想到这是组织上对自己的信任，彭仁阶二话没说，坚决服从组织的安排，随即办理了工作移交。

从有关方面获悉，当时柬埔寨还没有发行货币，物质也非常匮乏，彭仁阶带上几件换洗衣服和洗漱用品，就匆匆忙忙赶往省里集中。4月1日到农业部报到，在部里集中学习了有关外交政策、纪律和礼仪，办理了出国护照。以外宾的待遇参观了大寨和北京的名胜古迹。4月2日参加了北京市举办的游颐和园活动，见到了当时分管农业的国务院副总理陈永贵等中央领导。

4月4日这天，彭仁阶和其他援柬专家一道，登上了中国民航客机直飞金边。飞机上几乎是满座的，清一色的中山装，这些人全部是到柬埔寨援建的。彭仁阶听带队的高层人士说，中国在柬埔寨援建的项目很多，有水稻栽培、奶牛养殖、农产品加工等等，去那里的中国专家有300多人。

飞了好久，彭仁阶脚都感觉到发胀了飞机才开始下降，空姐报告了地面温度31℃。几个小时前北京的温度还比较偏低，出发时彭仁阶和其他人一样，身上穿着呢料中山装，贴身还加了棉纱衣裤。渐渐地，彭仁阶感到浑身难受。他不得不开始在座位上更衣。好在机上没有老外，都是自家兄弟，他顾不得什么礼仪，脱下棉纱衣，又跑到洗手间脱下棉纱裤。

不久，飞机舱门打开了，热浪冲进舱内，彭仁阶感觉机舱突然间闷热起来，汗水开始往外渗透。从飞机下来到出港楼足有300多米，要步行过去，没带太阳伞，上晒下烤，汗水如注。彭仁阶一手托着衣服，一手抹着脸上的汗水，走到出港楼时全身都湿透了。他急忙取出行李，当场打开皮箱，把脱下来的衣服塞进去，这时，他才感到轻松了许多。

在金边中国驻柬大使馆稍事休息，彭仁阶一行7人，就在大使馆参赞李发奎先生的陪同下，乘车3个多小时，直抵此行的目的地——柬埔寨马德旺省。从此，以此为驻点，他们在此度过了一年零十个月的时光。

异国情深

初到马德旺，当地政府官员和群众以最隆重的方式举行了欢迎仪式，并将专家组成员送到了住地。在与当地领导和群众初步接触中，彭仁阶感觉到，柬埔寨人民非常热情好客，他暗暗下定决心，一定要带领专家小组，以百倍的干劲和热忱参与到柬埔寨人民的建设中。正是这种感情的投入，在两年的援柬时间里，彭仁阶和专家小组与那里的人民结下了深厚的异国情谊。

通过几天对环境的适应，在初步了解了当地的一些风土人情后，彭仁阶和其他专家一道开始了正式的援外工作。他们在当地政府的配合下，制定了全柬推广杂交水稻技术学员培训方案，计划每三个月培训一期学员，每期学员120人。在培训期间，彭仁阶带领专家组成员，亲自授课讲解，每天都深入田间地头，一边讲解，一边做实验，将杂交水稻制种和栽培技术，手把手地教给柬埔寨农技人员和农民群众。

当地生产条件十分落后，为改变当地人"刀耕火种"的原始耕作方法，彭仁阶开始引导农民定点种植，以提高产量，解决吃饭问题。彭仁阶和专家组带领当地农民，在当地开发旱涝保收农田100亩，修建简易办公、生活住房400平方米，新建农机修理厂房300平方米，以此为基础建立培训基地。专家组所在的地区古木参天，杂草丛生，夏季雨水多，不能施工，工程建设只能抢在旱季进行。为了如期按高标准完成任务，彭仁阶对全组人员进行统筹安排，各成员之间通力协作。这样有效地提高了工效，保证了质量。柬方对此感到非常满意，驻柬使馆和中央农业部对这种管理方法十分赞赏，给予了高度的评价，并向全体援柬人员予以推介。

为调动农民种植杂交水稻的积极性，彭仁阶和专家小组在项目区种了40亩样板田。当地气候条件和土地条件都比国内要好。原始森林多，土地长期没有开发利用，地上腐殖质厚，肥源广，基肥足，土壤肥沃。在栽培中，彭仁阶采取育壮秧、合理密植、适时适量补肥、科学灌溉的方法进行耕种，当年粮食获得了丰收，亩产高达810多公斤。同时，专家小组还在样板田里试种了蔬菜、西瓜等作物，样样高产。附近的农民纷纷前来参观，称赞声不绝于耳。

柬方为了把杂交水稻栽培技术学到手，全国各地都派了技术人员参加培训学习。通过一段时间的接触，彭仁阶发现他们有很多优点：尊重人，好学，性格好，活动能力也可以。彭仁阶打心眼里喜欢他们。于是，他和专家组翻印了许多农业技术资料给他们，要他们多阅读，不懂的地方通过翻译进行讲解。让他们掌握了基础理论知识后，彭仁阶又带着他们，从制种到栽培等各项技术手把手地教给他们，直到学会为止。

过了一段时间，彭仁阶就带领专家组和已经培训过的技术人员，深入全国更多的地区去指导农民种植杂交水稻。在援柬的近两年时间里，彭仁阶走遍了柬埔寨10多个省，只有一个当时尚未开放的省没有去。而且专家组的同志也学会了一些柬埔寨语言，虽然离当年援柬已有30多年，年纪也大了，记忆力衰退，但彭仁阶至今还记得当年学过的一些柬埔寨语。对于发现的问题，专家组通过翻译，有时也用简单的柬埔寨语讲解给学员听，再由他们去组织农民解决这些问题。通过理论联系实际，柬方技术人员很快就掌握了全面的杂交水稻耕种技术。他们高兴地对彭仁阶说："彭先生，跟您在一起学习两三个月，让我们受用一辈子，实在太感谢您了。"

援柬期间，彭仁阶和专家组经常保持与中国驻柬大使馆的联系，大使馆也经常听取他们的工作汇报，经常派出领导到驻地看望全体援柬人员，特别是国内高层领导出访柬埔寨，也要抽出时间看望大家。彭仁阶和所有专家组成员记忆最深的是，1978年年初的一天，时任中共中央政治局委员、国务院副总理陈永贵赴柬进行国事访问，专程赶往马德旺省看望援柬杂交水稻专家组的全体成员，并与大家共进晚餐，这确实为大家圆满完成援柬任务以极大鼓舞。

柬埔寨的党和国家领导人，特别是地方领导，把中国专家当作最为尊贵的宾客接待，也经常来到专家组驻地看望大家。每逢中国人的节日，还送来不少礼品，以表示最诚挚的问候，并邀请专家组成员到各地参观考察，就连最秘密的军事基地也向中国专家组的客人开放。这些，无不让彭仁阶和专家组成员感受到异国他乡的情谊和温暖。

走过危险地

1978 年 12 月 25 日，越南兵分多路对柬埔寨发起突然进攻，彭仁阶和当地的百姓从收音机里听到了这个消息。中国驻柬大使馆感觉到形势的严峻，向所有援柬人员宣布了三条纪律：1. 情况紧急，做好离开的准备；2. 离开时烧掉所有文件资料；3. 每人准备 20 斤干粮，以防情况紧急时，与柬埔寨军民一同上山打游击。不几天，形势越来越紧迫，当地百姓自发地聚集到专家小组的住房里，来和专家们告别。彭仁阶考虑到援柬的任务还没有完成，不愿意马上离开，专家小组的其他成员也一致同意他的意见。于是，他们继续留下来完成剩下的工作。

然而，事态的发展远远超出彭仁阶他们的预料，越军很快攻入了柬埔寨境内，战火逐步向马德旺省逼近。彭仁阶所在的专家小组与组织失去了联系，当时既没有电话，更没有手机，根本不能了解战事的情况。那天晚上，彭仁阶正在自己的住房里与专家们分析当地土壤结构，突然，"轰"的一声，一颗炮弹在住所的屋角爆炸。有人大声呼喊："老彭，你还不快走，越南兵马上就打过来了。"

原来，这时其他所有援柬专家都已离开柬境内，大使馆的人员也已全部撤离，中国驻柬使馆在通知其他所有援柬专家时，却与杂交水稻专家组失去了联系。大使馆李发奎参赞是最后一个离开大使馆的，当时，金边已被越军占领，回国只有绕道柬泰边境。金边离马德旺省将近 150 公里，离中泰边境也有 150 多公里。李参赞紧急驱车赶往柬泰边境时，在经过马德旺省中国杂交水稻专家组驻地时，看到他们的房间还亮着灯光。但此时炮火已经打到驻地，一颗炮弹又正好落到彭仁阶住房的屋角。李参赞已来不及跑到房间安排，只好在门外大声呼叫："彭组长，赶快从中泰边境回国，再不走，你们就走不成了。"

这时，当地的农民也在开始逃亡。很多人挤在大卡车上，挤不上去的就三五成群地徒步奔走，每一辆车的车厢内人多到挤都不能再挤了，车厢外左右两侧竟然还站着不少人，驾驶室左右门踏板上有人，顶上有人，前轮翼子板上有人，甚至前保险杆上也坐上几个人。

就是在这种极为混乱的情况下，当地的老百姓出于对中国专家的感激，紧急弄来一台"卡斯"小货车，彭仁阶和专家组成员急急忙忙地爬上车，随着混乱的人群，火速地开往柬泰边境。当时每个人的怀里还抱着一个轮胎，以便轮胎被炮弹炸坏能够及时更换。在轰轰隆隆的炮声中，小"卡斯"飞速前行，终于在第二天天还没亮的时候赶到了柬泰边境。

到达柬泰边境后，由于出境人员太多，彭仁阶和专家组成员在边境口岸等了5个多小时，直到第二天早上7点多钟才出境。到达泰国境内后，中国驻泰使馆已经安排人员在此接待，彭仁阶一行7人随同驻柬使馆人员和部分援柬专家，被一起安顿在泰国的一所军事学院。在这里，他们一直在等待国内的消息，整整待了10天。10天后，中国政府派了一艘叫作"海上世界"的轮船，才把大家接回祖国。当时船上挤了300多人，因为绕过越南，从公海跨过太平洋，在船上整整熬了7天7夜。不少同志又呕又吐，病倒在船上。好在彭仁阶身体素质好，总算顺利地回到了祖国的怀抱。

劫后余生，彭仁阶悲喜交加，感慨万千。悲的是自己和同志们援柬，差点连命都丢到了异国他乡；喜的是自己援柬将近两年时间，毕竟为勤劳的柬埔寨人民做了自己应该做的事情，赢得了友好邻邦的好评，为增进两国友谊做出了自己应有的贡献，再苦再累再危险也倍感欣慰。

（刊发于《衡阳地方史资料》总第三辑）

第五辑

公仆情怀

用知识的火炬照亮人生的征程

　　知识是人们在雄关漫道上的旅伴，拥有这个忠实的伴侣，你就拥有我们这个世界赐予你的无与伦比的信心和力量，你的人生也就更加斑斓和伟岸！

——作者手记

　　伍远华，农民的儿子，大山的后代，苦水的润泡练就了他刚强的性格，草木的熏陶培养了他朴实的情怀，田野的空旷酿造了他宽广的胸襟。就是他，从祁峰脚下那条弯弯山道走来，埋头苦干，辛勤笔耕，先后在全国、省、市10多家报刊上发表论文、杂文随笔、散文数十篇；就是他，在人民公仆的位置上，甘当老黄牛，先后担任过乡村教师，公社和区党委书记，市商业局副局长，市工商局副局长、局长、党委书记等职务，先后当选为市纪委委员、市政协委员、市人大代表；就是他，为官一任，建功一方，多次登上各级各类领奖台，两度捧回"全国工商行政管理系统先进集体""全省文明建设模范单位"等上百面锦旗，他个人也捧回了"优秀共产党员""敬老好领导""廉政建设先进个人"等几十本荣誉证书，在人生的舞台上唱出了一曲又一曲动人的乐章！

210

是什么神奇的力量使他在漫漫人生路上折射出一道道智慧的灵光？是什么坚强的后盾使他在茫茫尘世中赢得一个个闪耀的光环？

是人类至洁无瑕的劳动——学习！

是世界至高无上的瑰宝——知识！

没有任何力量比知识更强大，用知识武装起来的人是不可战胜的。

——高尔基

56 年前的 10 月，伍远华降生在祁东县步云桥镇洋芹村一个普通农民的家庭，父母均系土生土长的庄稼人，斗大的字不识一筐，在浩若烟海的汉字中只能通过形状辨认自己的名字。家里十分贫困，母亲过早地离开了人世。父亲虽然是个老实巴交的农民，但他将知识奉若神明，在维持家庭最艰难的生活心力交瘁之际，不遗余力地供他读书，期望他做个有知识的人，为广大贫苦农民办点实事。伍远华没有辜负父亲的厚望，从小勤奋好学，学习成绩一直在班上名列前茅，以优异成绩被保送到零陵师范就读。在那历代文学巨子出没、文化传统深厚的永州热土，他受到了良好的熏陶，曾主编过校刊《零师青年》，极大地开阔了自己的视野，活跃了文笔，也培养了自己良好的写作习惯。参加工作后，无论在基层还是在机关，无论是担任一般干部还是领导职务，他干一行，爱一行，学一行，钻一行，并博览群书，不断地丰富自己的知识面，提高自己的学识水平和领导艺术。

1990 年，伍远华走上了市工商局局长、党委书记的岗位。工商部门点多线长面广，2500 多名干部职工，担负着全市 3 万多家工商企业、40 多万个体户、400 个集贸市场的监督管理任务。作为这样一个综合经济监督管理部门的一局之长，每天向他请示汇报工作、反映情况的，每天要他参加的会议，需他参阅审批的文件，多得应接不暇。然而，无论工作多么繁忙，读书看报总是他每天的必修课程。哪怕开会到深夜十一二点，他也要抽出时间，浏览一遍新到的报纸杂志。多少个夜晚，茫茫的天宇已经万籁俱寂，而伍远华办公室的灯光却还在闪烁着光亮，那明亮的玻璃窗中，常常显现出伍远华埋头学习和工作的剪影。每发现报刊上有一篇好的文章，他都要反复琢磨，融会贯通，写心得，加眉批。他更注意收集积累各种资料，摘录本、日记本、心得本及剪报册达 80 余本之多，每一本都标有名字，封面整洁，内容应有尽有，字迹非常工整，偶尔点缀一朵小花、人物什么的，精工细作，赏心悦目。《中国工商报》是指导全国工商行业管理工作的业务报纸，他期期必读，重要文章剪贴下来，收集在他的资料库中。

伍远华遨游知识的海洋，贪婪地吮吸知识营养，阅读兴趣广泛，马列经典著作、古今中外文学精品、政策法规汇编，他都广泛涉猎。一部长篇小说《红岩》，他就通读了两遍，《反不正当竞争法》《消费者权益保护法》等与工商业务密切相关的法律法规，他几乎手不释卷。他孜孜以学，不慕奢华，不贪虚名。当文凭作为知识的象征被某些人作为炫耀的资本时，伍远华也曾被组织上派遣到省委党校进修一年，有些高等院校根据他的学识水平也承诺给他颁发大学本科文凭，但他从不为此心动，在他的人生履历表上，一直填的是"中专"学历。他常常告诫同志们："一个人要争取真本事、硬功夫，不要图那些虚有的形式。"

212

学习的勤奋，知识的拥有，使伍远华的每一个日子都过得充实和富足，更使他在工作中得心应手，运用自如。他登台讲话总是即席而作，引经据典，妙语连珠，幽默风趣，逻辑严谨，每次都会激起台下听众热烈的掌声，或鸦雀无声，细心倾听，就在你不知不觉、愉悦的视听过程中，走进了他导引的讲话氛围，接受了他的观点，产生了强烈的共鸣，得到了深深的启迪。他的讲话和文稿，一般都是亲自起草，即使是重大会议报告，也要亲自参与讨论，提出自己的观点，拿出腹稿。30 多年来，他总要挤出时间笔耕不辍，结合工作，写出了一些有质量的论文、杂文随笔和文学作品。他的论文观点新颖，见解深刻，有较强的指导性和操作性；他的杂文随笔笔锋犀利，切中时弊；他的散文文笔优美，感情真挚，融汇着较强的思想性和可读性。1993 年初，市场经济浪潮汹涌澎湃，不少部门或机关干部脱离原岗位，投身市场经济的海洋，创办经济实体。但也有少数贪婪之徒钻国家改革的空子，用"下海"之名，谋"下水"之实，满足个人私欲，扰乱正常的经济秩序。针对这种现象，伍远华写作了杂文《下海与下水》，深刻揭示了"下水"者给国家和人民带来的危害，也给"下水"者敲响了警钟。这篇杂文被几家报刊转载，并荣获《中国工商报》举办的"议论风生"征文最佳作品奖。他撰写的《方兴未艾的衡阳市场建设》《市场经济的必由之路》均能运用马克思主义市场经济学的观点，紧密结合我国的实际情况，大胆提出市场经济法制化的历史必然性的观点及其实现的途径，文章相继在《世界经济与政治》《南湖经济报》等刊发表。他撰写的散文《难忘那段鱼水情》，追忆了作者在某山区担任公社书记时的一段往事，不仅文笔生动流畅，充满着真挚的情感，更重要的是他独特的工作方法，为民办实事的情怀凝结成的鱼水之情，让人们感叹不已。

《管子》曰："海不辞水，故能成其大，山不辞土石，故能成其高。"伍远华正是以他丰富的知识、宽阔的胸怀、善讲的口才，让干部职工从心底里信服他、佩服他。1990年，市委在工商局进行民意测验推选局长，局机关130名干部职工无记名投票，他竟得到了98%的推选票。每年市委组织部对局级干部考察，伍远华的信任票都在99%以上。

应当用深刻的知识的火炬来照耀劳动，应该对劳动加以思索，而提到最高程度。

——克鲁普斯卡娅

伍远华如饥似渴地学习知识，广泛地积累知识，而更知道如何运用知识。他常常对同志们说："对待知识就像对待粮食一样，我们活着不是为了知道，正如活着不是为了吃饭一样，而是为了将粮食消化吸收变成营养，使生命得以健康苗壮。"伍远华正是用自己的实际行动印证了这句话。他用知识潜移默化地将自身的工作方法和领导艺术提高到一个较高的层次，举一反三，信手拈来，让知识在自己的工作实践中闪烁出不朽的光华，让知识融汇到党和人民崇高的事业之中。

一位富有才华的青年人，曾是一个偏远山区的普通干部，伍远华从如林的报刊中熟悉了他的名字。随后，他通过多方打听，与这位青年干部取得联系，以一位普通读者的身份，同他谈社会、谈理想、谈人生，经过一段时期的考察后，伍远华又多方做工作，将该同志调入市局机关工作。这位青年不负厚望，在短短两年的时间里，干出了出色的成绩，并很快受到了市委领导的关注，打算将其上调。该同志思想上有些犹豫，认为伍局长对自己辛勤栽培付出了一定的心血，在他身边工作也得心应手，就算私人感情也较为深厚。深明大义的伍远华及时给他做思想工作，给他讲《红岩》里的故事：在那白色恐怖的日子，我地下党的工作者成岗在许云峰的领导下，进行单线联系开展工作，后来，许云峰要调走了，组织上派来了新的领导，成岗依依不舍，许云峰对他说，你不能把个人感情代替对组织上的感情，要把个人感情融入党和人民的事业之中，相信组织上派来的新的领导也一定会与你建立深厚的感情，工作也一定会配合得得心应手。伍远华还谆谆教导这位青年干部，这些年来，少数人搞依附关系，搞个人小圈子，作为一个有抱负、有理想的青年人，你应该带头冲破这种不正常的观念，凭真才实学活跃人生的舞台。伍局长一番语重心长的话语，深深打动了这位青年干部的心，他愉快地服从了组织上的调遣，奔赴到了新的工作岗位。

伍远华常读《孙子兵法》，知道"兵无常胜，水无常形，能因敌变化而取胜者，谓之神"的道理。因此，在工作中，他善于运用积累的知识，借鉴先进经验，深刻领会上级意图，吃透精神，绝不生搬硬套，而是结合实际，拿出切实可行的方案。一段时期以来，社会上"三乱"盛行，一些部门纷纷向企业伸手，重复检查，害得企业疲于应付，无法正常地开展生产经营活动。伍远华一直为此绞尽脑汁，寻取解决这一痼疾的良策。一天深夜，他又翻开了新到的《中国工商报》，一条"减少对企业检查"的消息立时映入眼帘。他立即将这条消息剪下来，贴到剪报册上，并提炼升华，拿出了"对全市大中型企业免于日常检查"的

215

实施方案。此方案经党委讨论通过实施后，为搞活国营大中型企业发挥了重要的作用，引起省工商局的重视，在全省得到推广。1993年，市委提出"高起点，迈大步，跳跃式发展我市经济"的号召，伍远华根据自己多年的工作实践和对政策法规知识的娴熟，认真分析了衡阳市经济发展的现状，在全市工商行政管理工作会议上提出，要使衡阳经济实现跳跃式发展，必须以发展个体私营经济为突破口，并亲自撰写了长篇论文《超常规发展我市个体私营经济必须解决的几个问题》，得到了市委、市政府的高度重视，市委常委扩大会议正式通过，将发展个体私营经济列为1994年度十件大事之一。伍远华撰写的论文也在市委举办的"发展非公有制经济"研讨会上获一等奖，并在几家报刊发表。有科学的理论作指导，又有扎扎实实的努力工作，衡阳市个体私营经济突飞猛进，高速发展，成了当地经济社会发展的主力军。

这些年来，伍远华凭借知识的力量，对全市工商系统的工作时刻都保持着一条清晰的思路，为搞活企业，促进流通推出了一系列重大举措，如采取多种优惠政策，把企业引进集贸市场；突破一般生产资料专营的框框，允许企业开展一次性经营特批；最大限度地放宽企业名称登记办法；推行企业联系点制度；搞好外资企业登记一条龙服务措施；掌控红绿灯，维护正常的市场经济秩序等等，都在经济界产生了很好的反响，收到了良好的效果。

古希腊哲学家阿基米德说，给我一个支点吧，我要把整个地球撬起来。伍远华已经拥有了一个支点，这就是知识的力量，正因为他有这样一个支点，所有的事情在他的手里都变得较为顺畅，再大的困难也能迎刃而解，工作上就能不断地掀开崭新的一页。

216

看书和学习是思想的经常营养，是思想的无穷发展。

——特尔曼

书之论事，昭如日月，沐浴它温馨的光辉。伍远华的知识日积月累，学识水平不断提高；而书中那些优秀的人物以及他们闪光的事迹，如古代的文天祥、包文拯，当代的焦裕禄、孔繁森等等，他们刚正不阿的民族气节，忧国忧民的博大情怀，廉洁奉公的公仆胸襟，则无时无刻不铭刻在伍远华的心中，激励他沿着优秀人物的足迹，追求人性的完美，党性的高尚，为祖国的昌盛、人民的安乐、工商行政管理事业的兴旺发达，埋头苦干，乐于奉献。

人们怎么能够忘记，他关心同志，与群众心连心。连续8年的大年三十，他都亲自带领干部到各市场慰问那些因各种原因不能回家过年的个体户、贩运户，送去党和政府的温暖。本单位的同志犯了错误，他总要费尽心思，苦口婆心，讲明党的政策和制度，用真诚去感化犯错误的同志。他亲自出面，四处奔波，千方百计为干部职工解决住房和子女就业等困难。局里每次发动干部职工为灾区人民或为公益事业捐款，他总是第一个写上自己的名字，而且捐款数额最多。对老同志，伍远华更是倍加尊重。只要能办得到的事，他总是有求必应。退休干部罗安仁身体瘫痪长期住院，因费用太高想提前出院，伍远华闻讯后立即带老干科、财务科同志来到医院，耐心地劝导罗老："局里再有困难，也要为您想办法把病治好。"罗老一家人感动得热泪盈眶。老同志们都从心里赞美："伍远华是个关心老同志的好局长。"省委、省政府也授予他"敬老好领导"的光荣称号。

人们怎么能够忘记，伍远华以焦裕禄、孔繁森作为自己的楷模，廉政勤政，埋头苦干。十几年来，他一心扑在工作上，每年除正月初二休息一天或半天外，他几乎没有很好地休息一个星期天和节假日，成年累月加班加点。每天晚上都在办公室里批文件、修改材料、接待来访，或开会、学习，总要忙到深夜十一二点。那是一个星期天的下午，一位企业领导因为其公司的事情，照例去工商局五楼找伍局长。然而，局长办公室的门却紧闭着，经打听，老伍因病在家休息。该同志便买了一大袋礼物去伍远华的家，只见伍局长正躺在床上打吊针，见有人进来，他连忙用力地挣扎着想坐起来，老伴赶紧走过来扶他。该同志于心不忍，想转身离去。但伍局长赶忙把他叫住，还是边打针边替他办完了事。然后，郑重地对他说："为企业办事是我应尽的职责，你带来的东西必须拿回去，否则，我会派人送到你家里，我正是怕住院才在家里打吊针的。"

这话又怎讲呢？原来，这些年来，伍远华总是怕生病，怕住院，有病也只能悄悄地看医生，不敢声张，因为他一生病住院，别人就有理由给他送东西。要求办事的来了，得过他关心的同志来了，亲朋好友也来了。前年，他患肺炎住院7天，看望的人络绎不绝，就连一些领导也给惊动了。伍远华认为这样太影响工作，更怕同志们为他花钱，只好赶紧提前出院，在家里打了8天吊针。有什么办法呢，总不能将人家从病房里赶出去吧，那么，他只能不生病或偷偷地生病了。

听完伍局长的这番话，该同志只好满含惭愧、感激和敬佩之情，拎着东西恋恋不舍地离开了伍局长的家门。

伍远华的爱人想，今天已是第四次来访，但愿再没有人上门来了。然而，刚关好门，门铃又响了……

　　春去秋来，寒来暑往。无论是壮怀激烈的时代，还是淡泊宁静的岁月，伍远华正是这样，在自己平凡的工作岗位上，36年如一日，像老黄牛一样，默默地度过充实的每一天。这是实干的几十年，也是奉献的几十年啊！

　　悠悠岁月，日复一日地在浩大的宇宙中漫行，穿越时空的苍茫，伍远华已经是56岁的人了，几束白发不知不觉地飞上他的两鬓。然而，遨游在知识海洋里的学子，时光的流逝无法阻止青春生命的延续。老牛明知夕阳短，不用扬鞭自奋蹄，活到老，学到老，伍远华的心，永远年轻！知识的火炬照耀的人生，永远闪烁着炽热的光环！

　　（1995年12月刊于衡阳市文联编《当今能人》丛书）

坚实的后盾

国家是人民的后盾，父母是儿女的后盾；高山是流水的后盾，大地是绿草的后盾。

历史铿锵前行跨入 2020 年，全面建成小康社会步入决战决胜的关键时期。就在这一年的春暖花开时节，一项桂冠被授予湖南省衡阳市档案馆——"优秀驻村帮扶后盾单位"。

接过金光闪闪的奖牌，衡阳这座历史文化名城的档案人，此刻百感交集，思绪万千。是啊，剪一段过往时光，那儿留下兰台人最美的付出，也耸立着一座座丰碑的坚实和伟岸。

暖心就是我们的本钱

馆，汉语词典里谓之"文化工作场所"和"教学的地方"；而档案馆，一个承载数千年华夏文明的历史记忆的殿堂，自古至今承载着无数仁人志士的责任和担当。

时空隧道穿越到 2018 年初，脱贫攻坚决战小康，衡阳市档案馆派驻响鼓岭村扶贫工作队宣告成立。作为后盾单位的市档案馆，馆党组庄严承诺：市档案馆和响鼓岭村就是一家人，响鼓岭村一天不脱贫，工作队就一天不收兵。

在随后的日子里，党组每两个月研究一次脱贫攻坚工作，每个月都要走访驻点村的困难户，工作中做到"六个一"，即：拉好一次家常、宣讲一次政策、填好一本手册、完善一项对策、实现一个小心愿、参加一次劳动。

由于历史的原因，相对于市直其他后盾单位来说，档案馆根本拿不出太多的钱来支持贫困村的建设，但馆领导的态度非常鲜明，"只要是扶贫，该花的钱一定要花"。钱从哪里来？"省！挤！"馆长的话语斩钉截铁，掷地有声。

过去，档案馆的工作经费主要是保运转、保库房、保福利。自从开展扶贫工作以来，馆里又增加了一"保"：保扶贫。工作队员生活及下乡补贴年开支都在 13 万以上；每个节假日都要购买慰问品走访慰问贫困户；困难户年初的生产投入，家中遇上生病、自然灾害等突发事件，馆里都要给予资助。资助村里的经费也从 2 万元增加到了 3 万元、4 万元。财政预算并没有增加扶贫专项经费，这些钱都是从牙缝里一分一厘省出来的。

单看"三公"经费开支吧，馆里每年纳入财政预算的"三公"经费是 15 万元，而实际开支呢？2018 年，4.3 万元；2019 年，2.36 万元；今年 1—6 月才不到 1 万元。馆领导下乡，从未拿过下乡补助；一年从头到尾，没报销一分钱发票，没公款宴请一次客人，没私用公车一次，就连市里通知开会，也是步行参加。

馆长经常对同志们说："我们这样的单位，不掌管钱和物，如果单从资助经费这个角度来考虑扶贫，确实远不如人家，但是，我们有一颗赤诚的心，暖心就是我们的本钱。只要我们用心去扶贫，深信也一定能让贫困户、贫困村走上脱贫致富的康庄大道。"

困难户李高菊一家，是副馆长邓江基联系的帮扶对象，这几年，邓江基不下 20 次踏进李高菊家的门槛。逢年过节，送上一份慰问的礼品；家人生病了，亲自开车将其接到市里的医院来诊疗；到了生产季节，又把化肥、农药、种子提前买好送过去。李高菊的儿子学校毕业找不到工作，邓江基三番五次给远在广州工作的战友打电话，终于为其儿子找到了一份称心的工作。每年大年初一的早上，李高菊第一个给邓江基打电话拜年，感谢他对自己的关心和帮助。江基同志非常欣慰地说："困难户拜年的电话比什么电话都暖心啊！"

困难户陈小燕，4 年前丈夫因医疗事故不幸去世，丢下 3 个儿女由她一人抚养，家庭的重担压得她喘不过气来。馆离退休干部管理科科长黄月英与其结对帮扶。她多方奔走，帮陈小燕在县城找到住房，又介绍到一家超市上班，为孩子们联系好城里读书的学校，低保、就学、医疗，逐项扶贫政策落实到位。隔三岔五地，黄月英买上几件新衣服，亲手做上几样糕点食品送到孩子们手里。这不，黄月英又在张罗着为陈小燕组建一个新的家庭呢。陈小燕逢人便说："黄科长比我的亲姐妹还亲啊！"

为了帮助响鼓岭村摘掉贫困落后的帽子，馆党组和驻村工作队的同志，奔走于市、县、镇三地机关单位，跑资金、要政策，帮助村里拓宽、硬化道路 6.7 公里，开挖、修缮水井 15 口，完成农网升级改造、标准卫生院、宽带网入户等多项工程建设，引导群众发展黑山羊、长颈鹅等特种养殖，引进投资开发 380 亩村集体林场，收益分红覆盖 60 余贫困户。

响鼓岭，这个昔日贫困落后的山村，而今不仅摘掉了贫困落后的帽子，而且开始张开翅膀追逐美丽乡村的梦想。

军功章啊也有你的一半

周玉龙，衡阳市档案馆办公室主任，派驻响鼓岭村任扶贫工作队队长、村第一书记。老周个子不算高大，但行伍出身，腰板硬朗，脚步铿锵，步伐坚挺有力；细小的眼睛，炯炯有神，流露出机灵和刚毅。

在这次市档案馆被市委、市政府评为"驻村帮扶优秀后盾单位"的同时，周玉龙也被授予"驻村帮扶工作优秀个人"的光荣称号。双手接过荣誉证书，周玉龙眼含泪水，十分激动，他说："我个人荣誉的取得，得力于馆党组是我坚强的后盾，也离不开我的家人，特别是我爱人胡耀梅对我的支持，今天的军功章，有我的一半，更有她的一半，她同样是我坚强的后盾。"

2018年初，脱贫攻坚决战小康的大战拉开序幕，组织上决定抽调一名同志派驻响鼓岭村担任扶贫工作队队长。抽调谁去呢？年已48岁的周玉龙主动请缨："让我去吧。"领导对周玉龙说："你还是跟你的家人商量一下再说吧。"

当周玉龙把自己的想法告知胡耀梅时，这位对丈夫工作一向支持的贤内助也犯犹豫了，当时孩子还在学校念书，家里2位年近八旬的双亲需要照顾，而自己没有一份稳定的工作，不时还要到外面打打工赚点钱贴补家用。可是，当看到周玉龙那迫切期盼的眼神，胡耀梅开口了："脱贫攻坚是国家大事，组织需要你就去吧，家里有我扛着。"

周玉龙这一去就是整整3年，市直其他单位的扶贫工作队队长大都是一年一换，可周玉龙长年坚守脱贫攻坚第一线，一年到头，没有请过一天假，甚至没休息一个完整的星期天、节假日。

在春耕春播、防汛抗旱、抗击疫情、迎接省市检查等特殊时段，常常一个月也难得回家一趟。

去年4月份，周玉龙的父亲突发心脑血管疾病，胡耀梅连夜叫上救护车将父亲送往医院，在医院一住就是一个多月。胡耀梅日夜守护在病床边，递水喂饭，什么脏活累活都由她顶着。同室的病友还以为胡耀梅就是老人的亲生女儿。

在父亲住院期间，周玉龙只用一个中午的时间去看了一眼病床上的父亲。说实话，当时胡耀梅确实感到有些委屈。当她看到周玉龙风里来、雨里去的身影，看到周玉龙那消瘦而又变黑的脸庞时，胡耀梅的心又软了下来，怨气也变成了对周玉龙的关心和安慰："玉龙，你要注意自己的身体啊。"

这时候，周玉龙像个小孩似的，拍拍自己的胸脯俏皮地说道："没事，你老公硬实着了。"转眼间，一道远去的背影，又消失在了脱贫攻坚的征途上。

胡耀梅知道自己的家庭并不宽裕，但只要村里的贫困户缺什么，胡耀梅总是毫不吝啬，能帮衬的尽力给予帮衬。哪家困难户的孩子衣服破了，她花钱买上新的，又把家里能穿的旧衣服找出来，一捆一捆扎起来，交给玉龙带过去；听玉龙说哪家困难户有一段时间没吃上肉了，胡耀梅又跑到菜市场，买上一些新鲜的肉啊鱼啊，再亲手做些饼子糕点，让玉龙送到困难户的饭桌上。

今年初，新冠疫情暴发，周玉龙带领队员们摸排好村里的人员，部署好防疫措施，风尘仆仆赶往市里购置防疫物资。可是，跑遍城里10多家药店，却只买到几瓶酒精。正当周玉龙心急火燎之时，胡耀梅开口了："你呀，我就知道你会焦急，这不，我早两天买了100个口罩，30瓶酒精，1个体温测量器，你先拿去村里应急着用吧。"

周玉龙的心里头悬着的石头顿时落地，可转念一想，自己拿走了家里的防疫物资，家里又怎么办呢？胡耀梅就像看穿了周玉龙的心思，连忙说："你就拿走急用吧，我在城里，总比乡下有办法。"望着爱人对自己工作无私的支援，周玉龙露出了愧疚而又欣慰的微笑。

市档案馆驻村工作队扶贫3年，响鼓岭村摘除了贫困村的帽子，全村83户建档立卡的贫困户也全部摆脱贫穷，走向了脱贫致富的康庄大道。村里建起了便民服务中心，路通了，水通了，电通了，宽带入户了。村里引进投资办起了新型农庄，观光农业、休闲农业初露端倪，给当地群众留下一份永远脱贫的产业。加强村支两委组织建设，筑起了坚强的堡垒，给当地群众留下了一支永远不走的工作队。

这份硕果累累的成绩单，凝聚着市档案馆全体干部职工的支持，凝聚着三位扶贫工作队员的辛勤耕耘，也凝聚着像胡耀梅这个家属群体的心血和汗水啊！

我们的后盾是坚强

哲人说，生活中，亲朋是后盾；学习上，师长是后盾；疲惫了，坚持是后盾；失望了，自信是后盾。身处条件艰苦、生活清苦、工作辛苦的扶贫一线，什么是工作队员的后盾呢？响鼓岭村扶贫工作队杨建国、欧阳慧玉两位同志几乎异口同声地回答："坚强就是我们的后盾。"

杨建国是一位年过五旬的老党员，2018年初，当组织上需要抽调一名工作队员随队长周玉龙一同下乡扶贫时，杨建国第一个报了名。但馆领导还是有些揪心，大家都知道，老杨年纪大一点还在其次，关键是他有个腿疾的毛病，农村那崎岖的山路，老杨这条腿能熬得住吗？当领导说出这份顾虑时，杨建国斩钉截铁地说道："请组织放心好了，我这条腿就是断了，也要让它断在扶贫的路上。"就这样，领导眼含热泪批准了杨建国的请求。就这样，杨建国拖着那条病腿踏上了脱贫攻坚的征程。

近三年来，响鼓岭村每一条田坎、每一个山坳都留下了杨建国一深一浅的脚印；响鼓岭村每一个困难户的地头，每一个贫困户的家庭，都留下了杨建国亲切的话语和隐藏于心的伤痛。难怪，工作队的同事和村里的百姓都评价说："杨建国用一条病腿扛起了扶贫的责任，也用这条病腿扛起了一位共产党员的信仰和初心。"

欧阳慧玉是一位女同志，也是一位有 10 年任职经历的老科长，玉立的身姿，清秀的脸庞，全身透露出精明和能干。2019 年 7 月，组织上要求每个扶贫工作队增派一名队员，派谁合适呢？正当馆领导犯愁的时候，那天深夜的 11 点多钟，馆长收到了欧阳慧玉发过来的一条长达 200 多字的短信。在这条短信中，她强烈地表达了参加扶贫的愿望。

当时，馆长很是为难，扶贫不是去旅游，不是去体验生活，而是常驻农村吃苦的，一位女同志能吃得消吗？还有一个隐情让馆长很难决断，欧阳慧玉有过一次失败的婚姻，这些年来一直一个人过。最近相处了一个对象，条件还非常不错，让她去扶贫，这不是将两个人拆开吗？

第二天，馆长找欧阳慧玉谈话，欧阳慧玉略带俏皮地说："馆长您是瞧不起女同志吧？至于我的个人问题，如果这点考验都经受不住，那爱情婚姻还靠得住吗？"欧阳慧玉终于以自己的坚持赢得了领导的首肯，第二天她就打起背包奔赴到了脱贫攻坚的主战场。

现实却并非欧阳慧玉想象的那么浪漫和美好，首先一个下马威就是住宿问题。由于村里用房紧张，欧阳慧玉被安排在一间没有隔热层的屋子里，时值酷暑，走进屋里就像蒸笼一样，一进去就汗流浃背。欧阳慧玉咬咬牙，硬是住了下来。好在馆里及时给予关心，第三天就派人装上了空调，才解决了炎热来袭的问题。

粗粗安顿下来，欧阳慧玉就开始投入紧张的扶贫工作。白天，她和队友一道与群众一起参加劳动，插秧挑粪，锄草中耕，一样农活没落下；晚上，工作队员们分头去贫困户家里走访慰问，共商脱贫对策。可这乡下哪像城里，农村的夜一片漆黑，一个城里的女人家，拿着手电筒走在狭窄的乡间小路，穿过密密的树林子，突然不知从哪里传出一声野兽飞禽的鸣叫，欧阳慧玉常常吓出一身冷汗。可最终，她咬咬牙，抿抿嘴，握紧拳头，还是挺过去了。

生在城市长在城市的欧阳慧玉，白皙的皮肤黑了粗了，身子骨也消瘦了一圈。从城里赶到响鼓岭看她的男友心疼地劝她："别逞强了，还是跟我回城吧。"欧阳慧玉生气地回怼："你是让我当逃兵，让领导和同志们看我的笑话吧？吃不了苦，我又怎么选择扶贫。"男友甚是尴尬，也只好依着她了。

在工作队，欧阳慧玉不仅要和队友一样包组包户，还承担着扶贫资料的整理和数据的统计上报。扶贫资料的整理和数据的填报是一项非常复杂的工作，表格多，程序烦琐，工作量大，不得出丝毫差错。好在欧阳慧玉多年养成了认真细致的好习惯，就凭她这股一丝不苟的认真劲，把堆积如山的扶贫资料整理得规范有序，把浩如烟海的扶贫数据统计得清清楚楚，一目了然。在历次扶贫工作检查中，响鼓岭村的资料整理填报工作都受到了检查组和扶贫办的表扬。

春夏秋冬，瓜熟蒂落。脱贫攻坚进入决战决胜时期，响鼓岭村扶贫工作进入收官之际，欧阳慧玉与男友的爱情也走向成熟。但欧阳慧玉表示：待到脱贫攻坚庆功时，才是我们婚礼的喜庆日。为此，热心的同事提前写了一副对联送给这对有情人：脱贫攻坚全面小康结硕果，谈婚论嫁男欢女爱聚良缘，横批是：皆大欢喜。

档案馆，这个曾被人谓之"边缘化"的单位，扶贫工作成绩卓著。对于荣誉，档案人的心里却是十分的坦然，正如馆长在接受省人社厅、省档案局授予"全省档案系统先进集体"奖牌时说的一样："金杯银杯不如老百姓的口碑，我们的工作只要能够得到组织的满意，得到群众的满意，也就心满意足了。"这就是档案人，这就是扶贫者，没有惊天动地的事迹，没有壮怀激烈的场景，一如他们守护的档案，默默无闻，寂寂无声，传承着华夏的文明和昌盛！

（刊发于 2022 年 3 月 21 日《中国档案报》"档案天地"文学副刊）

心灵的慰藉

巍巍南岳，千古名山，翻开它岁月峥嵘的历史，这里留下过古往今来无数名流、学者、政治家的足迹和伟业。穿越时空的苍茫，历史迎来了新世纪的太阳，又有一批批鲜亮的名字载入南岳的史册。高正友，一位身穿橄榄绿的公安干警，他无意流芳名山，只是立志于无愧于大自然赐予南岳的厚爱。然而，那葱郁的树木，那逶迤的山道，却在荡漾他平凡而闪光的事迹。

落伍于时代的家
折射的却是党性的光辉

高正友的家就坐落在南岳山下，走进他的家门，我们有些难以相信，屋里的主人是个有着 30 多年警龄的公安干警，当了 10 多年的公安局局长！

这个家委实显得过于陈旧和简陋，没有一件像样的家具，没有一样高档的电器，一把生满锈迹的烧水壶已经用了 12 年，把子断了还在将就着使用；一个衣柜，那斑斑驳驳掉落的漆痕足可以让你想象出它的古老和陈旧；一张简单的木架子床，据说是早些年花 48 元钱从宾馆的处理品中购得的；屋里唯一标志着已经进入电器时代的是一台 13 英寸的彩色电视机，那是高正友为了收看中央电视台的《新闻联播》，节省了几年的工资特意购买的。

此情景，似乎太落伍于我们这个繁华的时代，但作为一个公安局局长的家，不正折射了党性的光辉，时代的风采？它与时下某些利用党和人民赋予手中的权力，变着法子捞钱的人对比，该形成多么强烈的反差！

是老高有钱不用不懂享受故意过着这种寒酸的日子吗？是老高为掩人耳目故意虚张声势吗？看到我们唏嘘不已又有些疑惑的神情，老高的爱人半是怜爱半是自豪地说道："这年头谁不懂得享受谁又怕享受呢？我们家的老高啊，就是死心眼儿，死认理儿，要是他稍有一点贪心的话，我们家就不是这个样子了。"

是的，作为一个公安局局长，按照时下某些人的逻辑，"大盖帽，两头翘，吃了原告吃被告""有权不用，过期作废"，高正友有的是机会捞钱。但是，作为一名共产党员，作为一名政法战线的领导干部，高正友却始终坚守着这样一条准则——

手中的权力是党和人民给的
决不能让铜臭玷污

那是一个万籁俱寂的夜晚，南岳某公司负责人的儿子因盗窃被抓获，为减轻对其儿子的处罚，他偷偷摸摸地赶到高正友的家里，一阵寒暄之后，趁老高的家人没有注意，便悄悄地将一个装有 1000 元现金的信封丢在桌下，随后溜之大吉。第二天，高正友的爱人在清扫房间时发现了这个信封，高正友接过来连看都没看，当即交给局办公室退还给了这位负责人，依法对其儿子作出了劳教 2 年的处罚。

南岳质管站一职工请求解决其家属的农转非问题，提上烟酒专程上门拜访，看到高正友简陋的房子，主动提出说："高局长，你家这么寒酸，南岳的家属房大多是我装修的，你家也让我来帮您搞一下吧。"高正友却一口拒绝说："我一不抽烟，二不喝酒，三不装修，做人要有自己的人品，一个共产党员要坚守自己的党性。你把东西提回去，至于你爱人的农转非问题，如果符合政策规定，该办的我一定会帮你办，不该办的，你就是搬座金山给我，我也绝对不会办。如果搞这些名堂，我早就发财了。"事后，老高通过了解，这位职工的家属符合农转非的政策规定，便按时给他办了。可是，直至现在，他连这位职工家的茶水都没有喝一口。

这些年来，南岳区按政策规定解决了 1364 个农转非户口，审结了 1200 多起大小刑事案件，而这些农转非的户籍表，这些大大小小案件的审结书，都是少不了高正友那支笔签字的，只要他稍微在这支象征着权力的笔上做点手脚，他的家也绝对不是今天这个样子。可是，他在公安部门工作 30 多年，却没有拿自己签字的权力收受过一次礼品，接受过一次红包。

去年春节前夕，不知是谁送来两个猪肚子，老高家里没有人在，送礼者就将猪肚子挂在门把手上，有人劝他："你就先把东西收起来算了。"老高却说："嗟来之食不可得。"他硬是让猪肚子在门口挂了七八天，直至发出臭味，只好丢到垃圾堆。高正友常常说："我的权力是党和人民给的，我只能把它用在为人民办事上，决不能用它谋取私利，让铜臭玷污。"

别人的礼品钱财他不受，而一旦遇上公益捐款或老百姓有困难，高正友却总是解囊相助。区里每次发动为灾区或公益事业捐款，老高每次都是第一个写上自己的名字，而且金额总是第一。去年 8 月份，望城县一游客来南岳旅游，身上的 220 元现金不慎丢失。当时，高正友正在南岳牌坊门口疏通车辆，他得知这一情况后，连忙从口袋里掏钱帮助这位青年买好回程的车票，并送给他50元作为路上的费用。像这样无偿掏钱为遇难的游客解困的事，老高每年都要遇上好几次，屈指算来，也不是一个太小的数目。就凭他那每月几百元的工资，还哪来的钱买豪华家具购高档电器装修豪华房子呢？其实，又何止这些呢？为了党和人民的事业，为了南岳这方山水的平安，高正友曾把过去的一个家也搭进去了——

一条爱河的舟子划上两条分支的航道
荡漾的是一首奉献的歌

有道是，无情未必真豪杰，高正友虽说是一条硬汉，可他也是个有血有肉的人。局里开展什么活动，他也常常表现得感情奔放。然而，对于家，情的付出却显得太少，以致家庭崩溃。

客观地说，他的前妻也并不是人们想象的那么坏，是个有强烈事业心的护士，心地也比较善良。常人说：嫁给警察的女人，就要意味着牺牲，当初嫁给高正友，她是听过这句"警世箴言"的，而且也做好了牺牲的准备，令她想象不到的是，跟着这个高正友牺牲的竟是那样大！高正友这个人事业心太强了，原则性太强了，她跟着这个警官10多年，别说沾他的光，为亲朋好友办些事，就是应该得到的丈夫对妻子的爱抚她也没有得到。

老高一心扑在工作上，常年在外办案子，他与她组成的这个家，只不过是高正友栖息的一个旅馆。十月怀胎，她没有得到过他的温存和照顾；一朝分娩，她见不到丈夫的身影，而只能呼唤高正友的名字来驱除自己的阵痛。他把一揽子家务、孩子学习的辅导全丢给了她，为办案早起晚归，甚至深更半夜出动，十天半月不回，这些，她都认了，尽管不时有一丝孤独和寂寞侵入她的心海。而让她不能忍受的是，心里总处于一种为丈夫的安全提心吊胆的恐惧之中。

那年，老高身患重病，本来在家养病，可一听说南岳区发生一起重大抢劫案，他就吃不下，睡不香，连夜赶到局里，带领警察破案。在侦破过程中，晕倒两次，还被歹徒捅过刀子，每每想起这些，她的心里就不安。可每次劝说，老高总是沉默不语，再遇上这样的事，他又会毫无顾忌地冲锋陷阵。

还有，她不能忍受的是，久而久之，为了这个家，为了高正友的事业，她必须牺牲自己的事业，这却是万万不可以的，要知道，她也是个要强的女人，"三八红旗手""优秀护士"等荣誉对她的诱惑太大，尽管高正友主观上积极支持妻子拥有自己的事业，可客观上他无法做到；虽然他常常感到内疚，而内疚后又无法补偿。

她终于忍受不了了，尽管太爱自己的丈夫，爱他朴实厚道的情怀，爱他正直无私的品格，当然也爱他一米八几高大魁梧的身材。然而，她需要的是实实在在的爱情，是自己事业有所倚靠的大山，想想厌倦了的恐惧，想想自己事业上的牺牲，她还是泪流满面地向高正友提出了分手的要求。

乍一听，老高的心头猛地一震，冷静地思考一下，自己的确不是一个好丈夫，可是，谁叫自己又是一名有着强烈事业心的警察呢？"月有阴晴圆缺，此事古难全。"与其让妻子跟着自己作出巨大的牺牲，倒不如安静地走开，让她去寻取另一方温馨的港湾。于是，他答应了她的请求。在那个月黑风高的夜晚，各自带着一分怜爱，一分痛惜，一分为对方的祝福，让感情之水分道扬镳流向了应有的归宿。

家庭崩溃，高正友也曾为此心痛，然而，他无怨无悔，因为他的心中还有一个永远不倒的信仰——

世间最崇高的爱是爱人民
人民的事业才是永恒

离婚以后，高正友觉得轻松了许多，没有了顾虑，没有了内疚，更可以全身心地投入工作。可是，同志们却为他担忧，一个单身汉，带着小孩，生活多不方便啊。他们发现，老高一身衣服穿的时间比以前长了，领子上的油污厚厚的也顾不上换洗，拉杂的胡子也总不见他刮掉，有时候破案归来，寒冬腊月也常常是扒几口冷饭充饥。

同志们心疼了，又四处为他物色新的伴侣。可高正友却总是拒绝，他总是说："与其让一个女人跟着我受罪，还不如让我一个人苦点累点。"直至过了六七年的单身生活后，通过组织出面，老高才与同志们为他介绍的一位叫刘玉梅的农村妇女见了一面。老高见到她的第一句话就是："你跟着我是要吃苦的，如果你愿意吃苦，我们就相处一段时期；如果你怕吃苦，就不必多说什么了。"刘玉梅是一位朴实的农村妇女，她久闻高正友是一位为老百姓办事做主的清官，对他非常敬重。听高正友这么一说，她连忙接过话说："能够与你这样的好干部过日子，我就是苦死累死也心甘情愿。"于是，在同志们的张罗下，老高终于与刘玉梅组建了新的家庭。

然而，江山易改，本性难移。高正友仍然一如既往，执着于事业。儿子高考落榜，眼看新学期开学的日子只差一天了，他却还顾不上联系复读的学校。妻子是农村户口，他为全区解决了一千多人的农转非问题，却就是卡着妻子的户口问题不办。有人提出要为她爱人找份正式工作，他却坚决拒绝说："南岳区还有这么多的待业青年，怎么就能考虑她呢？"因此，直至现在，他的爱人还在干着又苦又累的临时工。

去年 4 月份，南岳驻军某部战备设施被盗，这在南岳的历史上，是一起罕见的盗窃案。为了侦破这起案子，高正友带领公安干警，连续 4 天 4 夜勘现场，查线索。就在这时，妻子的心脏病复发，急需送衡阳治疗。老高安排一名女民警将爱人送往衡阳，自己却一心投入案件的侦破中，先后 4 次去衡东调查取证。经过连续 12 天的紧张战斗，终于挖出了这起团伙盗窃军用设施案，使罪犯得到了应有的惩罚。当高正友带着胜利的喜悦赶到医院时，妻子用甜蜜的微笑表达了对他的理解和支持。

高正友对自己的家人这么"刻薄"，对平民百姓却挂记于心，视若亲人。今年 8 月份，隆回县一农村老太太与儿媳带着 6 岁的孙儿来南岳烧香，不慎走失，全家人急得大声哭叫。高正友顾不上连续几天冒着炎炎烈日值班的疲倦，一方面为老太太找来一面铜锣，叫老太太敲锣寻人，另一方面带领几名干警四处为老人寻找。后来，从游客中得知，衡山县师古乡一位农民，从南岳农贸市场带走了一个小孩。老高获取这一信息后，带着还没吃中饭的饥肠辘辘，立即驱车赶往师古，将孩子领了回来。老太太感激涕零，连忙从口袋里掏出 200 元向高局长表示感激，他却谢绝了老人的好意，说道："爱民如子，是我们公安干警应尽的义务，这点小事，何足挂齿。"

高正友说得好轻松，但按照某些人的价值观去衡量他的人生，有人说他太亏了。高正友却认为——

赢得党心、民心、同心
这便是最大的慰藉

当有人说起高正友亏了的时候，高正友却坦然地回答说：

"怎么是亏了呢？应该说是赢了，一是赢得了民心，老百姓背后不会骂我吃冤枉，不会骂我贪官污吏，密切了党群干群关系，树立了公安干警良好的社会形象；二是赢得了党心，取得了党组织的信任，这些年我为党和人民做的事情太少，党和人民却给了我太多太多，先后3次给我记功，年年评选我为先进；三是赢得了队伍的同心，南岳区连续4年未发生一起凶杀等恶性案件，保住了南岳一方天地的平安，这与分局全体干警团结一心干事业是分不开的。"是啊，"亏了我一个，幸福十万人"，高正友，用他的古道热肠，带领南岳公安分局的民警们擎起了巍巍南岳这方平安的天空，他还有什么值得遗憾的呢？

此文行将结束的时候，还要值得说明的是，为采访到高正友，我们曾两次去南岳，但都没有见着他，一则那些天南岳公安分局正担负着一起二级警戒任务，老高抽不出时间接受我们的采访；二则老高一向不愿意宣传自己，即使要说，也只能让同志们去说。所以，关于高正友同志的一些优秀事迹，我们都是在未经任何准备的前提下，从群众和南岳分局的干警中了解到的，这使我想起了一位伟人说过的话：一个献身人民的人，人民永远不会忘记他！

（刊发于1996年第1期《衡阳工作》杂志）

坎旅本色

谭冬生走向讲台，仅仅5分钟的典型事迹报告，却使场内鸦雀无声，70多位工商管理干部听后感叹不已。

故事其实并不惊天动地，话题是从他的老母亲一句朴实的古训开始的："你吃的是国家的饭，就要对得起这碗饭，只要你好好工作，我就什么都满足了。"还在24年前，谭冬生带着一颗挚诚的心走向人民军队这个大熔炉的时候，母亲就对他这么说。20多年来，他始终不曾愧对"这碗饭"。在部队，谭冬生整整度过了19个春秋，峥嵘岁月，金戈铁马，他从一个普通的农民成长为光荣的共产党员，从一个士兵成长为陆军营教导员。每一步足迹都深深地印着他对党的忠诚和对人民的厚爱。在一次指挥施工中，当时担任连指导员的谭冬生运输建筑材料，因路面故障发生车祸，从车上摔下来造成脑震荡，落下三等残废。但纵观谭冬生在军营里的奋斗与成长，他仍有足够的自豪站在成功的位置去回首过去。然而，此时他站在讲台上，声音却有些哽咽。他想起了含辛茹苦的妻子和他们的3个孩子，一股沉重的负疚感向他袭来……

他的妻子先后3次分娩，曾多么希望自己的丈夫能守在身边，哪怕是说上一句体贴的话语，她也会心满意足的。谭冬生却始终没能满足妻子这个小小的愿望，而痛楚却常常在这个家庭降临。

1981年，全家随军到贵州平坝县。1983年3月24日凌晨一点，一股龙卷风袭来，谭冬生本来就极为破旧的房舍在狂风中摇摇欲坠，屋顶的瓦片被掀得一干二净，无情的冰雹铺天盖地地打了下来。在一片惊恐慌乱之中，妻子摸索着将两个小点的孩子塞进大衣柜，女儿吓得一头钻进床底。十几分钟的冰雹，屋里的家什支离破碎，10多厘米厚的冰雹白皑皑一片。当战友们赶来救护时，孩子被冰雹砸得遍体鳞伤，两个小的因柜内缺氧憋得奄奄一息。当时作为这个家庭主心骨的谭冬生，正在醴陵出差安置残疾军人转业，当他得知家里的消息，心里就像火烧一样，恨不能立刻飞到妻子的身边。可是，战友的安置没有办妥，怎能撒手不管、一走了之？他强忍着心中的焦虑，辗转奔波于各机关、各部门，直至半个月以后，办好了一切手续，才揣着一颗焦灼的心匆匆赶回。刚刚踏进还未修复的家门，孩子们便一拥而上搂着他的腿放声大哭。

谭冬生的内心痛得无以言表，能说什么呢？男子汉的泪珠从他的脸颊上滚滚而下，对妻子，他没有尽到丈夫的职责；对儿女，他没有给其应有的父爱。唯一能聊以自慰的是，妥善地安置好了一位一等残疾军人，圆满地完成了党交给自己的光荣任务。

1987年元月3日，随着一声长鸣的汽笛，谭冬生告别了火热的军营，迈进了工商行政管理这扇神圣之门。望着多年随他走南闯北的妻子那憔悴的面容，瞧着孩子们瘦弱的身骨，谭冬生的心头似乎有了一种超然的解脱，他想：从此该偿还一点欠下亲人的感情债了。

解甲回乡，一晃4年。谭冬生在全县最偏僻的杨林工商所担任指导员，这里条件艰苦，住的是黑屋，吃的是河水；爱人在供销社工作，整天守着一个铁棚子，冬冷夏热，一时一刻离不开；大女儿在离家较远的乡中学上学。妻子常常埋怨他说："你一个营级干部，又是一个残废军人，就这样'幸运'，与你一同转业回来的哪个不比你强！"对妻子的唠叨，谭冬生只是一笑了之。他深知妻子的苦衷，可自己是一名党员干部，一位曾经驰骋沙场的军人，不应向组织提任何条件和要求。走马上任，他便全身心地投入工作。

为了尽快熟悉工商管理业务，谭冬生自费订阅了《工商行政管理》等业务报刊，自学了《工商行政管理》，他与全所干部职工一道深入现场办案，仅半年时间，就掌握了工商执法的全部业务，并在县局举办的业务知识考核中获得了99.5分的好成绩。

然而，无情的病魔像幽灵一样缠绕着他的妻子和儿女们。儿子谭鑫自幼患一种怪病，发病时大吼大叫，抽搐一团，常常一天发作几次甚至十几次，此情此景常令陌生人不寒而栗避而远之。为了治好儿子的病，谭冬生伤透了脑筋，花费了不少钱财，转业费用花光了，家里仅有的一台标志着进入电器时代的电视机也卖掉了，可病情丝毫没有好转。妻子也体弱多病，无法坚持上班，只好请求供销社批准停薪留职，在家一边护理孩子一边养病。一家5口全靠谭冬生一个人的工资维持生计，过着清贫的日子。单位每月10号发工资，还没有到月底他就期待着下个月10号的到来。

其实，作为一名掌管着行政执法权的工商干部，一位基层工商所的主要负责人，照某些人的逻辑，他完全有条件不这般度日。是的，他有的是机会捞钱。一次，攸县桃水镇屠户王某在衡东县一带的农户家中贩购生猪，在秤砣上做手脚，将一头89公斤的肥猪称成70公斤，被谭冬生查处。王某趁夜深人静，偷偷地将350元人民币送到谭冬生的跟前，口口声声作为罚款，不必出具收据，并许诺以后再予报答。谭冬生气不打一处来，他指着王某的鼻子，大声说道："合法经营，我们积极保护，像你这般坑害农民，我们严惩不贷。"当即，谭冬生召集所里的干部，对王某进行了严肃处理：将350元全部没收作为罚款上缴财政，责成其补偿了克扣农户的全部钱款，并写出书面检讨。

350元，在今天算不了什么钱，可对谭冬生这样一个困难的家庭，又的确不是一笔太小的数目，我们只要看一看谭冬生在医院的窗口为交不起儿子的医疗费而焦急的眼神，看一看他在发工资时分分角角小心谨慎收进钱包的样子，再看看他每天早上从菜场里提回来的菜篮，看看他穿的衣服，盖的被褥，用的家具，就足以看出350元在他生活中的分量了。其实，又岂止这350元呢？给他送烟的，提酒的，请吃的，间接不断，但谭冬生始终做到，请吃不到，送礼不受，好处不捞。他有句口头禅："今天我如果接受了人家5元钱，那我堂堂一个人也就只值5元钱了。我宁愿自己紧一点儿，也决不玷污了自己的党性。"这，正是一位工商干部廉洁奉公、铮铮骨气的写照。

1989年12月，谭冬生的小女儿谭丽一直高烧不退，咳嗽不止，因工作紧张，谭冬生一直顾不上带她去医院看看，病情越来越重。1990年元月的一天，他和同志们正在南湾乡进行年检验照贴花，小女儿病情急剧变化，要送县医院抢救。谭冬生得知这一消息后，心里十分焦急，真想立刻赶到家里，送女儿进医院。但他转而想到，年检验照和个体工商户管理费定费工作事关全年工作大局，至关重要，且人手少，任务重，离不开。由于谭冬生没能及时赶回，妻子只好拖着病体将女儿送到了医院。当谭冬生在南湾乡验照告一段落匆匆赶到医院的时候，女儿已在紧急抢救之中，连医生都指责他是一个不称职的父亲。第二天，女儿刚脱离危险期，谭冬生便安慰了妻子，拜托了医生，又返回了工作岗位。他总是想，待这阵子忙完了，以后多照顾点。可他又何曾兑现了自己的诺言呢？

无情未必真豪杰，怜子如何不丈夫。谭冬生也是一个有血有肉的人，他的舐犊之情并不亚于别人，为了治儿子的病，中西医生、中药郎中，他先后请了33位，熬破了8个药罐子；他曾多次写信给长沙、北京等医院寻诊求治，可都无济于事。去年5月，谭冬生带领几名干部，正在红桥信用社办理信贷合同纠纷案，所里来电告知，儿子在老家一天重发病症11次，叫他赶快去老家把儿子接回来送医院。听到这个消息，谭冬生心急如焚。可是，在红桥信用社的依法收贷工作刚刚打开局面，突然中断，这项工作又如何开展下去呢？工作不能耽误，儿子也急需治疗。于是，他在收贷工作首战告捷后，急忙骑着自行车从红桥赶回杨林，谭冬生回到家已两腿发软。带孩子看完病后，他吩咐妻子按时照顾孩子服药，自己又立即赶到了红桥信用社。就这样3个多月的时间，他只到家两回，其余时间全部泡在乡下。有时中午趁同志们午休机会，冒着烈日赶回来，看一眼重病的儿子，又马上赶去。累吗？谭冬生委实感到很累。可在3个月时间里，他们办理信贷合同纠纷案180多件，在县局组织的半年工作检查评比中，合同办案单项业务名列全县第一名，看到这份战果，谭冬生又感觉轻松了许多。

谭冬生常常说："处于我们这种不惑之年的人，上有老下有小，如果没有一点自立自强的精神，将陷于家庭琐事的泥潭中无法脱身。"这些年来，谭冬生对于家庭儿女，没有尽到慈父贤夫的义务和责任，对自己的父母也没有尽到一份孝心，莫说为80

岁的老母亲做点什么事，就连为他老人家盛碗饭、倒杯茶，多回去看几眼的时间都很少。谭冬生一想到此，心里便有一种沉重的负债感，尽管老人从来没有责怪自己的儿子。

当然，谭冬生所做的这一切，并不是每个人都能理解的。有人背后说他傻乎乎的不近人情，就连妻子、儿女有时也很想不通，曾有多少次，一家人都不理睬他。谭冬生只能苦涩地笑一笑，他没有理由怪他们，他应该忍受着家人的怨言，只要有机会，他也尽量挤出点时间为妻子分担一点家务，聊以慰藉内疚的心灵。他相信，家人和同事们总有一天能理解他。事实证明，妻子一次又一次地原谅了他，也一次又一次地加深了对他的理解。组织上也多次派人慰问他的家庭，并为他解决了不少实际困难。党和人民也一次又一次地给了他应得的荣誉，他多次被评为"优秀共产党员""先进工作者"。

在衡东县工商系统举行的党员干部大会上，他光荣地登上了庄严的演讲台，向大家介绍了他跋涉过的人生旅程。

他走下了讲台，掌声过后，会场出奇的宁静，深深的沉思中一首舒缓的壮歌在每个人的心头静静地流淌，谭冬生，这位普通的共产党员，他何曾只是没有愧对国家"这碗饭"，在坎坷的人生旅途中，他把整个身心都献给了党和人民的事业，他不仅无愧于我们党历来提倡的家庭亲情，更无愧于党和人民交给他的工作重任。这，正是一位共产党员在平凡中孕育的崇高本色！

（刊发于 1992 年 7 月 9 日《中国工商报》"文化廊"文学副刊）

红盾之光

历史的巨笔总要浓墨重彩抒写辉煌的时代，因此中国的秦汉盛世和唐宋风韵才在历史的长河中放射出夺目的光彩。当世纪末的钟声敲响，回首华夏大地经历过的百年沧桑，无疑 20 世纪 70 年代末期以来的 20 年，有一种震人心魄的伟岸和绚丽。

伴随着历史前进的脚步，衡阳市工商行政管理局自 1978 年底重建以来，也已在改革开放的浪涛声中，走过了 20 年的辉煌旅程。三届荣膺"全国工商行政管理系统先进集体"桂冠，两度被湖南省委、省政府授予"双文明建设模范单位"殊荣，连续 5 年被市委、市政府评为"优质管理服务先进单位"……

伫立在一块块闪耀着金色光亮的奖牌跟前，凝望这浓缩了衡州工商热潮涌动的风景，我也仿佛走进了衡阳工商过去 20 年的悠悠岁月，走进了一个个感人至深的故事。

兴土木，建市场，诚招天下商贾
活脉络，促流通，振兴区域经济

古人云："日中为市，致天下之民，聚天下之货，交易而退，各得其所。"实乃沧海桑田，时过境迁，20 世纪 70 年代的中国，古人谓之的集市几乎憔悴不堪。那些个身着褴褛衣衫的乡里人，挑点小菜、提几个鸡蛋到市场上去卖，也像做小偷似的，诚

243

惶诚恐，生怕成了"专政"对象。

改革开放的大潮汹涌而起，成千成百小摊、小店如雨后春笋般从地下冒了出来。街道、马路、车站广场、人行道上，处处成了小摊小贩的领地。由此带来的问题也成堆出现，马路市场、街道市场增多，卫生秩序脏、乱、差，交通堵塞，上街赶墟，晴天一身灰，雨天一身泥，群众怨声载道。

怎么办？"在江东火车站附近兴建一个大型集贸市场。"当时的市工商局局长、党委书记唐德阳，以卓越的胆识提出了这个前所未有的议题。

但是，那时候，人们对市场似曾相识却又感到陌生，一时间，全局沸沸扬扬。"衡阳是湘南重镇，交通枢纽，没有一个大型市场，对内缺乏凝聚力，对外没有辐射力。""这事，全省还没先例。是不是稳着点好？""搞大的，是气派，可要贷款几百万，摊子摆到四五层楼，有人来吗？"

面对来自各方面的议论，唐德阳确实也有些顾虑，贷款几百万，建几个楼层的市场，翻翻报纸、杂志、文件，的确没有先例，可江东有居民 10 万，流动人口每天 5 万多，没个市场，脏、乱、差怎么解决？商品流通怎么搞？没"先例"难道就不能敢为天下先？唐德阳一锤定音。没承想，当年手心里捏出的那把汗珠，如今成了串串珍珠。

建筑面积 15670 平方米的大型综合集贸市场拔地而起，它以全省最早、效益极好而闻名长城内外、大江南北，吸引了全国 28 个省市的经营者安营扎寨，每天上市人数近 10 万，年成交额 2 亿元以上，比当时蔚为壮观的市百货大楼超出 2 倍多。

忽如一夜春风来。江东市场的成功经验给了全市工商部门以极大鼓舞，随后市场建设的热潮一浪高过一浪。1991 年，以伍远华局长为首的党委一班人，从老局长带领全市工商系统大兴土木建市场的壮举中深深领悟到：建一处市场，兴一片产业，繁荣一方经济，富裕一方民众。他们认真总结推广"政府领导，统一规划，合理布局，多家兴建，工商监管"的建设方针，促使全市形成了多家建市场，全民办市场，好戏连台的喜人局面。

屈指一数，20年来，全市累计投入资金7.34亿元，新、扩、改建集贸市场430个，建筑面积121.69万平方米。江东工商分局发动11个单位集资1亿元，仅用10个月时间就建成建筑面积8万多平方米的湘南第一大市场——衡州大市场。曾为衡阳人民引以为骄傲和自豪的江东综合集贸市场，建筑面积扩大到10万多平方米。一大批专业市场如奇葩绽放，遍布衡阳城乡，衡南黄竹耕牛市场、耒阳水济蛋品市场、祁东金桥草席市场、过水坪木材市场、衡阳洪市仔猪市场、江东鞋的世界等专业批发市场，千姿百态，各领风骚。

而今，在衡阳城乡只见高楼大厦鳞次栉比，商品市场星罗棋布，各路商贾纷纷云集，车来人往，热闹非凡，让人陶醉，让人赏心悦目！

换脑筋，破禁区，促个体私营蓬勃发展
洒心血，勤栽培，导商贾贸易健康成长

"不是我不明白，是这世界变化快。"仿佛就在昨天，个体私营经济曾被当作"资本主义尾巴"割得鲜血淋漓，支离破碎，几近荡然无存。伴随汹涌而来的改革浪潮，这支市场经济中的劲旅，犹如当春的枯木顷刻之间焕发出勃勃生机。20年的风风雨雨，尽管社会上对于个体私营经济的态度沸沸扬扬，莫衷一是。然而，任你荣辱褒贬，它终究以其顽强的生命力，始终占据

直至领导着时代的新潮流。

衡阳，湘南经济的枢纽，历史悠久的重镇，地大物博，人杰地灵，这方热土，踏着改革的时代浪潮，个体私营经济更以其迷人的诱惑，辉煌的气势，迅猛的速度，磅礴于衡州大地。截至1998年底，全市个体工商户206424户，是1980年的144倍；私营企业由零起步发展到1457户，成为全市重要的新的经济增长点。透过这一组闪光而惊人的数字，我们不难看到，衡州大地正风涌一个躁动的浪潮：个体私营滚滚来！

问渠那得清如许，为有源头活水来。曾记否，还在个体私营经济处于朦胧时期，工商局的领导和干部就冲破思想僵化的禁区，为其摇旗呐喊，鼓劲助威，当衡阳市委、市政府把发展个体私营经济列为全市重点抓的10件大事之一，市工商局雷厉风行，成立个体私营经济领导小组，下达《关于促进个体私营经济发展的若干规定》，各级工商行政管理机关召开专题工作会、动员会、协调会和联席会，制定落实"建设硬环境，优化软环境，上下一齐抓，城乡一齐上，左右齐配合，步入快车道"的行动措施，动员、指导、服务、管理、监管，奖励5到位。在发展过程中，提供优惠政策，放宽登记条件，简化办照手续，明确规定不限制发展数量、发展规模、经营行业和经营范围、经营形式，引导个体户向工业、加工业、运输、科技和种养殖业等行业开发，改变过去千军万马齐涌商业独木桥的单一发展方向，为个体私营经济开辟广阔的发展天地，全市涌现一批"一产一品，一村一品"的专业乡、专业村。衡山县祝融、店门、师古等三个乡的草席加工户发展到800家；祁东过水坪木器加工一条街的专业户达200户，从业人员2200多人；衡东县霞流乡李花村42家农户加工皮蛋，成了全市闻名的皮蛋加工专业村。

个体私营经济异军突起，有人谓之"自由王国""庞杂大军"，对他们是发发牌照，收收管理费了事，还是用某种精神去凝聚起来，充分发挥其积极作用？市工商局选择了后者，他们成立了市个体劳动者协会，使这些散兵游勇有了归属感。当社会对个体经济沸沸扬扬时，他们利用各种舆论工具和新闻渠道宣传其特殊作用，为他们"正名"。针对个体私营经济队伍庞杂，思想素质不一的现状，长期开展职业道德教育和普法教育，层层成立普法领导小组，层层培训骨干，举办学习班，学习"十法一条例"，市个协连续5年被评为全国普法教育先进单位。市工商局还不失时机举办全市个体劳动者法律和职业道德知识竞赛，与市电视台联合举办"我为衡阳争光彩"演讲赛。一时间，雁城鼎沸，个体劳动者的精神昂扬，一种无形的力量，促使他们把一个大写的"我"字写在市场经济的大潮之中。

1993年3月14日，中华人民共和国第八届全国人民代表大会在京隆重开幕，一位风华正茂的小伙子，迈着轻盈的步伐，笑容可掬地向代表席上走去。他，就是衡山县师古乡八里村私营企业主谭兴华。小谭从1986年办起私营创汇养殖场以来，共向外贸部门交售瘦肉商品猪5000多头，创汇265万元，被当地群众誉为"养猪状元"，受到党和国家领导人李鹏、朱镕基的亲切接见，荣幸地成为全国最年轻的劳动模范，朱镕基总理称赞他是农村致富的"能人"。

个体私营经济从业人员走上政治舞台，参政议政，受到党和人民的高度尊重。

昔日作为专政对象的个体私营经济，如今迅速在中国的政治舞台上崛起，这正是展示了一种令人难忘的动人情景：市场经济潮流不可逆转，个体私营经济前景远大。

情结百姓忧乐，沥血呕心花怒放
心系企业兴衰，殚精竭虑果满枝

领导干部的楷模孔繁森说过："一个人爱的最高境界是爱别人，一个共产党员爱的最高境界是爱人民。"工商行政管理机关与人民群众有着千丝万缕密不可分的关系，我们每一个社会成员都是消费者，工商干部工作的好坏，直接影响到我们生活质量的高低。正是认识到自己肩负责任的重大，他们用实际行动践行了孔繁森倡导的对祖国人民纯洁、深沉、博大的爱。

市消费者委员会是挂靠在工商部门的群众团体，消委负责人常常念叨着这样一句朴实的话语："当官不为民做主，不如回家卖红薯。"由于职责的驱使，市消委自成立7年来，已认真受理消费者投诉27868起，为消费者挽回经济损失1489万元，荣获全国"保护消费者权益社会监督奖"。

1994年6月10日晚，衡阳市演武路居民区的变压器发生故障，380伏的高压电直接输入用户，使56户居民的69台家用电器不同程度地遭到损坏。居民代表杨昌毅、宁跃玲来到市消委会投诉，于是，一场长达四个半月的调解工作拉开序幕。几经坎坷，几番周折，终于为消费者挽回两万多元的损失。这次全国罕见的电力投诉，被评为全国十大案件之一。

1995年初，《人民日报》刊载了邮电部门有关节假日、夜间长话收半费的公告。当时衡阳邮电部门未按规定收费，电话用户反映强烈。中南工学院19名副教授、8名高级工程师、8名教工等35名消费者联名向市消费者委员会投诉：要求市邮电局执行国家统一制定的计费标准；对多收的长话费，如数退还用户。电话费纠纷的投诉，引起市消委的高度重视，他们走访邮电局、物价局、政府办和工学院的消费者，多次找邮电部门领导协商，促使了问题的解决。衡阳市邮电局已从 1995 年 10 月 1 日起，执行节假日、夜间减半收费规定。10 月 9 日，中南工学院 37 名教授、教师联名致谢衡阳市消费者委员会。

经济建设是全党工作的中心，经济监督部门如何发挥职能作用为经济建设服务，以此更好地服务于人民？工商部门的领导和同志们殚精竭虑，绞尽脑汁。他们想企业之所想，急企业之所急，千方百计为企业排忧解难，先后下发《在经济体制改革中放宽工商行政管理若干政策规定的意见》和《支持搞活企业、搞活流通若干试行意见》，推出重要生产资料一次性经营特批，部分企业免检，对违章违法企业多疏导、多教育、多扶持、少冻结、少罚款等举措，支持企业深化改革，转换机制，增强发展后劲。

市四机械厂生产不景气，经济效益滑坡，工商干部深入该厂调查研究，找原因，出点子，想办法，帮助该厂更名为机械总厂；内引外联，促进创办两个分厂，增加 3 个分支机构。各项手续一天全部办齐，办事效率之高，令工人们感动不已。

一段时期以来，各部门对企业的检查偏多，干扰了企业的正常生产，加重了企业的负担，工商部门从培养树立公平竞争、守法生产经营的企业典型入手，开全省之先河，推行优秀企业免检制度，公布免检企业 125 家，办理帮促企业联系点 821 个，创建"重合同、守信用"单位 694 个，出动人员为企业追回"三角债"2500 多万元，群众称赞工商部门真正是企业的保护神。

外资企业的发展曾是衡阳的薄弱环节，市委、市政府提出，"开放带动，迎头赶上，超常发展"。工商局尽己之力，对外积极争取，获得国家工商局授予的外资企业核准登记管理权，免除外商申办企业奔波省城、京城之苦；对内简化审批程序，优化服务环境，变坐堂办公为上门招商，变事后监管为事前介入，变单一监督管理为寓服务于管理之中，使外商进得来，留得住，搞得活，工商局因此连续 5 年获得市委、市政府授予的"优质服务奖"。

催风化雨，塑红盾形象
励精图治，树工商新风

有道是，万事以人为本，一个单位，一个系统，队伍建设搞不好，人的工作乱了套，一切发展大计都会成为空谈。

多少个昼夜交替，市工商局的领导深入基层，深入干部职工家中，与同志们促膝谈心，化解心中的疑团，解决工作生活中的困难。多少个节假日和星期天，他们冥思苦想，组织策划思想道德教育活动，拍摄《心系市场的人们》《历史的嬗变》等 8 部电视专题片，编印《面对五光十色世界的人们》《报春花》《金秋园》《登攀颂》《红盾风采录》等十多本教育资料；举办法规知识抢答赛、我为国徽增光彩演讲赛、讴歌祖国歌咏赛；开展评选十佳局长、十佳所长、十佳工商干部、十佳青年、十佳岗位能手等活动，内强素质，外塑形象，把全系统干部职工搞得红红火火，热热闹闹，人心凝聚得紧紧的。

随着改革开放的不断深入，工商行政管理干部的业务素质与发展的形势越来越不相适应，加强培训是当务之急。他们筹措资金，建起两处容纳 300 多人学习食宿的培训基地，安排每个干部轮训学习，全局干部培训工作年年在省局夺魁。

有段时期，工商部门行业不正之风抬头，索拿卡要现象时有发生，社会反响强烈，局领导心急如焚，"这是炸自家的牌子啊！"

夜深了，街市的喧腾早已归于沉寂，人们早已进入甜蜜的梦乡，可工商局会议室的灯光还在亮着，党委成员们还在议啊、写啊、划啊，当东方破晓，一份"纠正行业不正之风百分考核表"制作出来了，此项活动全市系统一开展，队伍里的歪风邪气有效遏止，群众竖起了大拇指："工商部门纠风工作动真格了。"衡阳市工商局连续五年被省工商局评为"廉政建设先进单位"。

催风化雨，硕果压枝。到 1998 年底，全市工商系统 50% 以上的家庭成了"双文明户"，5 个县级局和 68 个工商（市管）所进入双文明单位行列，涌现个体文明经营户 4021 户，创建文明市场 74 个，江东综合批发市场连续五届荣获"全国文明市场"称号，捧回省"诚信市场"光荣牌。

回首过去，工商局的领导和同志们感到骄傲和自豪。展望未来，他们更是充满信心。衡阳工商，红盾方队，一支威武之师，正在中共衡阳市工商局党委的领导下，阔步征程，向着明天，向着辉煌的 21 世纪迈进！

（刊发于 1999 年 1 月《文学天地》杂志"报告文学专号"）

奏响生命的乐章

生命对于人只有一次。人的一生应当这样度过：当
他回忆往事的时候，他不会因虚度年华而悔恨，也不会
因碌碌无为而羞愧。

——奥斯特洛夫斯基

1996 年 2 月 22 日，对于已经走过 57 岁生命之旅的王祖元同志来说，这是一个永远值得纪念的日子，这一天，衡阳市工商局党委终于批复了他的请求：辞去江东工商分局局长职务，让年轻有为的同志挑起这副重担。

早在两年以前，他就口头或书面向市工商局党委提出过，自己年事已高，精力逐步衰退，而基层单位的一把手又直接担负着一线管理的任务，应该急流勇退，让年轻的同志脱颖而出，挑起重任，自己作为一名永不休闲的共产党员，当好参谋，为党为人民做些力所能及的事情，献出自己的一份余热。但领导总是做他的工作，"你身体尚好，同志们又拥戴你，应该再干几年。"而今，夙愿终于得以实现，他怎能不感到由衷的欣慰！

走出局长办公室，回首每一件熟悉的办公用品和自己批阅过

的叠叠文件，透过窗口遥望繁华的闹市和林立的大厦，王祖元百感交集，思绪万千，他想起了自己苦难的童年，艰难曲折的求学之路；想起了自己多舛的命运，戎马倥偬的军旅生涯；想起了不惑之年跨入工商行政管理的神圣之门，在商品经济、市场经济的大潮中那些火热的奋斗岁月，一幕幕在他的脑海中翻滚着，过去的日子仿佛就在眼前……

求学之路

1938 年 8 月 8 日，一个月朗星稀的夜晚，随着一声婴儿尖利的啼哭，王祖元降生在祁东县蒋家桥区新陂江乡羊头湾村偏僻山下一个贫苦农民的家庭，父亲靠做长工打短工养家糊口，母亲是童养媳，饱受封建社会剥削制度的欺凌之苦。幼小的王祖元，小小年纪就跟着父亲放牛、打柴、寻猪草，从小接受了劳动的锻炼，饱尝了生活的艰难。随着年岁的增长，王祖元到了上学的年龄，深受文化不多之苦的父亲，决心家里再穷也要让孩子上学念书，以图来日支撑门户。在王祖元 7 岁那年，父亲将他送进了村里一所比较富裕的私塾，读了两年幼学，随后进洋学堂，在离家一里路远的新陂江小学走读。那些年家境愈加贫寒，父亲因劳累过度，加之不堪封建地主和流氓地痞的敲诈勒索，身患眼疾，开刀医治无效，以致双目失明。王祖元 8 岁那年，他的哥哥、弟弟和他同时出麻疹，哥哥、弟弟相继去世，王祖元幸免于难。母亲是个典型的中国妇女，忍辱负重，田里的耕作，家务的劳累，都是她一肩挑，还要照顾双目失明的丈夫，生小孩的前一天都在田里干活。但终因劳累交加，身患风湿、偏头痛、高血压等多种疾病，落得半身瘫痪。在这样一种艰难困苦的家境中，年少的王祖元，更加勤奋好学，学习成绩一直在班上名列前茅，并担任了班长职务。土地改革时期，又被同学们推选担任少年儿童团团长。那时候，他积极参加土地改革运动，带领同学们宣传党的方针政策，为革命事业做些力所能及的事情，深受大家的拥护和爱戴，从小培养了自己的组织能力和活动能力。

1950年底，王祖元小学毕业，停学一年，在家从事田间劳作。但向往知识，勤修学业的志向一直在他心中深埋。13岁那年，王祖元偶尔看到一份衡阳市道南中学的招生广告，他立即召集5名同乡同学，打点简单的行装，赤脚上路，步行100多公里，赶进衡阳投考。一路上，他们带的微薄的钱粮不能轻易乱花乱用，靠摘野果子填肚充饥。到了衡阳，落伙铺睡通铺，吃一毛钱一个的晚餐和8分钱一个的早餐。考完成绩公布，5人中就王祖元一个分数上线，被新民中学（现衡阳县六中）录取。但因他身上只带2元钱，学校规定要交齐一半的学费方可入学。情急之下，王祖元给校长写了一封信，陈述了家境的贫寒，请求校方给予照顾。校长非常热情，迅即给他回了信，说学校对困难的学生可以照顾，嘱咐王祖元到学校去找他，最后还写上了"此致、敬礼"的落款。于是，王祖元鼓足勇气，到学校总务处报到，总务却不答应，找校长出面打招呼，总务也僵持不办。无奈之下，校长只好要他在衡阳找个人出面担保。王祖元突然想起，启程时父亲曾跟自己交代过，有一个叫王凯的同氏家族的人在市里做泥炉子，如果遇到紧急情况可以去找他，王祖元顿时又增添了信心。然而，偌大一个衡阳市，茫茫人海，到哪里去寻一个自己根本就不相识的叫王凯的人呢？他只有一条街道一条街道去找，挨家挨户地问。可整整在衡阳市转了一天，直到晚上10点多钟还没有找到王凯的影子。他只好在衡阳火车西站候车室找了个暂时栖息的地方，准备回家另想办法。可是到达半夜时分，候车室关门，王祖元被驱逐出来。踟蹰在车站前面的大坪，丝丝凉意袭上心头，他愈加感到了人生的艰难。但是，王祖元没有气馁，他想：越是艰难的人生越能磨炼出坚强的意志，凡成大事业者无不走过一段艰难曲折的历程。何不趁此机会，再找一找，或许成功就在这最后一线希望之中。于是，他又迈开步子向肖家山方向走去，来到肖家山的一条斜坡上，突然发现一位50多岁的老人正在做泥巴炉子，王祖元赶紧跑上前去，一打听，此人正是王凯。王祖元欣喜若狂，当即说明了自己的来意。王凯非常热情，把王祖元带回家中，为他写下了一份担保书，盖上自己的印章。王祖元拿着这张担保书，如同拿到了皇上的圣旨，连夜赶回学校，敲开总务处的门报了到，终于成了新民中学的一名正式学生。

自被新民中学录取以后，王祖元开始了进驻衡阳市长达6年的学习生涯。首先在新民中学就读3年，而后以优异的成绩考入衡阳第三师范学校。在这长达6年之久的学习时间里，他前后只回家4次。学习、生活环境的变化，王祖元如虎添翼，在知识的海洋里，他尽情遨游，学习成绩年年优异，期期评得品学兼优甲等助学金，除了可以满足学习开支外，还略有节余。在学习上，他往高标准看齐，从不落人之后；在生活上，他处处低标准要求自己，吃的是学校里最低的伙食，穿的是打土豪劣绅分得的旧衣服。补丁套补丁，一件分得的呢子大衣，整整穿了6年，连鞋子也舍不得买一双，自己打草鞋暖脚过冬。他积极参加学校组织的勤工俭学活动，时刻不忘劳动人民的本色，与基层群众打成一片，拜工人、农民为师，去农村扫盲办夜校，不断地陶冶自己的情操，在实践中掌握更多的真实本领。劳动中积极肯干，脏活累活争着上，黄茶岭开荒，水口山挖池塘，修湘江大桥挑砖运土，钢铁机械厂做工，所有这些地方都洒下了他辛勤的汗水，留下他艰苦劳动的足迹，从而养成了他吃苦耐劳的品行，也为以后走上工作岗位，为社会主义事业建功立业打下了坚实的基础。

1957年7月，王祖元师范毕业，结束了自己的求学之路，被分配在祁东县步云桥小学任教。那儿条件艰苦，学生交不起学费、入学率一直不高。王祖元在教学之余，带领同学们搞勤工俭学，保证了当地学龄儿童全部按时入学。工作不到3个月，他就被推选为"模范工作者"，受到了县教育局的表彰。随即调往全县的示范学校城关完小任教，担任毕业班的班主任，兼教初中一年级语文、数学。在短短的教学生涯中，王祖元立足三尺讲台，为党的教育事业洒下了一腔热血，在自己人生的履历表上，留下了为人师表这辉煌的一页。

军旅生涯

人生是一部博大精深的大书，有跌宕起伏的故事情节，亦有浪漫跳跃的恢宏乐章。正当王祖元欲把青春献给教书育人这一神圣职业，在三尺讲台大显身手之时，一个新的契机却改变了他的人生道路。

那是1958年底，空军部队在衡阳地区选招飞行员，选招对象除要求政审体检合格外，还必须具备高中以上文化。衡阳地区分配了10个名额。20世纪50年代末，要说思想素质好、身强体壮的年轻人，倒也不少。但具备高中以上文化的，就为数不多了。这样，王祖元就被组织上看中，列入了招飞范围。过五关斩六将，通过十几个项目的政审和体检，王祖元跃入10人之列。开往福建前线进一步挑选，却因身体素质上一个小小的细节问题被刷了下来。然而，毕竟是一棵好苗子，总参三部把他留下，安排在福州前线一个特殊技侦部队，进行无线电情报侦探。在这个神秘的战斗岗位，王祖元一干就是 20 余年。军营生活的锤炼，特殊环境的造就，这位乡村教师出身的农民的儿子，意志变得更加刚强，思想观念不断纯洁和升华，政治上也逐步走上成熟，多次被评为"学习毛主席著作积极分子""五好战士"，并受到福州空军司令部的通令嘉奖。1961 年 7 月，入伍两年多的他，光荣地加入了中国共产党，随即提干，先后担任文化教员，团部参谋，修理所所长、技术股长。无论是从事何种工作，担任什么职务，王祖元都做到干一行，爱一行，拼出成绩，创造辉煌。他担任文化教员，一年时间，就帮助 60 多名来自工农第一线的新战士摆脱文盲，成为有文化的新人。他担任团部参谋，负责全团装备管理，无一差错。他担任无线电设备修理所所长、技术股长，关心团结同志，工作精益求精，事事率先垂范，一马当先。由于操作无线电是一门技术性很强的工作，王祖元所领导的部门，都是人才荟萃之地，成员文化结构高，70 多名干部战士，具有大学以上学历的达 90% 以上，北京、清华等名牌大学的研究生都有好几个。王祖元认真落实党的知识分子政策，政治上加强培养，思想上着重疏导，生活上体贴关心，调动了全体官兵的工作积极性。王祖元长年战斗在海防前线，不仅要与敌人做殊死的斗争，也常遭台风的袭击，为保护战地器材，他不顾个人安危挺身而出，负过伤，至今留下三等甲级伤残。

1978 年 8 月，原在新疆军区总医院工作的王祖元的爱人陈富卿调来福州空军医院工作。陈富卿与王祖元系同乡学友，夫妻情深谊笃。为了照顾他们夫妻，组织上把王祖元也调到了医院工作，担任院外科系统教导员，从此离开了他心爱的无线电侦探岗位。奔赴新的战斗岗位，王祖元继续保持了侦探工作的严谨作风，密切联系群众，做好深入细致的思想政治工作。到医院第一年，他所在科室就被评为先进科室。随即，他被调任院务处副处长、处长，荣升团党委常委。围绕团党委提出的"把空军医院建成全空军系统一流医院"的奋斗目标，王祖元配合院领导抓业务管理，不断提高医务人员素质，对不正之风敢抓敢管。院里分来一位女实习生，系军区某高干的"千金小姐"。该同志来医院后，作风散漫，生活腐败，与一位军人的身份很不相配。而碍于其父亲的面子，许多院领导都绕着她走，任其在医院胡作非为。生性耿直的王祖元却对此毫不客气，当面对其提出严肃批评。对方自恃有过硬的后台，对王祖元的批评丝毫不放在眼里，并当面顶撞，大有闹翻全院之嚣张气焰。为此，王祖元提请院党委对其作出警告处分。这时，有的同志劝他说："老王，上级正在考虑提拔你任副团长，这件事情你还是忍一忍为好。"王祖元却态度极为坚定地说道："我宁愿不当副团长，也不能让这种人得势。"在他的一再坚持下，这位无法无天的"千金小姐"终于受到了应有的处分。然而，王祖元也为此付出了代价：副团长泡汤了。王祖元却一点也不惋惜，因为，通过对这位女同志的处理，医院作风得到全面整顿，劳动纪律进一步加强，在全空军组织的考核评比中，取得了综合评比 97 分、名列全空第一名的辉煌业绩。

光阴荏苒，日月如梭，弹指一挥间，王祖元在火热的军营度过了 27 个春秋。27 年，在漫漫的历史长河中只不过是短暂的一瞬，而对于王祖元来说，不能不算是一段漫长的岁月，人生有几个 27 年啊！在这 27 年里，他由血气方刚的小伙子成长为沉稳老练的中年人，一头乌黑的青发挂上了缕缕白丝，光滑温润的肌肤也刻上深深的皱纹，他的青春，他的辉煌岁月，都献给了军营，献给了高山秃岭，献给了蓝天白云，献给了病人患者。他后悔了吗？没有！因为，是军营让他从不谙世事的小伙子变成了刚强不阿的血性汉子，是荒山秃岭、蓝天白云让他成了党的坚强战士，是病人患者让他懂得了人间温情的珍贵。扪心自问，27年，于党于军于民，无愧无悔！为此，他的脸上露出了欣慰的笑容。

奉献工商

1984年金色的10月，随着一声长鸣的汽笛，年已46岁的王祖元脱下草绿色的军装，转业回到了阔别27年的故乡——衡阳。踏上家乡这方魂牵梦绕的热土，一股温馨亲切之感油然而生。按照组织上的安排，王祖元跨入了工商行政管理的神圣之门，市工商局安排他在江东综合集贸市场管理所工作。奔赴新的工作岗位，环境变了，任务变了，但他坚信一条，为人民服务的根本宗旨没有变，只要自己牢记这个宗旨，就没有干不好的事情。

上班第一天，他就给自己立下誓言：甘当小学生，开创新局面。当时，江东市场开业不久，一切都要从头开始。所里分工让他负责场外管理和卫生工作，一向拿"军人以服从为天职"的"军规"严格要求自己的王祖元，愉快地接受了这一艰巨的任务。他虚心拜"老工商"为师，通读了《市场管理》《个体私营经济管理》等业务书籍，不到两个月的时间，就很快进入了新的工作角色。围绕"创文明集市"这一总的目标，他狠抓市场设施配套建设和舆论宣传。狠抓了《食品卫生法》的贯彻落实，强化了"三不落地四不带"训练，宰、运输、销售三不落地；不带血，不带毛，不带污物，不带病毒。把住了进物关、检疫关、处理关。为了搞好场内清洁卫生，年近半百的他，无论严寒酷暑，都和年轻的同志一道，等经营者收摊散场后，清扫冲洗，每天干到深夜十一二点钟，有时干到凌晨3点多。刚到地方的一年多，爱人尚在北京解放军总医院学习，王祖元带着两个孩子，住在一间"夏似蒸笼，冬如冷库"的工棚里，既当爹又当娘，里里外外一把手，但他从未因此迟到早退，从未因此影响过工作。在王祖元和同志们的共同努力下，江东集贸市场先后被评为"全国贯彻食品卫生法先进单位""全国文明集贸市场"。

正因为王祖元的勤奋工作和突出政绩，1986年2月，衡阳市工商局党委给他委以江东工商分局局长重任。地位高了，权力大了，而王祖元感觉到肩上的担子更沉了。江东分局原班子不团结、干部职工人心涣散，工作一直上不去，王祖元受命于危难之时，走马上任，他从思想教育入手，抓班子，抓人头，抓制度建设，重点推出了人事制度改革和机关规范化建设，实行"能者上，庸者下"的用人新机制，采取能人组合聘任制，增强了全员责任感。对好人好事，他热情表扬鼓励；对落后者不排挤，不歧视，伸出热情之手，给予帮助。有位年轻干部，有能力，有水平，但因过去利用票据作弊受到过处理，在局里抬不起头，意志消沉，破罐子破摔，得过且过。在组阁中又被排挤在外，其爱人见他木不成器，也闹着与他分手，一个好端端的家庭濒临毁灭。王祖元了解这一情况后，先后8次与他促膝谈心，动之以情，晓之以理，既指出他过去所犯错误的严重性，分析过去所犯错误的原因，又特别表扬他自身的优点和特长，鼓励他改过自新，发挥优势，重新做人。同时，做好一位股室负责人的工作，将他聘任进去，并深入他的家庭，耐心细致地说服他的爱人，使他们夫妻破镜重圆。这位同志深深地感受到了领导对自己的关心和爱护，感受到了组织上的温暖。从此以后，精神面貌焕然一新，工作有声有色，受到了领导和同志们的一致赞扬。对于歪风邪气，王祖元敢抓敢管，严惩不贷。初来乍到，他听说少数干部职工聚众赌博，便带领几名副局长明察暗访，连续12个晚上跟踪追击，终于在一个关上了铁门的废旧仓库里找到了4个赌博人员，以此进一步深挖，又查出了8名参赌人员。王祖元提请支部研究通过，分别对赌博人员作出了严肃处理。正气得到了弘扬，歪风邪气得到制止，机关作风迅速走上正轨。在此基础上，王祖元又在全市率先推行"两公开一监督"办事制度，搞好机关规范化建设，在社会上产生了强烈反响，其经验在省内外得到推介。

机关涌现出欣欣向荣的景象，王祖无似乎可以守着现有的摊子，维持现状，过点舒服的日子了。然而，一个执着干事业的人，一个对党对人民有着强烈的责任感和使命感的党员干部，追求之舟永远没有停泊的港湾。他的思维之翼又在向着更深更高层次的天地展翅翱翔。那些日子，王祖元走遍了江东区的每一条大街小巷、走访了江东区的每处摊担门店，与1300多名个体经营者进行了有目的性的交谈，记下了30多页的观测和谈话笔记。为了摸清江东火车站一天的客流量，他伫立在火车站的大门口，一个一个地数，从早上5点一直守候到深夜11点。两个多月艰难的酝酿和孕育，一个宏伟的构想终于在他心中诞生了：充分利用江东区位优势，大力发展个体私营经济，以五路为基础，以火车站为中心，建设大市场，搞活大流通，工商前期参与，多家投资兴建，把东区建成全国首家个体商贸批发城。王祖元随即向区委、区政府呈报了具体实施方案，得到了区里领导的大力支持，促成区委、区政府召开了多年不曾有过的千人动员大会。在这个大会上，王祖元作为一名部门负责人发言，"东区地处雁城门户，交通便利，人口流动量大。这些区位优势的发挥，必将给东区经济带来辉煌灿烂的前景。建设个体商贸批发城是发挥这些优势最有效的途径。个体商贸城建成之日，就是东区经济腾飞之时。"王祖元不是演讲家，然而，他那洪亮的嗓音，精辟的论述，独到的见解，却震撼了每个与会者的心灵，调动了每一个与会人员的情绪。随之一个多家建市场的熊熊烈焰迅速燃遍江东这方滚烫的热土，参建的部门有党政机关、工厂、宾馆、个体户、外商老板；投资的方式有国家出资、群众集资、中外合资、外商独资。每一处市场的兴建，都倾注了王祖元满腔的热情，洒下了他辛勤的汗水。汽车东站附近有块40多亩的空地叫蔡家塘，人称"臭水塘"。王祖元深邃的目光却透过表面看到了它蕴藏的黄金效应，他极力举荐在这块未曾开发的黄金地带建一家大型集贸市场。但一直未能得到有关部门的批复，这块整体黄金地带却白白地被11个单位"瓜分"了。王祖元却仍然不甘就此罢休，在区人大会议上，他利用自己区人大代表的特殊身份，写了一份代表议案，经小组讨论通过，这份议案引起了区委书记阳新丽同志的高度重视，当即批复予以采纳。王祖元紧锣密鼓，奔走于11个单位和诸多部门之间，拿规划，搞设计，筹资金，上劳力，光协调会就开了120余次，最短时间为半天，最长时间的达3天之久。投资形式采用股份制，股东单位由松散型变成紧密型，不到一个月就招商引资1800万元。经过艰苦卓绝的奋斗，这个投资上亿元、建筑面积达8万平方米的湘南第一家大型集贸市场，仅用9个月时间便竣工开业，这在衡阳的建筑史上是个伟大的创举。原湖南省省长、现国内贸易部部长陈邦柱同志亲临该市场考察，给予了高度的评价。

为了防止空壳市场，使建起来的市场繁荣活跃，王祖元为区

262

委政府当好参谋，运用职能调控，大力发展加工业，在飞机坪干休所生猪调运站创办了加工业基地，利用居民小区一些倒闭的街道企业、私人住宅办起工业小区；推出了"金箩扁担构思"，发挥高架桥（扁担）的交通地理优势，利用万吨冷库和闲置的停车场，"放下屠刀立地成佛"，办起"四厂两场"，即果蔬批发市场、三得利粮油副食市场、纸箱厂、易拉罐厂、制药厂、饲料厂，用自己的产品充实市场。同时，围绕"搞活管好"四字做文章，实行优惠政策，"筑巢引鸟栖"，先后引进外来个体户 1000 多户。几度春秋，几番耕耘，江东个体商贸城已经初具规模，城市功能的辐射作用已经形成。全区共兴建各级各类市场 16 处 25 万平方米，随之新近发展个体私营经济 5000 多户。到 1995 年底，东区市场建筑总面积已达 30 万平方米，个体私营经济总户数已达 11000 户。市场建设也加快了江东旧城的改造。如今的江东岸，高楼大厦鳞次栉比，大小市场星罗棋布，各路商贾纷纷云集，车来人往，热闹非凡，异常繁荣。衡州大市场、衡阳商业城、金壁商业城、三得利批发市场、东城批发市场、太平洋精品商业城、湘江小百货批发市场、雁东大市场等大型集贸市场，仿佛镶嵌在东江岸边一颗颗璀璨的明珠，各具特色，交相辉映。每天来此经商做生意调拨货物的涉及全国各个省市及港、台、澳地区达 10 多万人次，每天光水果吞吐量就多达 50 多辆卡车，雁东大厦"鞋的天地"一个铺面每天鞋的销售量就达 2 大卡车。漫步江东，就像置身一个五彩缤纷的世界，那琳琅满目的商品，五光十色的霓虹灯光，悠扬动听的音乐，来往穿梭的人流，南北交汇的口音，无不让人陶醉！江东，腾飞了！

掀开历史的尘封，回首峥嵘的岁月，王祖元感情的瀚海随着世事的变迁一起一伏。回到现实，他又出奇的平静，虽然对这一切有着深深的眷恋和怀念，可毕竟都属于过去。"长江后浪推前浪，世上新人赶旧人。"这是不容抗拒的自然规律，更应该是身居领导岗位的老同志所应有的胸襟和情怀。王祖元坦然地向市工商局党委递交了辞呈，愉快地进行了新老交替，但是，作为一名受党教育培养几十年的忠诚战士，他没有忘记党旗下的誓言："为共产主义事业奋斗终身！""老夫明知夕阳短，跃马扬鞭自奋蹄。"朝着那闪烁的目标，王祖元又走向了茫茫人海，走向了那新的风景线……

（1996年7月刊发于衡阳市文联编《改革精英》丛书）

高擎民族的希望

时间定格在 1996 年 9 月 10 日，美丽的雁城迎来了新一轮冉冉升起的太阳。地处市中心先锋路的衡阳市职工大学，这天特别惹人注目。

校园内外打扮得就像一位美丽的少女，身着节日的盛装，门口彩旗招展，鼓乐齐鸣。在节奏感很强的乐曲声中，全国总工会领导为该校成为"全国工会系统示范性试点学校"正式授牌。尽管市职工大学已连续 3 年被省总工会评为职工教育先进单位、省教委成人高校评估验收第一名和市直机关"先进党组织"等光荣称号……但这一次省内唯一殊荣的获得，无疑标志着市职工大学进入了一个崭新的发展阶段。

此时此刻，校长邹学琼和他真诚的搭档罗玉成、陈书茂、黄明星、袁佩华、黄飞黄等校领导，面对喜庆的人群和金光闪闪的牌匾，他们的眼睛湿润了：是的，来之不易啊，那艰难的历程，那拼搏的日日夜夜……

在希望与失望的决斗中，如果你用勇气与坚决的双手紧握着，胜利必属于希望。

——普里尼

历史赋予强者的机会，往往在于多事之秋。

时代的车轮奔腾于20世纪90年代第4个年头，市场经济的浪潮汹涌澎湃，已经在计划经济体制下运转了14年的市职工大学，面临社会办学风起云涌、市场竞争异常激烈、生源急剧下降的严峻形势。正是在此决定学校命运的紧急关头，中共衡阳市委对市职大的领导班子进行了全面调整，年富力强的邹学琼同志被提拔到校长岗位。新班子平均年龄41岁，所有成员都具备大专以上学历，一个充满生机和活力的战斗阵容。

在新班子上任的第一次会议上，校长邹学琼提出："市场经济优胜劣汰，残酷无情，学校要走出困境，只有顺应时代潮流，走改革振兴之路。"紧接着大家进行了热烈的讨论，当东方破晓曙光洒向大地的时候，一份书写市职工大学未来历史的改革方案形成了。围绕这个方案，新一届领导率领全校师生，以大合唱的力度奏响了改革管理三部曲。

改革管理模式，提高工作效率。推行"党政一把手总揽，副职管线，以线分块，以块包干，协调配合，指标量化，责任到人，奖罚分明"的管理模式；秉着精简、高效的原则，将部分科室合署办公，管理人员岗位轮换，杜绝人浮于事的弊端；试行教师上课、行政人员上岗资格认定，条件公开，平等竞争，择优上岗，合理组合，优化队伍结构。

引进竞争机制，推行目标管理。实行"定岗、定人、定责、定奖罚"的"四定"岗位责任制，将年度、月份目标任务层层分解，落实到人，绩效挂钩，奖罚兑现。坚持"效率优先，兼顾公平"原则，改革分配制度，按照岗位责任、贡献大小，调整岗位和课时津贴标准，增加浮动比例，适当拉开档次，营造负重奋进、奋勇争先的局面。

适应市场需求，拓宽办学渠道。制定了"稳步发展学历教育，以大专为龙头带动中专和各种短期岗位培训"的战略措施，紧紧依靠广大教职员工，狠抓主要环节，超额完成大专招生计划；设立成人中等专业，扩大办学功能；改革专业设置，新辟应用专业；把短期培训摆到重要位置，最大限度地服务于社会。改革是生产力，借助它强大的推动力，沉寂多年的市职工大学顿时充满了旺盛的生机和蓬勃的活力。校培训中心工作曾一度停滞不前，校党委将年轻的共产党员姚志刚破格提拔到主任岗位。姚志刚大刀阔斧改革招生办法，变等米下锅为找米下锅，抢抓机遇，创办了成人高考复习班、会计证培训班、电脑初级培训班，并改革教学方法，提高教学质量，扩大学校影响。1995年以来，学校招生人数逐年大幅度递增，报考录取率连年名列全省职工大学第一，招生总数在全省同类学校中独占鳌头；申办设置成人中专部获得成功，实现了多层次、多渠道办学的目标；全国工会系统高等教育中南、西南工作会议在该校隆重召开，全面推介了衡阳市职大的办学经验。

以邹学琼为首的新一届校领导班子，驾驭改革的帆船，搏击市场的大海，为市职工大学摘取了鲜艳的花环，迎来了希望的太阳。

> 只有继续不断地前进，才可以使英名永垂不朽，一旦罢手，就会像一套久遭搁置的生锈的铠甲，留作世人揶揄的资料。
>
> ——莎士比亚

市场经济风云变幻莫测，顽强不息的奋斗者只有树立强烈的忧患意识，把自己始终置身于一种危机四伏的氛围中，奋发图强，才能不断开辟新的道路。

市职工大学的领导者们就是这样一批怀有忧患意识的开路先锋。当改革给学校注入了新的活力，当鲜花向学校频频拥来的时候，他们没有兀自陶醉，而是在用沉思与力量酿造不败的风景，描绘更壮美的画卷。

那是一个寒冬周末的夜晚，午夜的钟声已经敲响，白日喧腾的城市渐渐归于沉寂，而市职工大学一间教室的窗口仍然放射出闪烁的光芒。一青年教师正伏案笔耕。寒风吹打着窗纸发出"哗哗"的声响，只见他不时搓搓手，跺跺脚，吐吐热气，眼睛紧盯着教案本，全神贯注地思考着。邹校长走上前去，拍拍他的后脑勺："怎么，周末晚上还开夜车？"青年教师回头一看是校长，不好意思摸摸自己的脑袋说："现在实行教师凭证上岗，我们青年教师不好好钻研业务不行啊！"邹校长感动了，是啊，民族的希望在教育，教育的希望在教师，看到眼前这位奋发向上的青年教师，他仿佛已经看到了市职工大学更加灿烂的明天！

"杜小勇老师从广州调回来了！"这个消息像长了翅膀，一下子飞遍了市职工大学的每一个角落。人们争先恐后地来到校门口，欢迎这位优秀教学人才的归来。此时，学校几位主要领导心情更是异常激动。是的，人才兴，事业兴，对于教学人才，应该不拘一格，求之若渴，杜小勇毕业于西北电力学院，原在市职工大学工作，在1991年被调往惠州工作。近两年市职大不断发展壮大，急需电脑教学人才，杜小勇在回乡探亲中，目睹市职大的繁荣景象，也有心"吃回头草"，但担心让人说风凉话，不敢贸然提出。校领导得到信息后，力排众议，硬是将这位优秀教学人才召回了故土。面对欢迎的人群，杜小勇激动得热泪盈眶，他紧紧握住校领导的手，激动地吟读了两句肺腑之言："呕心沥血育桃李，终身报效市职大。"他不负众望，踏上故地，很快成为电脑教学中的骨干，并被推选担任校计算机中心主任。

这是一间40平方米的中型教室，墙壁的正中高悬着庄严的国徽，"公正廉明，执法如山"八个宋体大字张贴在国徽的两边，显得格外醒目。国徽下，办公桌前坐着6名威严的"法官"，旁边坐着两名严谨的律师，一名"罪犯"被押解在台前，台下坐着30多名旁听人员。审判开始了，首先由公诉人员提起公诉，接着由审判员和审判长进行审讯问话，再由辩护律师进行辩护。审判官的机敏犀利，各个击破；犯罪分子的奸诈狡赖，垂死挣扎；律师的谨慎严密，据法力辩，不时引起场内阵阵唏嘘和啧啧称叹……这不是法庭在审理一起刑事犯罪案件吗？不！它是在市职工大学法律专业班为实施教学改革，提高学生实践能力而举行的"模拟法庭"教学。走出"法庭"，同学们深有感触地说："这样学中用、用中学的灵活教学形式，不仅激发了我们的学习兴趣，而且增强了我们的应用能力，实在是好。"

这里摄取的3个特写镜头，只不过是采撷了市职大抓教学质量的几朵闪烁的浪花。又岂止这些，市职大推出《关于加强学校教学管理工作的规定》等12项规章制度；开展评先评优、演讲、征文、书画展览、评选校园十佳歌手、校田径运动会等丰富多彩的校园活动；添置了电脑、电视等现代化教学设备。这些都为提高教学质量、培养实用型人才奠定了坚实的基础。是啊，严格的教学管理，雄厚的师资力量，精湛的教学艺术，完善的教学设备，为市职大插上了腾飞的翅膀。

自1995年以来，该校历年统考成绩均在全省同类学校中名列前茅。学历班合格率均在98%以上，会计、电脑等短期培训获证率均在95%以上。

一批批学子从衡阳市职工大学走出，一批批英才在祖国大地崛起。他们，就像芬芳的桃李，辉映着市职大这棵参天大树；他们，就像璀璨的星辰，装点着市职大这片湛蓝的天空。

闭心自慎，终不失过兮；秉德无私，参天地兮。

——屈原

无论春风轻拂，还是朔风阵阵，北归南回的大雁展翅在万里长空，飞在最前面的总是领头雁。它身先士卒，一往无前。

无论春寒料峭，还是烈日炎炎，游移涌动的牛群散落在广袤的田野，辛勤耕耘的总是孺子牛。它吃的是青草，挤出来的是甘美的乳汁。

市职工大学腾飞了，腾飞的前夜蓄积着耕耘的汗水和心血，自然离不开它的领头雁和孺子牛——邹学琼和他的搭档们。

这是一个坚强的领导集体。讲政治、讲团结、讲大局、讲奉献，是这个领导集体每个成员最基本的要求。他们恪尽职守，工作不分分内分外，权力不争你大我小，地位不争你高我低，大家一门心思工作，精诚团结干事业。

艰苦创业，勤俭持家，是这个领导班子最突出的特色。为腾出办学场地，几名校领导长年累月挤在一间办公室，中午不回家，就在会议室里躺一下。学校一辆旧车用了十几年，市总工会几次提出要他们更新换代，但他们总认为目前学校要集中财力办大事，一次次拒绝了，领导们坚持长期骑自行车上下班。

谈起班子成员的情况，邹学琼津津乐道，如数家珍。"我们的这帮子人谁都比我强。副校长罗玉成是湖南师大的高才生，曾与现任衡阳市市长陈安众同时评为该校'十大青年标兵'，他在中文系担任过副主任，堪称'教育专家'。党委副书记陈书茂组织活动能力强，工作认真负责，我不如他。他们都有一股子吃苦耐劳的精神。有天晚上学校停电，临时买来发电机，他们两个人一个在农村时搞过生产队的发电机，一个在工厂工作时当过电工，两人一合计，一人装机子，一人架线，一身油污一身泥，当晚就把电搞起来了。纪委书记黄明星，年过半百，工作经验比我强。他的爱人疾病缠身，生活起居需要他照料，但他从未因此影响过工作。党委副书记袁佩华是位女同志，家庭负担重，但她与男同胞一样，工作不分昼夜，经常加班加点。她不会骑自行车，走路上班，从未迟到过。副校长黄飞黄是新提拔上来的，他不负众望，吃苦耐劳，工作没日没夜地干，节假日、星期天，什么都赔进去了。能与这样一批好同志干事业，我开心、称心、顺心。"

邹学琼对班子成员一一作了介绍，唯独没有谈到自己。他自己不说，但同志们心里有数。副书记陈书茂说："没有这样一位好班长，我们不会这样卖力干。"同志们说得好，"这些年学校取得的成绩，哪一点不倾注着他的心血和汗水。"

是的，邹学琼是一位勤政务实的好校长。他家在长沙，夫妻分居两地，他完全有理由申请调往省城工作。但他留恋教书育人的事业，留恋这方沸腾的热土，一直过着酷似"苦行僧"的单身生活，以校为家，不计个人得失，默默耕耘着、奉献着。中午、晚上，星期六、星期天，他不是在办公室里埋头工作，就是在与教师们促膝谈心，研究教改方案；不是在校园里凝神苦思，就是在师生中亲切交谈。

邹学琼更是一位廉洁奉公的好党员、好干部。他主管学校财务工作，从未乱批乱报一分钱，常年加班加点从未多拿一分钱补助，每天跟学生们一起排队打食堂饭吃，食堂的大师傅要给他开点小灶，也被他婉言谢绝。上级主管部门分配学校一个去新马泰参观考察的指标，指名要邹学琼去。但他考虑出国一次要花费学校万把块钱，硬是"违背"了一次组织的意图，把指标让给了其他单位。他从不私用公车，一次借公车下乡回老家，也主动交了100元汽油费。

邹学琼关心教师，爱护学生，不是亲人，胜过亲人。每年春节，他都登门给教师拜年。教职员工和学生患病，他提上礼品登门慰问。高级教师胡永年，子女在外地工作，个人生活不便，他发动组织"青年互助组"，专门照顾；副教授姚甲群爱人工作问题没解决，他四处奔波，将其安排在学校食堂工作。平常，哪位学生有个头疼脑热，他都要嘱咐食堂做上一份可口的饭菜，亲自送到学生的床边。同学们感激地说："邹校长不仅是我们的恩师，更是我们的亲友。"

榜样的力量是无穷的。市职工大学正因为有这样一批"领头雁""孺子牛"，那腾飞的风景才如此灿烂，那深情的土地才如此娇娆。

（刊发于1997年第10期《衡阳工作》杂志）

铁汉情怀

　　吉普车在蜿蜒曲折的乡村公路上行驶一个多小时，衡南县茅市这座古老的集镇终于映入我的眼帘。走下汽车，我们来到一个牛群涌集的市场，一位身高1米7左右的中年男子健步向我们走来。同行的县工商局副局长谭纯健介绍："他就是茅市工商所所长周文运同志。"握住他布满粗茧的双手，看着他朴实憨厚的神态，起初我还不敢将他与工商执法的领班人联系起来。然而，随着我对他人生旅程的寻觅、感情世界的熟悉，周文运的形象在我心中逐渐变得伟岸和刚强，我的心底油然生出对这位经济卫士由衷的敬意。

挫折和艰难，对于有的人来说，是前进路上的陷阱；而对于他，却是一副奋起的催化剂

　　1942年如火的7月，周文运降生在一个贫苦农民的家庭。在飘扬的五星红旗下，他念完初中，愉快地奔赴农业第一线。1966年初，农村组建社教工作队，周文运成为其中的一员。两年多的社教，他与农民同吃同住同劳动，挑大粪，挖塘泥，所有重活脏活抢着干。因此被吸收为国家职工，安排在茅市税务所工作。

　　1970年底，工商行政管理机构宣告成立，茅市镇分别在税务、粮食、供销3个部门抽调一人组建茅市工商所，周文运从此

273

跨入了工商行政管理神圣的大门，成为一名光荣的工商战士，至今已在工商部门整整奋斗了 23 个春秋。

茅市，位于衡南县西南 50 公里处，星星点点的农家民房散居在一片片紫色岩沙凝成的荒山秃岭之间。茅市工商所，坐落在茅市镇内，担负着全区 3 乡两镇经济监督管理的重任。就是在这块贫瘠的土地，就是在这样一个偏僻的岗位，周文运怀着对党和人民的赤诚忠心，扎根山区，艰苦创业。无论酷暑炎热，还是冰封地冻，茅市区的每一个山山岭岭，都留下了他深深的足迹；茅市区的每一个集贸市场，都活跃着他忙碌的身影。

人们怎么也不会忘记，建所伊始，工商部门地位低，福利待遇差，周文运和三四个人挤住在一间低矮的房间办公住宿。一方面违心地应付上头的指示，上街割资本主义尾巴；一方面却要受到良心的驱使，保住农民的"油盐钱"，暗中背了多少黑锅。后来，县粮食局、税务局等热门单位，多次出面调他进机关工作。但周文运始终恪守这样一条信念：优裕的条件固然能促进一个人的成长，但艰苦的环境更能磨炼人的意志。他毅然谢绝领导的好意，立志扎根山区，干出一番业绩。

1981 年，组织上经过全面考察，任命周文运为茅市工商所所长，并批准他光荣地加入了中国共产党。周文运的干劲更足，对党的事业愈加忠诚。然而，就在任命不久，他带领本所干部办理一起投机倒把案件，在办案过程中，下属被案犯激怒，不慎将其打伤。出于对同志的爱护，周文运把责任全部揽到自己头上。因此为光彩的人生付出了一份昂贵的代价：撤销所长职务，留党察看。面对党纪的处分，周文运彻夜难眠，思绪万千，他也曾感到迷惘和委屈，自己一片诚心为党办事，为何落得这般下场？但是，醒悟以后却是更多的懊悔，是啊，党和人民培养自己 10 多年、作为一名执法干部，包庇部下打人，岂不有愧于党，有愧于人民吗？他写出了深刻的检查和保证，决心用自己的血汗重新描绘新的人生。组织上出于对干部的爱护，安排周文运继续在茅市工商所工作。当时，有人好心地劝他换个环境。周文运却认为：自己在哪个地方跌倒，就应该在哪个地方站起来，是太阳，即使暂时被黑子遮住一丝光辉，但绝对挡不住那永恒的万丈光芒；是党的儿女，暂时的迷途也绝对改变不了自己人生的方向。

虽然不当所长了，他却时刻以所长的标准严格要求自己，为发展山区经济奔波忙碌。茅市镇九龙村原是一个贫困村，村里没有一家像样的企业。周文运自告奋勇，到这个村办企业联系点，跑广州，走川江，为该村牵线搭桥，筹集资金，三伏一身汗，三九一身泥，终于使该村办起了雁南冶炼厂等3家企业，为全村200多名剩余劳力找到了出路，全村人均收入增加700多元。

离茅市镇7公里远的柞市市场，曾一度管理混乱，交易萧条。周文运和另一名干部一道，住到市场附近的农民家里，开展市场整顿，积极组织贩运队伍，发展个体户，扩产促销。两个月后，市场秩序井然，货源充足，交易繁荣，成交额成倍上升。

辛勤的耕耘终于赢得了党和人民对周文运人生价值的重新认识，两年后，他再度被县委组织部任命为所长。时值1984年，改革开放的春风正劲吹神州大地，周文运二度出山，又逢华年盛世，他豪情满怀，如虎添翼，当即书得一副对联贴于墙上，以表宏图大志，"文明执法再展宏图，运转鸿钧重放光彩。"茅市工商所，一场新的飞跃就从这里开始了。

人，只要把你的身心融入大众的利益，一切贪欲和凶恶，在你眼里就都变得那么渺小

那些年，周文运上有年过七旬的老母，下有两个正在上学的孩子，妻子是农村户口，家里有6亩多的责任田。周文运却一心扑在所里，家务的重担全部搁到妻子的肩上。农忙时节，也常常是晚上赶回去帮两个小时的忙，白天赶回所里上班。一场春插"双抢"下来，他那坚实的身躯几乎瘦成了一条线。望着渐渐陷下去的眼眶，同志们都心疼地劝他休几天假。周文运却不以为然地说道："作为一所之长，我怎能丢下工作去干家务呢？"

有一次，他带领同志们正在整顿木材市场，家里突然捎来母亲患病的口讯。周文运心如刀绞，恨不得立刻插上翅膀，飞到母亲的身边。人心都是肉长的，母亲生下两个女儿一个儿子，父亲早年病逝，为了养育他们姊妹3个，她历尽千辛万苦。作为独子的周文运，而今母亲患病，他怎能不心急火燎！就是给母亲去端杯水，送碗饭，老人家也会心满意足的。可是，眼下经营木材的不法商贩十分猖獗，他们无证砍伐和经营，逃避税费，不仅给国家森林资源造成极大损失，而且严重扰乱了市场秩序，坑害了国家利益。工商部门派人查处，还扬言："谁来坏我们的事，就让他白刀子进，红刀子出。"在这个关键时刻，周文运强忍心中的焦虑，明知山有虎，偏向虎山行。通过宣传政策法规，大多数木材商补办了许可证和营业执照，上缴了税收和管理费。可有一歹徒却抽出柴刀，对准周文运威胁道："姓周的，识相点，否则……"他扬了扬手中的柴刀，"就让你吃这个。"说实话，初次遇到这种场面，周文运心里也不踏实，但是，对歹徒的软弱和忍让，就是对法律的玷污和亵渎，共产党人不畏险，越是艰险越向

276

前，他一个箭步冲上前去，解开衣襟，指指自己的胸口，厉声说道："有种的冲我这里来，你这号角色，我见得多了。"歹徒被这突如其来的情形吓呆了。周文运和同志们趁势夺下他手中的柴刀，将其扭送到派出所。拘留 10 天后，迫使其接受了工商法规的处罚。

木材市场整顿完毕，周文运匆匆赶回家里。妻子已经为母亲请了医生熬了药，望着妻子疲倦的眼神、母亲憔悴的面容，周文运愧疚不已："我对不起你们。"妻子淡淡地笑了笑，说："只要你工作有起色，我吃点苦也心甘情愿，母亲也会原谅你的。"是的，妻子总是这样，默默地挑起家务的重担，而周文运，则更加潜心于自己的工作了。

随着改革开放的不断深化，工商部门担负监督管理的任务愈加繁重。少数不法商贩，坑害消费者的花招也不断翻新，对抗管理的手段更加毒辣。但周文运痴心不改一个执法者的凛然正气，敢抓敢管，给违法违章者以狠狠打击。

去年 6 月份的一天，他带领同志们深入代泉亭村查处无证牛贩，回到家里，已经是晚上 9 点多钟了。一天的奔波忙碌，周文运累得筋疲力尽，洗个澡就躺到床上。这时，群众前来举报，三塘镇无证个体户周某等人，在洪堰乡收购生猪，秤准星上面耍手脚，坑害养猪户。周文运立即从床上爬起来，叫醒同志们驱车前往。当他们赶到洪堰乡时，不法猪贩迅速驾车冲过他们的视线。怎么办？周文运一声令下："追！"工商所的吉普车紧追不法商的小四轮在凹凸不平的乡村公路上疾驰，车至三塘区京山乡路段时，小四轮突然停住，从车上跳下 6 条大汉，待吉普车一停下，他们一拥而上，行凶殴打工商执法人员。为了保护同志们的安全，周文运沉着冷静，安排一人前往派出所报案，自己跳下车来，挺身而出，与歹徒辩驳。6 歹徒不由分说，蜂拥而上围攻周文运，致使其两根肋骨折断。但周文运紧紧抓住一凶手不放，待公安干警赶来，才被同志们送往医院。在住院的 30 多个日日夜夜里，周文运人在医院心在所。同志们来探望他，他总是问道："柞市市场秩序怎样？""冒牌电视机的案子查处结果如何？""企业申报的商标注册办理了没有？"大家都给了满意的答复。领导和同志们都劝他："周所长，你就安心养伤吧，所里的工作有我们。"是啊，自己手下的这十几个同志，已经变得老练成熟，完全能够信任，还有什么不可放心的呢？只是，自己奋斗二十几年的岗位，突然离开，怎不魂牵梦绕啊！

周文运认真学习了邓小平同志南行讲话，一直在思考这样一个问题，如何让市场管理适应市场经济的发展。他自拟了一个方案，决定首先在自己分管的牛市推行"三整一改"举措，以进一步培育和管理好这个市场。因为这次受伤，实施方案的计划被搁置下来。住院后的第 18 天，周文运再也待不下去了，未经医生许可，拄着拐杖回到了所里。回所后，他立即组织推行"三整一改"的行动方案，即"整顿贩运队伍，整顿经纪人员，整顿开票人员，改进收费办法"。在实行方案最初的一些日子里，他不顾伤情还未痊愈，每天早出晚归，辛勤劳动。这可急坏了老母亲和他的妻子。那天，饭菜热了三遍又冷了三遍，可一直不见周文运回家吃饭的身影。70 多岁的老母亲终于忍不住了，她在饭盒底下藏了三个荷包蛋，一拐一拐地朝市场送去。看到老母亲蹒跚的身影，周文运鼻头一酸，我年过半百的人了，为何还要老母亲来操心呢？他急步迎上前来，"哄"着母亲说："娘，您的儿子当所长，还没有人请吃饭？何劳您老送。"

娘是被"哄"住了，可是，周文运啊周文运，你何曾吃过人家的饭啊！他始终以党纪严格约束自己，一身正气，两袖清风，请吃不到，送礼不受，3 年来拒礼 35 人次，金额 17000 余元。1990 年，在组织的关怀下，周文运的妻子解决了"农转非"问题，作为一个在工商部门工作了 20 多年的工商所所长，安排自己的妻子在本单位担任市管员、炊事员，完全在情理之中，但是，他却几次谢绝了组织和同志们的好意，妻子至今仍在一个效益较差的企业做临时工。难怪同志们都说："周所长时刻都在考虑工作，就是很少考虑他自己的事情。"

他像严父，喷吐火样情
他更像慈母，播撒三春晖

正因为长期的秉公执法，率先垂范，周文运在所里树立了很高的威信，平常，他从不轻易表态，一旦出口，说一不二，坚决执行，谁违反了所里的规章制度，都按章处罚。

干部小王休假两天，仅仅因为没有在第二天晚上，而是在第三天的早上八点钟以前赶回所里，被周文运狠"刮"了一顿，直至泪流满面，写出深刻检查才算罢休。

这些年来，有人以为，工商部门有钱，腰杆子硬，花销可以气派些。周文运却始终要求同志们从点滴做起，节约开支，把有限的资金投入市场建设。所里订出"人走灯熄"的制度后，开始个别年轻的同志粗心大意，难以做到，周文运严罚不误，去年上半年，这类罚款有 50 多元。

周文运的威信高，不仅在工商部门内部，而且在当地都产生了广泛的影响。镇里的街痞流氓，见到周文运，闻风丧胆，落荒而逃。青年人街头争执，其他人上前劝说，道理讲了几皮箩都无济于事。周文运三言两语，拍拍年轻人的后脑勺："我说都不听了吗？"争执双方则立即开溜。居民、村民之间发生民事纠纷，他们不去找政府领导，不去找派出所、居委会，而乐意找周所长。

周文运的威信那么高，对同志要求那么严，大家会乐意跟他共事吗？所里的同志们说，他们为有这样好的领导而骄傲、自豪。周文运耿直坦率，对人对己要求严格，但从不将同志的过错记恨在心，刚才批评了你，过一会他同样会安排你的工作，或利用业余时间与你甩扑克、开玩笑。

周文运像一位严父，有时候却像一位慈母，用他三春的光辉温暖你的心房。同志们下乡回家太晚，他一个一个地把人请到家里，亲自下厨，做出可口的饭菜。去年一年，所里在他家里就餐的不下 200 人次。职工周克战曾因爱情问题感到苦恼，不太安心在山区工作。周文运发动全家人为他牵线搭桥，为他找到了一位称心的伴侣。目前，所里 6 位年轻人，其中已成婚的 3 位，都是周文运当的红娘。

职工小罗工作失误，对内，周文运对他提出严厉的批评，使其诚恳地认识了自己的错误；对外，出面为其作检讨，揽担子。小罗感到了领导对自己诚挚的关心，从此刻苦学习，工作一丝不苟，再未出现过任何差错。

茅市工商所聘用了 10 名市管员，他们的户口在农村，工作和正式干部职工一样出力，待遇却相差一大截，图的是什么呢？周文运却为他们考虑到了，图的是政治上的进步。最近几年，他多次提名支部大会讨论，派出 7 名市管员进县委党校学习，其中4 名加入了党组织。

收获永远垂青辛勤的耕耘者。茅市工商所，在周文运和同志们的努力下，终于以其光辉的业绩跻身先进行列，已连续 6 年在全县工商系统的目标管理竞赛评比中，名列前两名，经济工作名列第一名。周文运本人也多次获得省、市、县"先进工作者""优秀党员"等光荣称号。

离开茅市，我们在朝阳下与周文运挥手告别，回首他那坚挺的身躯，默念他不畏挫折、坦率无私、刚强耿直、威武不屈的优秀品格，我的心底再次发出深沉的呼唤：敬礼，铮铮铁汉！

（刊发于 1993 年 3 月《报春花》杂志）

深山擒凶记

——衡阳县"3·6"杀人纵火案侦破纪实

一、子夜山村冲天火，惊醒邻舍梦中人

春寒料峭，子夜时分，天幕就像一个庞大的铁锅笼罩大地，漆黑的山村愈加显得阴森冷寂。居住在衡阳县江柏堰乡松柏村三星场组的村民们，此刻都进入了温馨的梦乡。

突然，"吱吱轰轰"的响声将女村民屈满莲从梦中惊醒。她仔细一听，此声音仿佛是房屋倒塌时断椽残片掉落于地的声音。她睁眼朝外望了望，不禁吓了一跳：啊，相隔20多米远的屈仕杰家里大火熊熊，把漆黑的山村照得一片通红。她连忙推醒丈夫祝自强："快、快，屈仕杰家里起火了。"听到妻子的叫喊，祝自强猛地爬起来，提个水桶直朝外冲，并大声呼叫："救火啊，救火啊，屈仕杰家里起火啦。"这高声的叫喊划过茫茫夜空，在山村上空回响，传到了全组村民的耳里。人们从床上爬起来，有的挑着水桶，有的拿着脸盆，直往屈仕杰家里跑去。经过半个多小时的扑打，燃烧的大火渐渐熄灭。这时，村民们突然发现，熊熊大火之中却不见屈仕杰夫妇二人，屋里也无一丝动静。

房门是虚掩着的，祝自强飞起一脚踢开北头第四间屋门，大声骂道："屈老头，你个杂种是不是睡死了，房子着火了还不醒

来。"跨进屋，他直朝床边走去，掀开被子，顿时，眼前的景象让他惊呆了：只见屈仕杰的老婆汪瑞吉满脸刀痕，遍身血污，躺卧床上。紧跟其后的村民们一片惊呼，随即向北头第一间屋子走去，眼前的惨状更使他们不忍目睹：断椽残片之中，屈仕杰的尸体仰卧屋中，手脚烧为灰烬，仅剩头、胸、腹部及四肢根部一点，屋里一片狼藉。

屈仕杰、汪瑞吉，一对善良朴实的老年夫妻，竟遭歹徒惨杀并焚尸灭迹，是谁狗胆包天？是谁丧尽天良？凶手在哪里？

二、紧锣密鼓查线索，精兵强将速出征

衡阳县公安局是荣获"全国优秀公安局"称号的先进集体。局长凌生顺，在公安战线摸爬滚打了28个春秋，破恶案，英勇善战；端疑案，足智多谋；办难案，意志刚强。接到"3·6"杀人焚尸案的报告后，他立即打电话向市公安局刑侦支队作了案情汇报，随即组织12名具有丰富刑侦经验的干警，火速赶赴发案现场。市公安局接到汇报后，常务副局长张朝维立即率干警吴启余、屈孝久等同时向现场进发，两股力量刚好在中途汇合。他们到达现场后，迅速成立了由局长凌生顺、副局长周孝彪、刑侦大队大队长邹盛刚为领导的"3·6"专案组。技术员陈军、法医樊仁贵及市局刑侦支队吴启余、屈孝久等同志负责现场勘查和尸检；副大队长何清平率干警负责调查访问。分工之后，两小组紧锣密鼓地展开了紧张的工作。

这是一个群山环抱的小山村，屈仕杰家的房屋坐落在村里的最高位置，一排4间房子，右侧两间已被烧毁，变成一片废墟，唯有几根木桩还在冒着青烟。屈仕杰尸体焦化，头部颅骨有

两处刀痕。汪瑞吉尸体头部有 8 处伤痕，左手有一处伤痕，床边有一把 18.5 厘米长的菜刀，上面沾满血迹。死者器官内无烟尘，作案过程为先杀人后焚尸。房屋南门紧闭，北门虚掩。夫妇俩一个 65 岁，一个 64 岁，生前为人谦和，没跟别人吵过嘴；夫妻关系和睦，感情融洽，作风正派，无不正当两性关系；汪瑞吉手上曾戴有一只玉镯，价值 1200 元左右，已丢失；屋里一辆旧单车不见，群众反映，3 月 6 日凌晨 2 点左右，听到有人推车往江柏堰方向行走的声音。公安干警沿车痕寻找，在江柏堰街上发现一辆带血的单车，正是屈仕杰家里的。在调查死者案发前一天的活动情况时，邻居们反映，当天有一名身穿黄军装、身高 1.7 米左右的男青年，帮屈仕杰在责任田里挑土补田埂，他一直干到天黑，无反常现象。

3 月 6 日下午 5 点，深入一线指挥的市公安局副局长张朝维，组织侦破人员召开了第一次案情分析会。在详细听取了有关现场勘查及调查走访情况的汇报后，他指出：第一，根据死者的夫妻关系、品行、财物丢失及房门虚掩等情况分析，此案可排除自杀、情杀，系抢劫杀人纵火犯罪；第二，白天穿黄衣帮工挑泥的青年，天黑时还在屈家，案发后去向不明，此人系犯罪嫌疑人。会上确定了下步的工作重点：围绕附近平时表现不好且有过偷盗习惯的人展开调查，并以穿黄衣的年轻人作为重中之重。

三、星夜寻访知情者，杀人恶魔露原形

夜幕开始降临，白日热闹了一天的小山村复归于宁静。干警们顾不上工作了一天的劳累，走村串户，连夜展开了全面深入的调查。死者的儿子屈双元反映，平常有一个叫汪中青的年轻人经

常在他父亲家里来往，该人表现不好，有过偷盗行为。其父曾答应帮他做媒，白天帮他父亲挑泥的很可能就是他。一丝线索就是一个突破口。副局长周孝彪立即率干警赶赴汪中青所在的国庆乡白象村怀里堂组调查。据汪家反映，早两天汪与其母亲吵架离家出走，去向不明。此话出于汪中青的家人之口，作为公安干警，当然不能完全相信，在未拿到确凿证据之前，怀疑本来就是侦破人员的天性。果然，有人悄悄地告诉公安干警：3 月 6 日看到汪中青从汤学福家里出来，你们去问问她吧。公安干警立即赶往腊树村汤学福老人家里。汤学福本来就是一个纯朴善良的老人，加之公安干警热情和蔼，更使汤老人感到了公安干警的可亲可敬。当听说要了解汪中青的情况时，汤老人像竹筒倒豆子，和盘托出了汪中青的活动情况。那是 3 月 6 日凌晨 3 点左右，汪中青敲开她的家门，说是要找地方休息一下。汤问他："你从哪里来？"汪说："从本组的屈得宝家里来。"他当时把身上一件军罩衣脱下丢在街檐下，身穿一件棉毛衫和一条长裤走进屋，进屋后在井边打水洗手，手指用棉花包扎着，手上留有血迹。汤老人问他："你手上为何有血？"汪答道："刚从屈得宝家里出来时跌了一跤。"并自言自语地说道："还不知道身上有血没有。"洗手后，他说要在街檐下睡一会儿。汤老人怀疑他会偷自家的东西，便干脆留他在自家沙发上睡了 3 个多小时。6 号清早，汪中青坐上汤老人儿子伍仁良的车去了衡阳。谢过老人，公安干警正要出门的时候，她又紧追到门口，小心谨慎地对干警说："对了，我还忘记了一个重要情况，汪中青随身带有一枚真手榴弹，据说是他做黄货生意的时候弄到的，你们可要小心啦。"这一新情况，使公安干警加深了对汪中青的嫌疑；汤学福老人等群众对公安干警的信任和支持，使他们更坚定了侦破此案的信心。

为了确切弄清汪中青的行踪，周孝彪等抓住战机，守护集兵路口，以堵住伍仁良的车，查询汪中青的下落。晚上9点多钟，终于堵住了伍仁良，得知汪中青在集兵邵湾下车去了他姑妈家里。周局长迅速赶往乡政府敲开户籍干警的房门，在户籍册上查到汪中青姑妈家住在通天乡石狮村。周孝彪率干警连夜赶赴石狮，在村支书的带领下，找到了汪中青姑妈家。这是位70多岁的老婆婆，一听公安干警查询汪中青的下落，她矢口否认汪到过她家，说："我侄儿从来没有来过，今年春节都未来给我拜年。"干警喊她起来，她躺在床上不肯动。公安干警并未就此放弃，他们一边留下村支书继续做老婆婆的思想工作，讲清利害关系，一边到其邻居家里调查。睡梦中被叫醒的邻居，开始也吞吞吐吐，不愿吐露真情。经过公安干警耐心开导，他站起来说道："你们是为人民除害，我还有什么顾虑呢？今天上午11点多钟，我看到过一个青年人到过她家，好像是她侄儿，后门进后门出，进去时穿的是黄军装，出来时穿件蓝衣。"掌握了这一情况，公安干警再次审问老婆婆。这时她不得不承认，汪中青今天上午确实到过她家，向她借车费，她把身上仅有的20元钱给了他。公安干警随后在她家里搜查，在屋角的一个水桶里搜出了那件带血的黄军衣。自此，汪中青作案嫌疑上升。

3月7日凌晨4点，在一家简朴的农家小院，凌生顺、周孝彪、邹盛刚召集"3·6"专案组成员开会。根据汪中青身上没有车费，逃脱时间不长的情况，凌生顺果断部署了"兵分四路，布下天罗地网，围追堵截汪中青"的行动方案：一路由市公安局于支队长、宋副支队长率干警在衡阳市区开展工作，守住火车站、汽车站，防止汪中青外逃；二路由集兵派出所所长唐高构率干警驻守集兵，设卡于里坳；三路由刑侦大队副大队长何清平与渣江派出所所长范盛民率干警在汪中青姐姐家附近驻守，设卡于石头桥；四路由大队长邹盛刚与界牌派出所所长段正文率干警驻守汪中青家中，设卡于国庆路口。部署完毕，东方破晓，英勇的公安干警们立即赶赴各自的岗位。

四、崇山峻岭布罗网，围追堵截擒元凶

巍巍南岳，茫茫群山，峰峦叠嶂，连绵起伏。就在这崇山峻岭之中，衡阳县公安局的干警们，顶风冒雨，昼夜巡逻监守。

3月7日晚上，驻守在界牌镇的刑侦大队长邹盛刚对干警们说："我们不仅要守株待兔，还要主动出击。"他与界牌派出所邓所长一道，带领干警连夜驱车20多里，赶赴汪中青的舅舅宋海明家里，搜寻汪中青的下落。警车睁大双眼，小心翼翼地在蜿蜒曲折的"之"字形山路上行驶。夜幕笼盖，暴雨倾盆。车行半山腰，路滑坡陡，警车怎么也冲不上去。是掉头还是往前走？邹大队长和干警们只有一个心愿：活捉汪中青，千难万险也要上。他们跳下车来，连推带拉，整整推了40多分钟，才到达山顶。他们赶到宋海明家里，已是第二天凌晨2点多钟。敲开宋家的门，却不见汪中青的踪影。然而，干警们谁也没有气馁。干公安这一行，扑空的事会常常遇到，为了侦破一个疑难大案，三番五次地奔波又岂止这一次？此时同志们又冷又饿，大家却顾不上取取暖，充充饥，又连夜赶回，继续查询过路行人。

凶手一天没有抓到，干警们的心弦就一刻也不能放松。县公安局局长凌生顺、副局长周孝彪一直和同志们一道，昼夜监守、调查。看到干警们这种不怕苦和累的工作作风，群众深受感动，纷纷向他们提供有价值的线索。3月9日上午，有人议论说：

"听说汪中青还没逃走，今天还在汪老板的药铺里借钱。"此话很快传到了凌局长的耳里，他马上与周局长一道，亲自赶往衡阳县界牌镇水家桥居委会汪老板的药铺调查。开始，汪老板不承认汪中青到过他的店里。凌局长对他进行法治教育，促使汪老板承认：昨天晚上 10 点多钟，他唱完卡拉 OK 回来，看到汪中青睡在他的床上。当时他问汪中青："听说你杀了人，是不是?"汪中青连连摆手。第二天早上 7 点多钟，汪老板从别人家起床回来，汪中青已经溜走了。一打听，他已经租摩托车去了他姨父家。凌生顺、周孝彪随即率干警奔赴汪中青姨父家里，汪却又逃进了深山密林。

汪中青像幽灵一样时隐时现，给干警们留下了一个非常重要的线索：凶手还滞留在界牌、南岳一带。凌生顺果断作出决定：将警力全部投入南岳、界牌两地，连夜搜查，翌日 6 点以前将汪中青捉拿归案。

当晚 11 时许，驻守在界牌镇皂基村的干警接到举报，汪中青已经潜伏到赤铺组村民肖××家。周副局长迅速召集干警，就活捉汪中青作了周密部署。为了不惊动罪犯，警车行至离肖家 1 公里处，全体下车步行。到达肖家屋前，干警们迅速按分工将房屋团团包围。12 点 34 分，干警邹德贤、何成、彭锋踢开前门冲进屋去，4 支强烈的手电光同时照射到汪中青睡的床上。听到响声，汪中青神经质地伸手去取放在床边的手榴弹。说时迟，那时快，何成飞奔上去，以旋风般的动作将汪反手扣压在床上，"咔嚓"，锃亮的铐子锁住了那双罪恶的手，同时从他身上搜出了一只玉镯。

衡阳县公安局审讯室，国徽高悬，"坦白从宽，抗拒从严"8 个大字，似一排警钟，铮铮长鸣。面对法律的神威，面对我公安干警威严的神情，汪中青，这个杀人刽子手，彻底供认了自己的罪行。

去年下半年，受本组一劳改释放犯的影响，汪中青开始从事黄货、玉器生意。他知道汪瑞吉有一只玉镯，几次哄骗，都未能得手。3月5日，他假意帮屈家挑泥，想趁机将玉镯骗过来，但汪瑞吉还是不肯给他。吃了晚饭，汪瑞吉首先上床休息，汪中青与屈仕杰躺在一张床上看电视。不久，屈仕杰也睡了。汪中青想起自己向汪瑞吉要玉镯总是得不到手，屈仕杰为自己说媒又没成功，脑海里顿生杀人夺镯的罪恶念头。凌晨1点左右，汪中青到厨房拿了菜刀，走到屈仕杰身旁，朝其头部一阵乱砍。确信屈死了以后，他又来到汪瑞吉睡的房子，将汪瑞吉杀害。然后，汪中青取下她手上的玉镯，推出屋里一辆单车，在房里点上火后便骑车往村外逃窜。他原想逃往广州，但终究难逃法网！

衡阳县公安局的干警发扬连续作战的拼搏精神，短短4天时间，破获特大杀人纵火案，无愧于"全国优秀公安局"的光荣称号！

（刊发于1995年第4期《法制时代》杂志，1996年第1期《湖南消防》杂志）

第六辑 社会大观

办证，老百姓难以越过的坎

"计划经济票多，市场经济证多"，这似乎成为中国经济社会运行的怪圈。回首 20 年前，诸如粮票、布票、肉票、糖票之类印着些小花的纸片儿，几乎充斥于每个国人的生活。而如今，翻开你的书桌，打开你的抽屉，谁又不能拿出好些个红黄蓝绿壳壳的本本来。票的流行折射出时代物质的匮乏、经济的落后，证的泛滥则在一定程度上反映出困扰在老百姓心头的切肤之痛。

一、人生与"证"共舞

放眼观世态，大凡人的一生，几乎与"证"共舞，生生不息，源远流长。

当你呱呱坠地、降临人世，父母亲就得忙不迭地给你办理"人世"的第一证：出生证。随着年龄的增长，怀揣的证件也就渐渐增多。在这些证件中，有的是你身份的象征，比如学生证、居民身份证、工作证、会员证等；有的则是你学识水平、执业资格的凭证，比如毕业证、会计证、职称职级证、外语考试等级证之类。相对而言，这些"证"的获得，我们大多是抱着积极的心态去主动应对。

但是，我们更多的普通老百姓，走上社会，迈步人生，立身处世，居家过日子，面对要办的证件则远远不止这些。假如你要从事个体经营，走自我创业之路，那么，你就得到工商部门办理营业执照，到税务部门办理税务登记证，到卫生防疫部门办理卫生许可证。如果从事的是特种行业，事先还得到相关部门办理经营许可证、执业资格证，比如药品经营许可证、娱乐行业经营许可证、易燃易爆物品经营许可证、建筑施工经营许可证及相关资质证明等。如果是从事汽车运营，还得办好牌照、驾驶证、运营资格证。甚至还要搭上法制培训证、健康检查证等，因为相关部门都是协调好的，你不办齐这些证，就办不到那个证。

假如你是外出务工，你就必须到劳动部门办好外出务工证，到计生部门办好计划生育证，到当地公安部门办好暂住证，连同居民身份证，"四证"缺一不可。

假如你成家立业，就得办理结婚证，就得购置房产，办理房产证和土地证，而这两证的收费，少则两三千，多则五六千。接着就是生孩子，即使结婚生子天经地义，即使终生只要一个，也必须到乡镇或街道办理准生证，并办上计划生育培训证和生育健康检查卡，拿不到这两证，也就别想拿到准生证，拿不到准生证，也就别想生孩子。

假如你想成就一番大的事业，开个什么大点的公司，搞一个什么大点的项目，还得上市、跑省，甚至进京，跑计划、国土、建设、规划、建工、工商、税务、劳动、环保、水利、卫生、技监等多得不能再多的部门，办多得不能再多的证。

林林总总，大大小小，一个老百姓从呱呱坠地到走向坟墓，这一辈子要办的证件大概不下30个，最多的恐怕逾百个，真的是多乎哉不多也！

293

二、不堪承受之重

古老的东方文明造就了淳朴厚道的东方子民，遵守法纪向来是中国百姓的传统美德。对于政策法令规定办理的证件，老百姓一般都会遵照办理。即使对于有些可以三合一、二合一的证件，尽管心里不太情愿，但不能改变现实还是委曲求全地接受现实。然而，就是在这种逆来顺受的心态支配下，老百姓在办证的过程中，却要承受太多的不堪承受之重。

巧立名目、搭车收费，即沉疴之一。办个结婚证，区区两张纸，国家规定最多收取几块钱的工本费，可有的办证机关，就变着法儿收钱，规定到他们指定的场所拍摄结婚照，到他们指定的医疗点作婚前检查，如果你执意不做检查，费用照收不误，再加上工本费、联网费，这就接近 200 元了。办个准生证，国家规定不准收取任何费用，有的地方美其名曰不收费，却指令你到他们的服务站作生育检查（哪怕从未生育过），办张卡就收费几十元；再办个计划生育培训证，尽管你根本就没接受过任何培训，充其量只是领了本相关的资料，收费却是 50—80 元。再加个服务费、工本费什么的，这一下又是 200 多元。对于没有正式单位的居民，还要收取 1000 元所谓的计划生育保证金，规定凡育龄妇女每个季度做一次检查，只要一次不到，这押金就变成罚款了。还有的部门办理证照，指定到自己的服务中心复印个表格，过塑个证件，刻上颗公章，收费竟是外边同行业的 10 倍以上。最后还要强令订上一份其主管部门的报纸杂志，或购买一本售价上百元的法规书籍。还有保险，与其办证的业务根本就不搭界儿，可办保险的业务人员就坐在他办证的窗口，保险的金额已经打入办证的所有费用，不办保险，证就拿不到。诸如此类巧立名目、搭车收费，简直不胜枚举。

办事拖拉、作风冷漠，更是老百姓办证的心口冷痛。"门难进、脸难看、事难办"的衙门作风，整治了多少年，但积习难改的仍大有人在。老百姓大老远地跑来，小心谨慎地、笑容满面地跟你打招呼，咨询个情况，热情而又周到地予以答复，本是国家公职人员应尽的职责，也是人与人之间交往最基本的礼仪。可有些当官做老爷的主儿，拉着一张半阴半阳的脸，爱理不理，好像口里生血疮，吐不出半个字。你这里急着办证，他那里今天办事人员没来；明天没有了发票，不能收费；后天主管局长不在家，没有人签字；再就是手续不全，怎么个补法，又不给你说清楚；时间一晃，快5点钟了，又是今天已经晚了，不办事了，明天来吧。这么一折腾，就让你翻来覆去、三番五次地跑。

敝人不才，托祖宗宏福，有幸供职"上层建筑"。可有些个亲戚朋友，多为"谈笑'无'鸿儒，往来'尽'白丁"的主儿，八竿子与官府衙门不搭界，遇上个办证之类的事情，往往找上我这个"关系"和"门子"。身在机关工作，大大小小的执法者也认识几个，客套的背后很难肯定绝对的真诚，但感觉大多还是给些面子，不求什么特殊照顾，只求快捷便利即可。然大跌眼镜的是，办一个××证，竟整整跑了6趟（但愿对方是偏不认你什么领导机关、什么熟人朋友而真诚厚待老百姓的逆反心理所致）。原以为这般经历除了老百姓或是我等"凤尾"可以遇上，没承想日前参加本市纪委举办的座谈会，一主要负责人亦大谈起类似的苦经，心头也就多几分释然。走在回归的路上，想想"公仆"们办事尚且如此折腾，那些普通老百姓办成个事情又该是何等的艰难！

三、"地下办证"折射的腐败

现实就是这般的矛盾与残酷,一边是证的泛滥,让老百姓应接不暇,一边却又是办证的艰难,让老百姓叫苦不迭,这算不算当今社会一大顽症与痼疾?可就是在这顽疾的背后,却寄生了专事办证的一族,以致让有的人因"证"活得滋润。

日前,笔者从双园街行至古汉大道,区区200余米,"办证"加个手机号码之类广告却比比皆是,有的是弯弯扭扭的毛笔字直接写在墙壁上,有的则是三指宽的纸片儿贴到电杆、树干等无所不在的空白处。治理这种城市牛皮癣,城管部门可是费尽心机,可就是赶之不尽,杀之不绝。今天擦了,明天又写上,今天撕了,明天又贴上,大有"春风吹,战鼓擂,天下到底谁怕谁"的胆略与勇气。我粗粗地数了一下,在这200余米的路程,办证广告总数大概不下100处,而这100处的手机号码,雷同的又不到1/4,那么也就可以断言,我所看到的这些号码中,至少有近80人从事着办证这一行当的营生。推而广之,真成办证大军了。

据知情者透露,目前办证市场还异常活跃,觅"机"而来的主顾络绎不绝,尤以进城办证的农民居多。其中,不乏碰到专事造假者,如假文凭、假会计证、假驾照之类。那么,也就有上当受骗,破财遭殃的,也有寻"假"而来,各取所需的。但总的而言,由于科学技术的发达,检查制度的严密,假证市场已呈衰落之势,办证者则多以"掮客"与"二道贩子"的角色露面,早些年曾听说沿海一些城市成立过办证代理公司什么的,专事办证收取劳务费。而办证"掮客"与"二道贩子"的报酬,那就远远不是什么劳务费的含义了,个中黑幕令人咋舌。

有朋友提醒我说："到××队的办证大厅待上 5 分钟吧，你就会了解到更多的真实情况。"那天，我真的去了，不到 3 分钟，马上就有人贼头贼脑地凑过来："师傅，是办照还是落户？"借着与这位办证"掮客"虚与实的攀谈，再在拥挤的办证群众中了解到，通过正规渠道办一个某证的收费，大概是 400 多元，而要走的环节则相当烦琐，比如考试，要正正规规地进入考场，开考的人数、开考的时间，也都得由里边的人说了算。而且，这办证的中间还可能多出些难以言明的小插曲，这拿证的时间就不知道要拖到猴年马月了。而托给"二道贩子"办，收费虽然高到750 元，但办证的许多环节就可免了，体检就不要本人亲自到场，考试也就随时拿张卷子抄上去了事，拿证的时间最多也就在一两天之内。至于他们内部的交费，则可享受较多的优惠，体检费、保险费可以不交，找上某某头儿批个条子发个话，还可以减免一些收费。这样一来，他们办证的实际缴费也就少得多了。当然，"掮客"或"二道贩子"纯赚的几百元，也不能全部占为己有，至少得拿出 1/3，去进贡里边的主儿，毕竟还得靠他们给口饭吃。

由此，我便联想到某大人物的一句至理名言："腐败好办事。"（遗憾的是，这大亨因牵涉一重大事故而银铛入狱）笔者熟悉一男士曾在其手下谋饭吃，日前闻其惊曝黑幕：该大亨曾斥巨资兴建一个大型商贸城，竟斗胆什么手续也不报，什么证件也不办，就兴师动众，破土动工。随之，一家家执法部门相继找上门来，勒令停工，并一一递上罚款通知书。然而，此大亨竟能将这鱼贯而入的大大小小的"执法者"们一一摆平，其手段无非就是上馆子、洗桑拿、泡歌厅以及打红包之类，当然，也象征性地交些罚款。而这交罚款正对了某些执法部门的路，他们宁可少收你的规费就喜欢罚款，因为规费必须上缴财政，而这罚款可以放自己的钱柜，还可以开"白条"。结果，不到一年时间，商业城拔地而起，巍然屹立。事后，此大亨大言不惭地在其下属面前摆谱说："若是等到你们将手续一一办齐，恐怕还得拖延一两年动工。这年头啊，只要有腐败的官儿，就没有办不成的事儿。"经验之谈，高，实在是高！

然而，让我惊骇之余又喟然长叹的是，对于那些普普通通的老百姓而言，岂不让这种吊高了执法者胃口的腐败害苦了，老百姓怎么腐败，又哪来腐败的资本，对于那些欲壑难填的贪官污吏，他们怎么腐败得起呢？况且，往往最普通的老百姓，也即最具良知的公民，他们从心底唾弃那种苟且的营生。办证，岂不就成了老百姓难以越过的坎了。

四、真的就没法治了吗？

面对目前存在的老百姓办证难的不可承受之重，面对少数部门个别执法者的不作为、慢作为和乱作为，应该说，我们的党和政府一直都在下决心加以整治。

首先从中央开始，凡涉及人民群众利益的事情，始终摆在至高无上的地位，予以高度关注。特别是新的一届中央领导集体，坚持树立科学的发展观，坚持以人为本、求真务实的工作作风，给中国带来的一些深层领域的变化已令世界所瞩目。"国家尊重和保障人权"写入庄严的宪法，这是中国历史上伟大的突破；《中华人民共和国行政许可法》颁布，标志着政府管理向规范化法制化轨道阔步迈进；总书记亲临"抗非"第一线，总理帮助民工讨工资；解决五个涉及群众切身利益的热点问题成为反腐倡廉的首要任务；打击渎职侵权犯罪被列入检察机关重要职能。这一切向人民昭示：中国尊重和保障人权，维护人民利益，已经不再停留在单纯的鼓动与教化的层面，而是从制度上实现了根本性的突破，迈出了关键性的步伐。

各级地方党委政府近年来紧跟中央部署，在遏制行业不正之风、方便群众办事方面，也推出了一些实质性的举措。就以衡阳市为例，自 2001 年以来，大力推行行政审批制度改革，根据"减负、简化"的原则，全市对 1034 项行政审批事项进行严格审查，取消审批项目 536 项，在某种意义上说，也就是取消了 536 个不该办的证件，为基层群众减轻办证收费负担 3000 多万元。同时，从约束机制上进一步加大了行业不正之风的整治力度，市里建立了以政务中心、会计核算中心、投诉举报中心为主要内容的约束机制。建立政务中心，设立了 56 个服务窗口；建立会计核算中心，规范财务开支，全市近百家单位进入集中核算，通过严格财务审批，拒报不合理开支；建立投诉举报中心，方便群众投诉，"中心"开辟举报通道，向社会公开了投诉举报电话，对影响群众利益的问题做到"有报必查，有查必究"，仅 2003 年，投诉举报中心受理群众投诉 138 起，查处违纪违规人员 47 人，退还给单位、个人的违规收费和罚款 78.3 万元。

必须清醒地看到，尽管这些措施已经收到一些成效，但仍有许多值得认真完善的地方。政务服务中心的 56 个窗口，服务水准就很不平衡。工商窗口服务热情周到，透明度很高，老百姓来此办理营业执照，不仅有现成的文书范本，还有专人解答，基本上一次即可办妥，手续不齐的也就来两次吧。但有的窗口形同虚设，最多起个咨询的作用，真正办起证来，还得赶到其原单位，在某种程度上，反而增加了一个办事环节。但可以肯定的是，政务中心毕竟为方便群众而办起来了，我们国家的法制将更加健全，我们办事的规则将逐步与世界接轨，政府的管理将进一步透明和规范，人民民主的权力将进一步扩大，涉及人民群众利益的问题，其中也包括办证难的问题，一定能得到解决。此乃大势所趋，不容任何顽固势力所阻挡。

在这里，笔者不妨给某些掌管执法大权的"公仆"们提个醒儿，凡事不要出格，有吃有穿有花的，生活总比一般老百姓过得好吧，就别再打老百姓的主意了，老百姓忍耐的程度也是有限的，真正惹火了他们，从小的方面讲，随着《行政许可法》今年7月1日的全面实施，他们就会拿这个法律与你吃上官司，将你告上法庭，到时损了名誉又破财，不值。从大的方面讲，你的不作为和乱作为，严重地损害了党和政府形象，伤害了人民群众的感情，也就动摇了党的执政根基，党和人民岂会放过你，"莫伸手，伸手必被捉""人间正道是沧桑"，还是检点一些好，走依法行政、廉洁奉公之路，尽快还老百姓一个清爽畅达的办事通道。

（刊发于2004年4月12日《衡阳晚报》，人民网《强国论坛》全文编发）

后　记

2004年的一篇旧作《办证，老百姓难以越过的坎》，当年4月12日的《衡阳晚报》用整个版面发表了这篇文章，时任《衡阳日报》总编辑雷安青先生为此专门写了一篇短文《掀掉这道坎》，人民网《强国论坛》全文编发了这篇文章。得力于党中央极力推进的行政审批制度改革，更得力于党中央打虎拍蝇、政风整治的雷霆震慑，今非昔比，老百姓办事环境有了根本性的好转。

苦乐姻缘
——城乡联姻咏叹

法律从来没有限制过城乡居民通婚的权利和自由，但多少年来的现实却像一条无形的鸿沟，将中国的公民分隔为泾渭分明的两大块，使得生存在这两大领域的亚当与夏娃们很少可能遨游在同一个伊甸园里享受人间的欢愉。

20世纪60年代末70年代初，应了伟人毛泽东雄才大略的漫天回响，成千上万的知识青年从城市涌向农村，大城市姑娘邢燕子又率先跨越现实的鸿沟，与一位青年农民结为伉俪。她的事迹经过当时最有权威的新闻媒介《人民日报》《解放军报》和《红旗》杂志大肆宣传，又经全国各地报刊广为传播之后，几乎家喻户晓人人皆知。天津、河南、陕西等地知青也便不时有"冲破旧观念"的牢笼，勇敢地与农民兄弟姐妹结为秦晋之好的典型涌现，这就使得多少年来固守的平静掀开了涟漪。然而，当时代的决策者们认识到那场"空前绝后"的大迁移到了应该结束的时候，卷入其中的知识青年们，"回城、回城"便成了他们最迫切的愿望。于是，已经和农民兄弟姐妹同吃同住同劳动并建立家庭的青年人，幡然醒悟到盲目所付出的昂贵代价。心理开始倾斜、骚动，少数人只有带着无奈，带着仅有的一点依恋，抑或对于"锻炼"期间领受过关怀和照顾的感恩心理，携妻儿子女一起搬到城里居住，艰难地迎送那一个个喜怒哀乐、甜酸苦辣的日子。

还有的呢，则是走向法庭，宣布错误。甚至，抛妻弃子，一走了之。"陈世美"，这个在中国历史上被人们诅咒了几百年的无情无义者的代称，便很自然地落到了不少上山下乡知青的头上。城乡联姻，最终留下的只不过是一枚枚令人揪心愁肠的酸果子。

时间跨越到 20 世纪 80 年代初，改革的大潮席卷中华大地，双轨制经济、商品经济、市场经济，一浪紧接一浪，一浪比一浪来得更加汹涌，它猛烈地撞击着我们这个上下五千年历史的文明古国，伴随着澎湃的潮声，人们的婚恋观、择偶观也不能不渗透新的意蕴。城乡联姻，又以什么新的方式呈现在我们这个纷繁复杂的世界呢？

一、花儿向弄潮儿微笑

改革开放以来，中国农村发生了翻天覆地的变化，正朝着多元化、工业化和城市化的方向阔步迈进，无论走向哪个村庄，个体商店随处可见，私营工厂、乡镇企业蓬勃发展，一批批农民企业家、进城经商的个体户像雨后春笋，不断涌现，昔日贫困潦倒的"乡巴佬"，而今他们不少人通过自己的奋斗，彻底斩断了那个羞死人的孬尾巴，成了当今时代一族煞是壮观气派的"大款""大腕"人物。他们身穿名牌服饰，腰挎 BP 机，手拿大哥大，身坐豪华车。以前属于城里人专利的舞厅、咖啡馆、酒吧、高级宾馆，而今他们也能大摇大摆地出入，并将大把大把的钞票花在里面，甚至比大多数城里人花得更痛快更潇洒。这一切，怎不令城里那些纯情的少男少女们魂牵梦绕、苦苦追寻啊！

大老板小姐心中的偶像

晓兰姑娘原本是一家高级宾馆的服务员，有城市户口，白皙圆润的脸颊带着畅快迷人的魅力；个子虽然不高，但与婀娜苗条的身段相匹配，绝不会有损于她那窈窕靓丽的身姿。就凭这些，也够那些城里的哥们朝思暮想求之不得的。但是，她却放弃了众多的追求者，偏偏选择了他——刘金宝，一个家住农村的私营企业主。

刘金宝的确是一位很有气派的人物。20世纪70年代高中毕业，担任过生产队长，很有点"反潮流"精神，上头让他批林批孔学大寨，他却带领社员烧砖做瓦，戴过"新生资产阶级"的帽子，"文化大革命"一结束，他倒不要求上级平反，只顾抓工副业，居然使穷村脱贫致富。乡领导见他年富力强干劲足办法多，想调他去担任乡企业办主任。他婉言谢绝了，却提出承包连年亏损的五金厂，结果一炮轰响；后来，他又承包了另外几个奄奄一息的乡办企业，也都捷报频传。他用自己的智慧和汗水，换取了一笔笔巨额承包奖。声名远扬，他在当地的影响绝不亚于一个县长。

晓兰对刘金宝的大名早有所闻，第一次见面就把他当作自己心中的偶像，以致深深爱慕心驰神往。那天，他与南方一家大公司的老板在宾馆洽谈生意，那非凡的经商才能、豁达的谈吐、花钱的潇洒痛快，直让她倾慕得五体投地。几次接触之后，对刘金宝的性格和为人的品行有了进一步的了解，心灵的感应就已进入难舍难分的境界。她主动发起了攻势，向刘金宝射出了丘比特之箭。

有这样一位宾馆小姐向自己求爱，刘金宝从内心感到无比的欣慰；能够找到一位现代城镇女性作为自己终身的伴侣，也是他多年未遂的夙愿，为此他拒绝过不少农村女孩子的青睐，直至而立之年还是孤身一人。可理智不能不让他反复向晓兰说明，自己只是一个农民，一个还被某些人瞧不起的个体户，地位不相匹配。但是，晓兰姑娘丝毫也不在乎。有些知情人也曾劝过她：
"从长计议，慎重考虑，失一足成千古恨啦。"晓兰姑娘却认
定，我们的社会已经为有能力的奋斗者提供了公平的竞争机
制，无论是物质还是精神上的富有，刘金宝都有能力且已经超越
了诸多的城市青年。至于户口，那只不过是一张薄纸而已，装点
一下虚荣罢了，况且以后孩子的户口是跟母亲走的。刘金宝为晓
兰姑娘的大胆与挚诚深深感动，半年后，他们冲破重重阻力，举
行了庄严而隆重的婚礼。

莘莘学子 走向这方浪漫的世界

走进湘南某市机关的大院，人们常常可以看到一位身着豪华
西装，戴一副金边眼镜，风度翩翩的儒雅男子。他叫黄敏，系该
市政府某部门的行政干事，也是曾在当地轰动一时的"大学生配
农村个体户"新闻的主角。

那是 4 年前的一天下午，正在名牌高等学府武汉大学念书的
黄敏，乘车回老家度暑假。刚踏上火车，一声清脆的乡音飘进他
的耳朵，回头一看，是一位容貌娇美、服饰华丽但绝不妖艳的女
孩。也许是缘分的安排吧，他俩是邻座。黄敏便主动地与姑娘攀
谈，自我介绍之后，开始打听姑娘的名字。看到黄敏文雅的举止
和一介书生模样，讲的又是乡音，姑娘便毫不掩饰地介绍了自己
的情况。

她叫俞玲，高中毕业没能考上大学，经一位城里亲戚的介
绍，进城从事个体经营，此次正是从汉正街调货归来。年轻人的
心是相通的，何况异地遇同乡，话题自然说个没完。车厢内连续
10 多个小时的交谈，俞玲绘声绘色地向黄敏描述了自己从事个体
经营中的成功与欢乐，这对于一味沉醉在书海中的莘莘学子黄敏

来说，无异于进入了一个新奇而瑰丽的王国；而当黄敏向俞玲讲述自己沸腾而又丰富多彩的校园生活时，俞玲同时感受到一种全新的气息向她扑面而来。不知不觉中到了终点站，这时候他们也已经是恋恋不舍了。于是，在以后的一年多的时间里，他们成了朋友。当然，尽管此时感情的纽带已将他们两颗滚烫的心紧紧地连接在一起，但在名义上他们仍然是普通的朋友。俞玲每次去武汉调货，都无例外地要到黄敏所在的学校，漫步那长长的林荫道，分享一份校园的宁静和安详；每逢节假日，黄敏则总要匆匆回乡赶往俞玲的店铺，在那五光十色的商品世界里，领受一份商品经济浪潮的熏陶和俞玲姑娘柔情的慰藉。看到黄敏学习生活清苦，俞玲总要寄上一百、两百的；看到俞玲生活单调，黄敏总要抽空为她选购一些精美的文学作品和优雅的音乐磁带。你来我往的，他们不得不面对两人之间的感情了。作为大学生的黄敏，开始的确有些担心，误坠爱河会使人生失去应有的光泽，自己毕竟是一个受过高等教育的当代青年，婚姻大事切不可草率了之。然而一番冷峻而理智的思考之后，他认定俞玲姑娘是一位有理想、有追求、有个性的女青年，她不仅有充实的精神世界，而且有卓越的胆识和经营才能，他毅然坦诚地向姑娘表白了自己的爱慕。作为个体户的俞玲，开始一直把炙热的爱情埋藏在心灵深处，面对黄敏坦诚的表白，又自设了一层心灵的樊篱，强调自己只能成为黄敏的朋友，而不可能成为他的妻子，这倒不是般配与不般配的问题，她从来就不认为自己比别人低一等，她崇尚知识，但不崇尚大学生的虚名，你是大学生，你是干部，又怎么样，与我无干。我干个体户，我自由自在，我痛痛快快地赚钱，我潇潇洒洒地为人，只要不违法。我可以不看任何人的脸色行事。正是这种潇洒、达观、大度的气质铸造了俞玲坚强自信的个性。而今，她担心的是，世俗的偏见有朝一日可能酿成黄敏心灵的创伤，在世俗看来，她与黄敏似乎不在一条生存线上，而这将可能影响黄敏辉煌的前途。自己在商场闯了几年，对社会的复杂了解得更多些，而黄敏，则是一位纯洁无瑕、正直善良的青年学生。正因为爱他，更不能让其受到伤害。一个皎洁的夜晚，悠悠河畔那片银白的沙滩上，俞玲真诚地敞开了自己的心扉。听完俞玲的倾吐，黄敏已经泣不成声。无尽的感激，无尽的爱慕，他无以言表，只知道将俞玲紧紧地、紧紧地拥在自己的怀里。这时候的俞玲，也情不自禁地融入了一股激流之中。他们已经相亲相爱难舍难分了。

黄敏与俞玲的恋爱关系公开后，当时有许多人对黄敏难以理解，大学生配个个体户，太亏。许多人为他惋惜，为他不值，来自家庭、朋友、同学的忠告不绝于耳。但是，风吹雨打不动，他们始终深深地爱恋着。黄敏大学毕业分配在市政府工作。一年后，他们结婚了。虽然有钱，婚礼办得却没有过多的奢华，但极为庄重和典雅，邀请了一些同学和好友，举办了一场通场播放古典音乐的舞会，录像制带并附上他们深深的祝福送给了每位朋友。去年初，他们爱情的结晶诞生了。物质与精神的双重富有，小家庭充满了无比的温馨与欢乐。

商品经济浪潮的冲击，促使青年人择偶的标准发生了大的变化。我们不敢肯定，刘金宝与晓兰、黄敏与俞玲的爱情在漫长的人生旅程中是否能够经受住世事风云变幻，人间阴晴冷暖的考验。我们同时也应该看到，现实生活中，青睐农民企业家、个体户老板的城镇小伙子姑娘们，更多的并非倾慕其能力和气魄，而只是热衷于他们口袋里的钞票、如花似醉般的玩乐。这种爱情就像建立在沙漠上的宝塔，随时都有倒塌的危险。然而，无论这种类型城乡联姻的最终结局怎样，我们都有理由为这种爱情的既成事实略感欣慰。因为它都是青年农民靠自身的奋斗赢得尊严的一种标志。他们的情感没有借助任何外部力量的撮合，而完全取决于事实上在我们国家处于最底层的农民自身的奋斗赢得的城市姑娘和小伙子的爱慕。这无疑说明了我们的社会是实实在在地在缩短着城乡人民的差别，在确确切切地推动着城市居民与农村村民享受应该赋予的平等与自由的进程，也真正体现了当代农民人格、地位与尊严的升值，这无疑会使他们的爱情闪射出更加璀璨的光芒。

二、南方醉人而又苦涩的梦

我们必须正视这样一个现实，尽管改革的春风给广大农村带来蓬勃的生机，改革给农村带来的巨变已为广大城市居民所瞩目，唤起了一些城市待业青年走向农村，走向私营、乡镇企业，并有人在农村青年的心田播下爱情的种子。但是，这种情况毕竟太少了。农村巨变的同时，我们的城市正以更壮观恢宏的气势飞速发展，城市的新颖奔放，文明繁华，有着永不衰竭、万古长青的诱惑力。近年来，数以百万计的乡下男女青年，离开了生养他们的土地，怀抱热烈的追求痴心的向往，走向城里的高楼大厦、长街短巷、商亭地摊。在这大批的打工族中，十之七八是来自农村的少女。一晃几年过去，时间老人将她们引入了多情的季节。回去找对象吗？不愿意，几年的风风雨雨，他们在城里饱尝了现代文明赐予的欢愉，她们怎么也不情愿重新回到那块虽在发展，却较之城市封闭落后的土地。再说，城里的集市和商店，城里的大街小巷仍然吸引着她们。于是，生活馈赠给她们欢愉的同时，又融进了伤感和苦恼的情愫。

当然，绝大多数农村姑娘最终不得不面对现实，重回故园，或结婚后再返城，在牛郎织女般的生涯中，演绎着可歌可泣的爱情故事，也复制出一幕幕令人不可饶恕的腐化和堕落。但不乏这样的女青年，她们倔强地与命运抗争，孤注一掷，以青春红颜为赌注赋予城镇男子，企图夫贵妻荣摇身一变成为城市居民。而摆在她们面前的多半是残酷的现实。

梦粹中秋

聪颖美丽的杨静莹姑娘高中毕业以后，村里安排她担任了妇女主任，一位乡村民办教师同时向她倾吐了心中的爱慕。一个农村姑娘能有这种际遇，她应该感到心满意足了。然而，南国的风还是将她吹到了深圳这块风水宝地。打工几年，她就深深地爱上了这座美丽的城市，那种火热的开放气息让她感觉到自己与这里的一切已经难舍难分了。但她又无时不牵挂着，自己终将有一天与这里的一切挥泪告别，这就像一块沉重的铅块时时压抑着她的心灵。每当黄昏时刻，落日的余晖斜照着深圳这块喧哗的闹市，下班归来的杨静莹，常常拖着长长的斜影，独自踯躅在海滨公园的石径，望着浩瀚的大海和北方悬挂在天幕上的那遥远的星辰，心里不免兴起几丝恍惚和伤感。可是，当看到一对对打扮得时髦漂亮的男女搂腰搭背从她身边轻轻走过的时候，当看到一对对情侣悠然自在地在公园耳鬓厮磨谈情说爱的时候，伤感的心绪又平添了几分青春的骚乱。她脑海里也便常常呈现出一幕幕美妙的幻影：徜徉的少女，披着长长的黑发，身着飘逸的白裙，手挽一位风度翩翩的青年，在海滩上追逐，在树荫下亲吻，然后，双双回到高楼里他们共同布置得淡雅温馨的新房……她相信，那少女就是自己，那幻影一定会变成现实。

机会终于来了，经一位热心肠大嫂介绍，杨静莹结识了一位叫黄军的城镇男子。黄军主动提出愿与她结为百年秦晋。杨静莹欣喜若狂如痴如醉，啊，自己编织的春梦终于可以变成现实了！自己可以成为"吃商品粮的有城镇户口的新娘"了！她义无反顾地回绝了家乡那位民办教师那颗炙热的心灵呼唤，退回了他寄来的每一封滚烫的信笺，无所顾虑地接受了黄军的爱，并迅速投进他的怀抱。可是，直到婚期在即，杨静莹才得知黄军因犯流氓罪坐牢 5 年，臭名远扬，城里的姑娘是没有谁会看上这号货色的，他只有往农村姑娘身上打主意。杨静莹也曾产生过犹豫，但她已经抵不住城市生活在她心中的诱惑，她想：只要能在这座城市找到一个立足的家庭，什么也不在乎。况且，当杨静莹向黄军指出他过去的犯罪事实时，黄军指天发誓痛改前非重新做人。还有什么可以顾忌的呢，机不可失，时不再来啊。她终于不顾一切后果，心满意足地走进了那间昏昏暗暗的洞房。

谁知黄军根本不思悔改，更不以妻子的劝告为戒，结婚不到三个月，他又长期在外面与一些不三不四的人鬼混，半夜三更不归家。杨静莹醒悟了吗？没有，她想，生个孩子吧，或许能把他拖在家里的。可是，她彻底错了，黄军恶性不改，自从杨静莹生下一女孩后，他更不顾忌这个家了，他又多次将手伸向那罪恶的深渊，偷盗抢劫，嫖宿暗娼，强奸少女，就在那个美丽的中秋之夜万家团圆之际，黄军被抓走了，一个月后宣布判处有期徒刑 20 年。杨静莹如梦方醒，城镇户口没转上，又多了个孩子的拖累，孤女寡母的，生活下去该是多么的艰难。杨静莹荷着重负陷入了痛苦的深渊不能自拔。要等 20 年，多少个日日夜夜啊，这不是活受罪吗！

女孩，沉重的十字架

湘南农村来粤打工的王瑛姑娘，19 岁离开家乡一晃就是 5 年过去了。要是一直在那块黄土地上生活，也许她早就是两个孩子的妈妈。然而，她不想回去，她鄙弃那些自己还是女孩却已经当上了妈妈的姑娘，她发誓不顾一切代价要在广州安家落户，成为一个堂堂正正风风光光的城市人。机遇终于来了，一位有广州户口的普通工人看上了她。他叫张兵，28岁，方正的脸形，中等个子，按理说找个一般的城市姑娘也不困难。但是，他家祖宗三代单传，眼下计划生育一日比一日抓得紧，一对城市户口的夫妇无疑只能生一个孩子。而找个农村的姑娘，相对来说，违反计划生育的处罚宽松一点。生两个孩子也是可能的。于是，他选择了王瑛。而王瑛呢，正求之不得，不分青红皂白，终身大事，稀里糊涂地说定就定了。

刚进张兵家，王瑛就得到了婆婆和丈夫无微不至的关怀和体贴。看到儿媳怀孕了，张家公婆总是问长问短，一箱箱补药和营养品直往家里搬。王瑛无论想吃什么，全家人就想方设法给弄来，把王瑛养得白白胖胖。当然，其目的是想让她生个白白胖胖的儿子。作为一个从农村来的新媳妇，能得到公婆和丈夫这般宠爱，王瑛从心里涌出无限的喜悦和感激。她发誓，这辈子一定要尽心尽力，像对待自己的亲生父母一样，敬奉好自己的公婆，照顾好自己的丈夫。然而，十月怀胎一朝分娩，天公不成人之美，王瑛生下来的却是一个白白胖胖的"千金"。从此，王瑛在张家的地位骤然下降，不时要遭受公婆指桑骂槐的奚落。王瑛这时才意识到自己只不过是充当"生孩子的工具"被张家娶进来的。可事到如今，又有什么办法呢？孩子一岁以后，王瑛第二次怀孕了。张家人似乎又抓到了一线希望，他们又对王瑛亲近和蔼起来。但越是这样，王瑛心头的包袱越是日益加重。临近产期，她常常半夜醒来，面对窗口射进来的缕缕星光，心头默默地祈祷：上帝啊，赐我一个儿子吧！然而，上帝却偏不同情王瑛的疾苦，一个月后，她再次生下了一个女孩。这下子，张家人的"传宗梦"化为泡影。而张兵呢，因生育第二胎，不仅受到厂里开除留用、降工资一级的处分，还被罚款5000元。自此，在漫长的人生道路上，王瑛这位"农村老婆"也开始了冷眼下的凄惶时日。

可以这么说，只要城乡差别存在，城乡联姻就只能建立在一种"不平等婚约"的基础上。爱情的天平只有在两头筹措不同质料的砝码：老少配，或者男方是伤残者、"两劳"释放人员，或者纯属利用。诚然，这些男子也理当获取婚恋的幸福，但这种幸福却要那些年轻漂亮的乡村姑娘为一副猜不透深浅的红对联付出多么沉重的代价，未免太有失公允。愿姑娘们在事实的感召下，成熟、坚强起来！

三、幸运之神向她们走来

值得特别提出的是，近年来有些农村姑娘，她们确实赢得了城镇男子真挚的爱情，不仅像正宫皇后一样，特别受到白马王子的宠爱，受到人们的奉迎和羡慕，享尽荣华富贵。而且，自己所追求的人格地位和人生价值，都得以充分地体味和实现，以致彻底改变了自己的命运。也许有人会以为，不就是时下那些风靡于大亨、大款中的"包女"吗？不是，这种"包女"，纯粹是肉体与金钱的交易，如果说这也叫作爱情，那无疑是对"爱情"两个圣洁字眼的玷污。而这些爱上农村姑娘的城镇男子，他们的爱情是那么真挚，那么纯洁，其最终目的是建立一个永葆美满幸福的家庭。但这种类型的城乡联姻一般具备两个条件，一是男方地位高到可以不在乎或可以改变女方地位；二是女方必须容貌姣好，性格温柔，而且可塑性强，俗称女性"三元素"，也就是人们通常所说的既具传统美德，又有时代风采的当代"淑女"吧。

蓦然回首，她在灯火阑珊处

金方亮是一家外贸公司的副总经理，气质高雅，风度潇洒，物质条件优裕，而且年轻有为，30多岁便坐上了一家有两千多名员工公司的第二把交椅。有人风传，总经理行将离职，这总裁的位置非他莫属。就是这样一位风流倜傥的钻石王老五，爱神却迟迟不在他的心中降临。是没有人追求吗？当然不是，他收到的情书像雪片似的飞往他的案头。是他眼界很高看不起周围的女性吗？似乎也不是，一家两千多名员工的大公司，来自全国各地的女性占了2/3，才貌双全的优秀管理人才、公关小姐，跻跻如云，风华佳丽、绝代美人也未免没有。再说，金方亮常常出入上流社会，接触的各个场面的女性也为数不少。在他身边以及场面上接触过的女性，他几乎都喜欢她们。然而，谈及爱情，他却婉言谢绝了，他曾向朋友谈及过，自己要找一个能够吃苦耐劳、温柔贤惠、外表姣美、思想开朗的现代女性，也许是阴差阳错吧，他一直都在苦苦追寻之中，这样的女性却迟迟没有走进他的视野。父母和同事都为他着急，青春岂不在这种追寻中耽搁。他却显得十分坦然："宁愿打一辈子单身，非'三元素'女性不娶。"

那一天，金方亮到一家个体发廊吹发，意外地发现这家发廊的一位女帮工，似一束燃烧的火焰呼地点亮了他的眼睛。她那温文尔雅的气质，娇美纯情的外表，热情周到而又不失雅态的服务，顷刻间把金方亮引入了一个过一目而终生难以忘怀的境界。"啊，这不就是我苦苦追寻的女孩吗!"果真是梦里寻她千百度,蓦然回首,那人却在灯火阑珊处。通过向发廊老板打听,这位姑娘叫张玉萍,来自"天府之国"四川,高中毕业以后自费来城里学习烫发技术。金方亮当即委婉地向姑娘提出了与她交朋友的愿望,但被张玉萍婉言谢绝了,她说:"我现在只想把烫发手艺学好,回到家乡为村里的女孩添一份美的风采。"这富有哲理的回答,更激起了金方亮对姑娘狂热的爱慕。几次接触,他如痴如醉,脑海中总是浮现出张玉萍那温柔娴美的身影。于是,他坦诚地向玉萍求爱了,但均被她以自己是一个乡下女子的理由而谢绝。说这种话的时候,她没有丝毫的自卑感,相反,显得十分的坦然和庄重,她对金方亮说:"我不是没有爱你的权利,而是别人不会理解你。"的确,有人看到金方亮对一个乡下女子如此痴情,劝他:"何必呢? 你身边的女子哪个不比她强,找个农村老婆,也真是。"金方亮却十分有把握地回答:"我对自己的感觉充满自信。至于爱情,我只相信彼此的感觉,无须附加任何外界条件;这也是我们两人之间的事情,无须任何人的参与还是理解;再说,凭我目前的发展,还怕解决不了一个农村户口吗?"为了消除姑娘心中的某些顾虑,金方亮通过中间媒介,专程赶往玉萍的家乡,征得她父母的同意,将她安排到了自己的公司供职。一年后,他们结婚了,目前,张玉萍已成为金方亮得力的助手,生意场上的事情,她几乎都可以单独出面处理;场面上她又是一个令所有人羡慕得简直产生嫉妒的美人;在家里,她又是一个极为贤惠的妻子。夫妻俩相敬如宾,美满幸福。

纯情大款,淑女风光

黄永从事个体经营,借助父亲平反时补发的一笔款子,在一条繁华闹市率先冲破禁区,办了一家个体五金交电批零兼营商店。托政策的洪福，生意越做越红火，几年工夫就发了。购置了一套两百平方米的高级住宅，屋内装饰豪华气派，出门有小车，家里物质上的享受要什么有什么，身边只是缺少一位漂亮的娇妻了。黄永曾放出风声，他选择对象的标准完全取决于女方的先天素质，而"貌美"又为首要的条件，其他诸如家庭、单位、户口等外界因素均不予考虑。

要说先天素质高的女孩子，城里确实不少，但是，在早些年，就是现在的某些地方，个体户都被看成不牢靠的职业，有份正式的职业，就是金钱少一点，心里头也总感觉有个归宿，精神上有份寄托。再说，现在社会上对于"大款"的品行普遍持怀疑态度，也许你没有乱来过，但总有偏差："找大款吗，做情妇（夫）可以，做丈夫（妻子）不行。"所以，尽管不少漂亮女孩子追逐黄永，但都只看中他的钱，没动过心要嫁给他。

有一天，黄永到一个县城去谈一笔生意。朋友给他介绍了一位性格开朗、外表十分娇美的乡下女孩。第一次见面，黄永几乎就拍板认定了。女方父母怯怯地说："我孩子是农村的，没工作，恐怕……"黄永不等对方把话说完，便哈哈大笑："我存款的利息就够她花销的，还要什么工作。"不久，姑娘就跟着黄永进城了。起初，她在黄永的店里工作，经过一段时期的观察，发现黄永虽然有的是钱，但性格豪爽，品行端正。在此期间，黄永整天陪着姑娘，但从不越雷池半步。他深信，只要是真诚的爱，她一定会愿意与自己共度此生的。当年的"十一"，他们便举行了隆重的婚礼。结婚以后，黄永常常带着自己的娇妻出入生意场上，出入舞厅宾馆，赢得了众人的羡慕。他几多光彩，几多荣耀，全身心地体验到婚后的生活是多么的惬意。

对于这两位嫁到城里的乡下女子及其婚姻，许多人投以赞许和羡慕。当然，也有人抱有担心和忧虑，要知道，好花不常开，好景不常在。当无情的岁月磨去了她们的花容月貌的时候，当世态的变幻、人间的炎凉使他们的事业走向低谷的时候，她们的结局又将怎样呢？但笔者以为，这已不属于城乡联姻所讨论的范畴，婚姻的不幸和离合所酿成的因素是多方面的，我们司空见惯的同阶层、同等地位的男女结合，同样导演着一幕幕爱情的悲欢，这又作何解释呢？

四、明天的号角

无论从何种角度去观察分析，城乡联姻，对于破除封建等级观念，扬弃世俗偏见，缩小城乡差别，都是一种积极的行为。但是，现阶段一味地提倡或者盲目地强求城乡联姻，都是极不现实的。生产力决定生产关系，经济基础决定上层建筑，眼下各方面的条件，决定了中国不可能在短时期内消灭农村村民和城市居民待遇上存在的差别。城市青年在考虑与农村青年联姻时，势必需要从户口、物质供给、住房、子女就学、就业、医疗、劳保以及中国几千年来的文化积淀等多方面进行慎重的考虑。否则，对于我们的家庭和社会，都将带来一系列不可避免的问题。但是可以预言，总有一天城乡差别会消除，城乡男女能够自由地挽手走向爱情的圣殿。那时候，中国的经济应该是跻身于世界的前列，中国人民的生活水平也应与发达国家相媲美。这是需要我们用全部的精神和智慧，经几代人的努力奋斗去争取的。

目前，要彻底挣脱捆住城乡青年同步进入一个伊甸园的羁绊，无疑需要我们用全部的精神和智慧做好自己的工作。改革开放给了大家机遇，无论是居民还是村民，已经站在同一条起跑线

上。乡村兄弟姐妹们，切莫自卑自怯，振奋起来，投身到改革的
洪流中去，齐心协力搞好我们的经济建设，这，将是中国农民获
得与城市居民同等待遇和权利的必然途径！

（刊发于 1990 年 10 月 18 日《法制日报》"华表"文学副
刊，1990 年第 12 期《中国妇女》杂志，1994 年第 3 期《当代警
察》杂志）

后　记

往事不堪回首，人为地将国人禁锢在泾渭分明的两大块，导
致畸形的城乡联姻，几多困顿，几多唏嘘。好在俱往矣，城乡分
割的体制正逐步打破，城乡联姻已像遍地山花呈绽放之势。凭此
一点，我们就当倍加珍惜改革的过往与坚守。

想当年一稿多投不如今天这般受到限制，甚至有媒体渲染一
稿多投多发正体现了对优稿的肯定和褒奖。那时各大报刊都大量
需求反映社会热点问题的纪实文学作品，如此便广种薄收。没承
想此文先后被《法制日报》《中国妇女》《当代警察》《文学天
地》《湖南妇女报》等多家刊物以不同标题发表。若在当下，就
不敢这般放肆，这是有违投稿道德规范的，当禁之。

十四名少女少妇进城蒙难记

改革开放以来，农村妇女大批进入城镇参加市场竞争，这无疑是一件大好事。然而，不加以良好的引导，不从本地劳动力合理转移的流向和流向地的实际出发，一味盲目涌进，无疑会给满怀希望奔富路的离土妇女带来难言的苦衷。

——作者题记

一

她们实在太饿了！三天三夜，已经没吃过一粒饮食。湘莲姑娘走下车，"咕咚咕咚"灌了3大碗凉水。3天，就只有3天，一个个几乎就换了一副模样：满脸乌黑，眼睛深深地陷了进去，头发蓬乱不堪，就像一帮失家乞讨却又空手而归、失魂落魄的"乞丐婆"。这些少女少妇啊！

3天前，她们是那般喜悦，那般兴奋，充满信心，充满希冀。山里的女人，以前有谁上过县城出过远门，如今，她们要走向梦中那座神奇而玄妙、令世人所瞩目的广州城了；何况，3天前去的两位小妹妹托人送来亲笔信，证明的的确确有工做，每月能够拿到三百多块的工资，"姐妹们，来啊！"言辞多么诚恳！能不使她们心驰神往神魂颠倒吗！她们冲破重重阻力：社会的、家庭的。有位叫刘玉娥的姑娘，父母硬是不让她去，是去干什么哟，耳朵里还没听够吗？近几年，去的人太多了，潮水般涌去，关于她们的传说，五花八门，天花乱坠，不去，捡金子也不去，女人家，名声要紧。可是，刘姑娘的决心下定了，偷了父亲50块钱，赶上了伙伴。老母亲追到乡政府，姑娘已经登上班车。车厢里挤得满满的，姑娘坐在最里边，叫不下，拖不出，外面的世界太精彩，外面的诱惑力太大了。车要开了，老人家横下一条心，躺到车轮下，"你要去，我这条老命就不要了。"相持一个多小时，人们左劝右劝，硬是不顶用。最后，带班的男人刘贵只好立下字据："如果出了问题，拆我房屋四间。"车，才得以启动。

去了，少女少妇，14 个。

二

来往穿梭的车辆，高大雄伟的建筑，琳琅满目的商品，斑斓闪烁的灯光，还有，看到了外国人，白皮肤，黑皮肤。她们如痴如醉！在家的时候听人说，城里走，不吃饭也不觉得饿，她们算是体验到了这种神奇的滋味了。尽管有人对这一群乡下的女人指手画脚，不时丢来一句嘲笑的话语，但她们觉得没什么，一切让喜悦所取代。

"转车，再坐 4 块 5 毛钱的客车就到了。"刘贵说。

"什么？不是说在市区做事吗？"她们感到疑惑。

刘贵似乎看破红尘："市里秩序混乱，我替你们在乡下找了一家工厂。"

少女少妇们的喜悦顿时消失了，但她们觉得刘贵说的也在理，管他呢，道师出了门，哪怕鬼打人，有钱赚就行。反正，命运交给了刘贵，一切听他的。

客车驶出了广州城，在一条蜿蜒的乡村公路上奔驰。车上那些旅客，个子矮小单瘦，皮肤黑黑的。可是，他们指着这些比他们漂亮比他们白皙的少女少妇议论着：

"这都是些什么人？"

"湖南佬！"

"做哪门子事？"

"家里没饭吃，找工做。"

"逃荒。"

"卖麻皮。"

车厢里一阵接一阵的哄堂大笑。她们害怕了，脸上笼罩了一层阴影，一个个牵着手，抱着腰，心噗噗地跳，任他们指指画画。

汽车终于在一座山脚下停了下来。这里是个什么地方啊？怎么比自己的家乡还偏僻。高高的山，狭窄的路，十里荒山无人烟。她们开始意识到，自己是不是受骗了。有个少妇提出："不去了，回家。"刘贵好言劝导安慰她们："我们都是家乡人，我不会骗你们的，厂子就在山里面，再走四五里小路就到了，钱是一定有赚的。"

山里的女人啊，她们出来毕竟是想赚些钱回去，这么空手而归，对得住"江东父老"吗？走吧，听他的，一步一抬头，踉踉跄跄往前行。突然，她们发现前面跑来两位背包袱的姑娘，哦，那不是早几天来的两位小妹妹吗？她们飞快地迎上前去。

"姐、嫂……"见到家乡的亲人，两位姑娘飞奔而来，"噗通"扑在亲人怀里抽泣。姐姐嫂嫂们为两位小妹妹擦掉泪水，看着她俩那伤痕斑斑的脸庞，惊奇万分："你们，这是怎么了？"于是，两位姑娘声泪俱下地讲起了这4天来的经历。

<h1 style="text-align:center">三</h1>

4天前，她俩带着和这些少女少妇同样的心情，跟着刘贵走进了广东省增城县×乡×村林家兄弟办的私营毛衣厂。

刚来乍到，林家兄弟非常客气，弄了一顿好饭菜招待她们。吃完饭后，老板就催她们给家里人写信，让刘贵带回去再喊些人来。两位天真的姑娘不知底细，一切按照老板的授意写了。谁知，刘贵一走，林家兄弟态度骤然改变，控制食量，一日两餐，一餐3两米，动不动就对她们大动肝火。小刘姑娘不小心弄断一根毛线，林老板当头就是一个耳光。第二天晚上，老板娘出去才几分钟，老板就摸到了她们的床头，要不是呼叫声唤回了老板娘，两位纯朴善良的小姑娘就要惨遭蹂躏。第三天，两位姑娘商量着给家里发份电报，可在这山沟里，哪里能够找到邮局呢？就是能够找到邮局，她们也走不动，老板娘和她的女儿们盯得紧紧的。当天下午，她俩商议逃跑，可是，脱身后还没走出半里路，老板就骑着摩托车追来了。拖回家后，每人又挨了一顿毒打。

在林家做工的还有湖南衡山去的几个妹子，据她们暗地里讲，她们已经干了两个多月，还只拿到4块6毛钱。老板家这次做生意彻底亏本了，进了一大件朽毛线，成品无法推销出去，就变着法儿克扣雇工，名义上包吃包住每月发190元的工资，扣除生活费、水电费、住宿费，还有什么偷工费、机器破损费，这费那费，扣来扣去，每月还要倒找 10 多 20 块钱，上个月每人发了两块钱，还说是便宜了她们。

四

听了两位小妹妹的诉说，少女少妇们的心就像掉到了冰窖里，彻底失望了。同时，向刘贵投去了愤恨的目光。

平心而论，此刻的刘贵也是丈二和尚摸不着头脑，他也是个受骗的可怜虫。他何曾想过，这一切都是骗局呢。他只盯住合同书上老板对他的许诺：招来一个人，每月给 30 元的管理费。14个，就是 400 多块呀。躺在家里睡大觉，每月也能拿到 400 多块。何乐而不为呢。所以，他费尽心机捏造了广州市某某厂的招工合同书，极力怂恿已经带来的两位小姑娘给家里人写信，并将"190 元"的工资额改成了"390 元"，当玉娥姑娘的母亲阻挠女儿来广州时，他又出面担保。

突然，远处传来了摩托车的声音，两位小姑娘就像触到了一股强烈的电流，神经质般地弹起，直往路边的深林里钻。

林家兄弟追上来了，他们发现了刘贵，立刻停下摩托车："哦，你来了，咳，不错，喊来了这么多。"他们拍了拍刘贵的肩膀，外表仍然那么热情，只是多了几分得意。

"她、她们都不愿去了。"刘贵几乎呻吟出声。

"什么？不愿去，说得轻巧。"两位大老板露出了凶相，"你忘记了我们的合同。"

"我把押金还给你。"

"是 50 块钱押金所能了事的吗？跪下。"林老板指着地面命令道。

"你，你欺人太甚。"

"啪、啪。"两记耳光落到了刘贵的脸上，立时显出 5 个血红的指印。"好吧，把你身上的钱全部拿出来，她们可以不去。"他们以为，这样一位闯广东带女人的角色，腰包里有的是钱。

可是，刘贵已经身无分文了。他根本就没带一分钱，来广东的车费也是她们给垫的。他还怕没钱吗？每月坐收就是 420 块，够花的。

拿不出钱，只好向女人们伸手啦。可是，谁还愿意把钱交给他呢？如果说，半小时以前，刘贵还是她们的救星、统帅，那么现在就是她们发泄愤懑的丧门星了。兴致勃勃而来，花费 100 多块钱车费，山里的女人啊，尤其是这些没当家的少女少妇，攒点钱多不容易。再说，她们中间，也确有几个身无分文了，向父母、男人讨那么多钱干吗，到了广东，还怕赚不到钱吗？

刘贵没有从她们手中拿到钱，只好苦苦哀求了。两位老板在搜遍刘贵身上每个口袋，证明确确实实毫无分文时，摔了两个耳光，抢下他腕上的手表，走了。

五

返回广州市，已是晚上 9 点多钟。她们直奔火车站，可是，已经买不到回家乡的火车票了。一天没吃东西，肚子咕咕地叫起来，应该吃些什么，可连回家的车费都是个问题，回去要紧，顶住吧。住旅馆，睡一晚 35 元，这还是最便宜的，她们连想也不敢想。算了，找个空坪度过这难熬的一夜。可是，10 点钟，有人来收费了，每人交 5 块，"没钱，滚！"她们躲到一排居民房的屋檐下，"乞丐婆，你们做贼不是?"她们吓得失魂落魄，仓皇而逃。

夜深了，祖国南大门这座繁华的闹市，仍然万家灯火通明，缠绵的流行歌曲悠扬婉转。街头巷尾，红男绿女，成双成对，手挽着手，肩摩着肩，何等热乎，何等亲切。此情此景，怎能不勾起这些少女少妇对家乡亲人的思念。此刻，要是在家里，她们或许在父母的身边撒娇取欢，或许在男人的温情慰藉中享受天伦之乐。可是今夜里，她们却流落街头，被人驱赶，被人咒骂，没有一个立足之地。她们哭了，开始几个抽泣，接着号啕起来。年长的刘雪珍哭得最伤心，她已经是一个3岁孩子的妈妈，离家的时候，孩子死死拖住她的腿，直呼"妈妈、妈妈"，她犹豫了一下，但还是一狠心，强忍住泪水，走了，任孩子在爸爸的怀抱中撕心裂肺地叫喊。此刻，孩子啊，你在梦中呼唤妈妈的归来吗?

她们一个抱着一个，哭得那么凄惨，那么痛心。

顿时，围上来一大群人，人们议论纷纷，不时传来怜悯的声音："湖南佬啊!"

突然间，有人向她们猛冲过来，少女少妇们吓慌了，也不哭了，没命地逃。可是，在她们停下脚步安下心来的时候，她们发现一起来的小何姑娘不见了。大家一阵骚动，有几个胆小的姑娘又哭了。

"哭什么?"刘雪珍大叫一声。哭声戛然而止，一个个瞪着眼睛望着她。刘雪珍好久没有说话。是的，要说伤心，这时候她最伤心。然而，她这时才明白，眼泪，解决不了丝毫问题。这群女人中她的年纪最长，社会经验比她们丰富。刘贵骗了她们又甩了她们，另找出路去了。现在包括她一共14个少女少妇的命运就掌握在自己的手里了。

刘雪珍扫视了大家一眼，艰难地启齿了："姐妹们，现在一切靠我们自己，我要求大家听我说，第一，我们每人身上还有多少钱，都拿出来，统一使用，不准单独乱花一分，同来无疏伴，我们不能让一人流落外面。"

一个个相继报了自己身上尚存的一点钱，刘雪珍粗略地统计了一下，买回程的车费差不多了，万一少了，到家那一段的汽车就免坐了，步行40里。她又接着说："第二，哪怕同归于尽，我们也要找到小何。第三，回去以后，我们这里所发生的一切，不允许对任何人讲。"

大家都点头同意。于是，她们在广州城里走街串巷，寻找了整整一个晚上。然而，令人悲哀的是，她们就是没有想过，报告一声随处可见的公安干警。

第二天凌晨五点钟，她们终于在走散的地方见到了蓬头垢面泪痕斑斑的小何。小何见到姐妹们，扑通跪倒在地："我……"

刘雪珍预感到了事情的不妙，立即把她扶起："有话跟我说。"她把小何带到一边，询问道："是不是被流氓欺侮了？"

小何点了点头："我，我没脸回去了。"

"蠢话，这事只有我知道，姐妹们不会乱说的。回家以后，发现身子有什么不舒服，给我通个信，我会替你想办法的。"

刘雪珍回到大家身边，说明小何只是被扒手扒去了30多块钱，其他没事。

她们立即赶往车站，搭上了返回家乡的列车。几经转车，下午，正当晚霞染红天边的时候，她们终于回到了自己的家乡。泪水，像连珠雨似的落下。这泪，是酸，是涩，是苦，是甜，她们说不清楚。

六

结束此文，我的心情十分沉重，思绪万缕。改革开放以来，农村剩余劳力成千上万涌入大、中、小城市，转移他乡从事非农业性生产，参加市场竞争，这无疑是一件大好事。然而，对他们尤其是对那些偏远山区的农民不加以正确的引导，不从本地劳动力合理转移的流向和流向地的实际出发，一味盲目涌进，只能给满怀希望奔富路的离土农民带来难言的烦恼。

我们的当地政府领导，看到你的乡民、你的村民，外出寻取出路而焦头烂额，你们想些什么呢？这14名少女少妇的家乡，水土资源丰富，林业资源也较为充足，为什么就不能组织好本地的剩余劳力从事乡办企业、村办企业呢？为什么就不能为外出寻找出路的妇女们牵些线，搭些桥，解除她们一些不必要的苦衷呢？

少女少妇们啊，我也痛感你们，假如你们多一点智慧，多一份勇敢，多一些时代精神，你们会吃这些苦头吗？据有关部门统计，改革开放以来，每年前往广州打工的妇女达200万，你们为什么在这个偌大的城市就连个立足之地都难能找到呢？醒悟啊，我的山里的女人！

（刊发于1996年第7期《同力》杂志，1996年5月31日《当代公安报》）

后　记

　　读这篇作品，再次泪流满面，不仅为 30 年前那片乡土的女人们悲凉，也为城乡二元结构壁垒的打破欣喜。走进新时代，唯愿乡村的人们日子一天一天好起来！

小红船负载的漫长纷火

——燃放鞭炮的代价

　　新中国横空出世屹立于世界的东方，国防科学即以飞速的发展在地球上的和平与战略中走向制约的地位，当代中国人不仅能够用我们自己发明的火药制成原子弹轻导核武器，而且正以磅礴的气势向更高深的尖端科学技术领域纵横驰骋。至于一代文豪鲁迅先生曾经尖锐地告诫世人的：中国人发明了火药，只知道用来燃放鞭炮，外国人拿去却制成枪炮来打我们，这段羞惭人的历史早已成了永恒的过去。

　　然而，事实又不得不让我们清醒地看到，两千多年来，一种神秘的形而上的心理一直笼罩着我们的灵魂，使得火药的硝烟始终弥漫于我们生存的环境，一股股鞭炮的声浪始终充斥于我们日食夜寐的空间。鞭炮，它就像历史长河中一艘顺流而下的小红船，沧海桑田，五朝更替，它却在时光的浸润中不断长大，不断丰满。

　　笔者日前参加过一位农村青年的婚礼，女方家至男方家3里长的土路上，带有火光的鞭炮漫天飞蹿，像在爆发着一场烽火交加的战争，沿途红、黄色的残骸在绿色的田埂星星点点格外耀眼。一行送亲的男女似乎平添了多少份饱满，多少份红艳，多少份欢乐。但实际呢，眼前只是一块块烧焦的庄稼，心海的感应只是一阵阵震耳欲聋的昏眩，一缕缕呛人的硝烟。我知道，鞭炮燃放后的一氧化碳、二氧化硫等有害气体正在进入我的呼吸道，烟花燃放后释放出的大量钡、镁等金属粒子可能侵入我的肺泡。然而，我不能躲避，我是作为上宾被邀请参加他们婚礼的，我只有在一阵昏眩中走进他们的新房。到了晚上，40平方米的新房内挤满了"闹房"的男男女女老老少少，鞭炮的声浪不绝于耳，硝烟裹住了一屋子的喧闹，令人窒息的火药味呛得我透不过气来。我不得不不辞而别逃之夭夭了。

其实，燃放鞭炮又岂止婚娶，逢年过节、动土、完工、敬财神，直至农村的杀猪宰羊，在我们的周围，你哪天不能听到几阵鞭炮的轰鸣？几乎是无论悲欢离合，都要来它一两串儿。君不见近年来兴起的摸奖热，排着长龙似的队伍，中奖者一律买上一串鞭炮燃放，有些人中奖一元，根本不够买上一挂鞭炮的钱，腰包里再掏出一元，也要买它一挂燃放。人群也如鞭炮，随着点燃引爆，无不感受到一种快意。

这些年，随着某些人发财梦的圆合与破碎，燃放鞭炮的势头也愈演愈烈，而首当其冲的该是那些搏击贾苑的商贩了。湖南衡阳市一位工商个体户，花费2500元购买鞭炮，从大年三十晚上9点一直放到新年初一早上6点，连续9个小时，残骸堆积近两尺厚，"劈哩啪啦"，确实热闹非凡。而对面一家长途贩运的个体户，生意蚀本，决心借鞭炮的声浪驱走霉气，迎进财神，贷款1500元买鞭炮，也放了五六个小时。

愚昧吗？无知吗？狂热吗？岂知在我们知识阶层、政界、华侨中亦有燃放鞭炮的嗜好。两年前元宵夜，马来西亚的一位华人燃放了一串世界上最长的鞭炮。这串鞭炮由3338777只炮仗组成，长5.8公里，持续燃放了十几个小时。赞助制作这挂特长鞭炮的人说："我们希望把它记入吉尼斯世界纪录大全。"吉尼斯的前纪录是 1987 年在澳门创造的，那串鞭炮只有 3.9 公里长。

在所有的世界之最中，最无聊的恐怕就是这类玩意儿了。有人说，燃放鞭炮是中华民族表达喧闹与喜庆的一种特有方式。乍听起来，仿佛充满内涵。而实际给予人们的呢，只是一阵轰鸣的声浪，一缕缭绕的白烟。而在这声浪与白烟的背后，又负载着多么沉重的代价。

她长得很美。恬淡的神韵中透着女性的秀婉，乌黑浓密的眉毛下，一双明澈的大眼睛，深邃的目光中流露出甜蜜的宁静和温柔的光芒。此刻，她平躺在沙发上，双手轻柔地抚摸着小腹中爱情幸福的结晶，脸上浮着愉悦的微笑，初萌母性的幸福，使她沉醉在蜜一般的幻景之中，即将降临于人世的那新生命稚爱的景象，不时在她的脑幕中闪现：那生命体本能的吮吸，那"咿哑"的悦耳的稚音，那令人陶醉的微笑，那嫩手的有力抓握……她的思维正在蜜的天宇中遨游。突然，一声巨响，她被一股巨大的气浪掀翻在地板上，还没让她来得及睁眼看一眼这飞来的横祸来自何处，她的美貌，她的青春，她那蜜一般憧憬的心境，便顷刻消失了。

风驰电掣，何等残忍！谁是杀手？调查证明，杀手是楼下小商店里的两箱鞭炮。

存放鞭炮引起的爆炸事故，当然还只是鞭炮危害的一个方面，其最广泛的表现还是在于燃放时酿成的火灾事故和它本身危及人身生命安全所具有的杀伤力。据有关部门统计：1989 年春节，郴州、衡阳等 6 个地州市，6 天中因燃放鞭炮酿成火灾 68 起，财产损失数十万元，死亡 3 人，伤 29 人，6 人摘除眼球，8 人截指。烟尘污染以某县城为例，二氧化硫浓度达每立方米 1.266 毫克，超过国家规定的瞬时浓度标准一倍多，氮氧化物含量超标 3 倍，总悬浮物微粒一氧化碳、二氧化硫、氮氧化物含量超标 2 倍以上。至于燃放鞭炮时，有多少人无法正常地休息与工作而喊爹骂娘怨声载道，那就无法统计了。

聪明伶俐的小翔是独生子，生性活泼好动，一双圆溜溜的大眼睛透着童心的天真与纯朴，红彤彤的脸蛋。父母捧其为掌上明珠，把一切未了的心愿与美好的向往都寄托在他的身上。然而，在小翔 5 岁生日的那天晚上，他与父母一同燃放鞭炮以示庆贺，因点燃鞭炮引子慢走了半步，随着一声轰鸣，小翔被掀翻在地，手指与脸上鲜血淋漓，惨不忍睹。送往医院抢救，不幸中万幸，只需作切肢与摘除眼球手术。父母号啕大哭，可是，悔之晚矣。

好了，我们无须在此赘述更多的具体事例，在我们的周围，违章生产鞭炮的作坊被炸毁，违章运载鞭炮的车辆被报销，违章携带鞭炮的人员不得善终，诸如此类消息听得还少吗？

是的，人类内心的欢愉，往往希望借助一种方式来表达，但为什么偏偏要选择与悲剧混合交杂在一起的鞭炮呢？难道说悲与喜本来就是相随的伴侣吗？人们啊，想一想，鞭炮除了伴随着污染耳目心肺的心理满足之外，还能有什么呢？

（刊发于 1990 年 4 月 11 日《人民保险报》）

老板，救救你的孩子

黄牌警告：个体户子女犯罪率直线上升！H 县公安局最新统计：1986 年、1987 年、1988 年全县青少年犯罪案分别为 86、98、107 起，其中个体户子女分别占案犯总人次的 4.1%、7.8%、10.6%。

伴随改革开放，个体户在商品经济的大潮中搏风击浪，立下赫赫战功，然而，一些个体户却"后院失火"，子女堕入罪恶的阴沟。缘何而为？

"小老板"的"实惠"

初中刚入门的尤妹子，没读几天书，就被摆摊做生意的父亲拉到了集市贸易市场，理由是：妹子成绩不好，读不进书。老师三番五次上门做工作，尤老头打开窗子说亮话："读书有个屁用，我谷箩大个的字不认得一架，赚的票子是你们读书人的几倍。还是赚钱实惠。"

尽管老师搬出《义务教育法》，钱迷心窍的尤老头充耳不闻。从此，尤妹子摆了一个小摊子，人称"小老板"，干的倒是挺痛快，父亲进货，她管推销，无非是百以内的加减法，数数钱，发发货，每天也能赚上个三四十块。

一天，乡里跑大买卖的"哥哥"刘章找上门来："呵，尤妹子，做生意了？赚的不少吧！"

"每天三四十块吧！"尤妹子流露出几分得意。

"啊呀，你看你看，整整守一天摊子，才40块，也太辛苦了。跟我跑一趟吧，上广州，包你一次弄上千把块！"

"我不去，嘻嘻。"嘴里这么说，心里头却是痒痒的。乡里妹子，谁不想到那大城市去见识见识呢。

"给你！"刘章摔上一大沓票子："只要你给我个面子。我们生意人，带个漂亮妹子，人家瞧得起！"

盛情难却，尤妹子不好意思地收下了，一数，哇，整整300块。去就去呗，有什么了不起的，"哥哥"这样够意思，我怎能不讲情面。同乡人，不会把你吃了。

第二天，尤妹子跟刘章启程走了。当晚，他们落脚于广州一位朋友家里。朋友盛情地放映了从那边弄过来的录像款待二位。当看到两个赤身裸体的男女狂吻的时候，他们俩的嘴唇也无意间碰到了一起。尝到甜头之后，一切向纵深发展。

后来，"哥哥"又找过她几次，"哥哥"的朋友，"哥哥"朋友的朋友也找过她，每次都少不了给她几十上百块的。渐渐地，尤妹子觉得赚这号钱太容易太过瘾了，享乐的同时票子大把大把地进。于是，她由不自觉到自觉地把罪恶引向了其他的男人。

管教人员问她："你年纪轻轻咋干这事？"尤妹子毫不在乎地反问："身子是我自己的，只要我自己愿意，关你们屁事！"可怜可笑又可悲！

忙了生意丢了儿子

张斌斌是个独生子。父母在县城开了一家饮食店。尽管时下个体户财运亨通，名望也不比其他行业低下，他们也深信现行政策在几十年内变不了。可夫妇俩从心眼里不愿意让儿子步自己的后尘，干个体的行当，不是稀罕每天上 8 个小时班挣那点钱，要的是国家正式的位置。

前两年，两口子对儿子卡得严严的，经常与学校联系，只要发现风吹草动，就严加管教。可是，近年来生意越做越红火，夫妇俩起早摸黑地奔波，还是应接不暇，对儿子的管教也就渐渐放松了。这下好，张斌斌觉得自由多了，晚上不做作业出去遛遛没人监视了，迟到两回到逃学几回，父母也不知道。

张斌斌所在学校的老师家访了，父母才如梦初醒，忧心忡忡地狠揍了儿子一顿。随后做出决定，把儿子交给乡下的奶奶，乡下的社会风气比城里好，奶奶管着，儿子兴许会变好的。

岂知，父母的这一着棋彻底走错了。

张斌斌到了乡下，就像飞出了笼子的小鸟，晚上做作业仅是个样子而已，反正奶奶一字不识。后来，干脆连样子也不做了。奶奶说他，他就撒谎说老师没有布置作业；要不信，马上顶回一句："你管不着!"老人要打他，棍子还没找着，人一溜烟跑了，不让你找个死去活来，死死闷着不露面。吓得奶奶再也不敢逼他了，有什么事情，只好千托付万托付老师学校给抓紧点。

学校表现又怎样呢？上课东揣揣，西摸摸，迟到早退成了家常便饭。老师写封信叫另一位同学带给张斌斌的家长，刚出教室门，就被他抢去撕了个粉碎。第二天还在老师面前唱高调："告去吧，奶奶管不着。"

乡下才住两三个月，张斌斌与当地社会上一些不三不四的人混得烂熟。奶奶耳聋，方便他行事。到了晚上，开始佯装睡着了，等老人躺下，就偷偷摸摸地爬起来，整夜不归，干一些偷鸡摸狗的坏事。

张斌斌进了少管所，他的父母才后悔不已：只顾做生意，无暇管子女，把教育子女的责任一味推向老人，推向学校和社会，自己酿的苦果只有自己尝啊！

"小倒"学"大倒"

刘兵的爸爸常年在外边做大宗买卖，用刘兵的话说就是"倒"，家里的大彩电是"倒"回来的，双门电冰箱、"丰田"摩托车是"倒"回来的，银行5位数的存款也是"倒"回来的。爸爸偶尔回来，常给刘兵讲些"倒"的奇异经历，讲怎么"发"的故事。

妈妈呢，爸爸不在家，有钱又没处花，闲得无聊，整天泡在舞厅里。当然，也有在家的时候，身边却带来一位自己不相识的"叔叔"。到了深夜，妈妈就跟"叔叔""疯"跳贴面舞。头一次，刘兵只是从门缝里偶尔看到，觉得挺刺激，就总盼"叔叔"来，来了就能看到"西洋景"。一双天真无邪的眼睛渐渐蒙上一层污浊的尘埃。

学习、文化、劳动、品德，似乎与这个家庭毫无关系。

刘兵渐渐明白了，只要"倒"就有钱，有钱就有一切。去他的什么校规校纪、学业成绩吧！

他学爸爸"倒"！起初，把市面上劣质的食品、玩具倒给小同学；后来，偷了老师的录音机倒给贸易市场上的陌生人。他也学妈妈，死乞白赖找女同学，人家不干，夜里就上街抓。好了，也把自己抓进了少管所。

爸回家时，也曾训过他，刘兵的反抗十分管用："我去告你投机倒把、告你偷税漏税！"

妈妈实在看不下去，也管过他。"哼，还管我，跳贴面舞！"爸妈都不敢吱声了。

怪谁呢？自身不洁，能够管教好子女吗？有些个体户品德败坏，偷税漏税，以次充好，弄虚作假；做生意发财后，便大肆挥霍，子女对家长这些不良行为耳濡目染，能不跌入犯罪的泥坑？

新一代"孔方兄"

王平的爸爸干上个体以后，财运亨通，一笔香烟生意就捞了3万块。他对儿子说："平儿，鼓劲读书，这次小考上了90分，爸奖给你100块！"财大气粗，说得有板有眼。

王平努力了一阵子，可考试成绩一公布，离90分还差8分。爸爸放宽了政策："好了，只要你努力，钱照奖不误。"

一个初中生，手头拿着100块，煞是神气。邀了班里几个玩得来的哥们，进一趟馆子花去60多块。这一来，哥们对他更热乎、亲近。学校分配的值日、劳动任务，不要王平沾边，他们全包了。平常，王平与同学发生口角什么的，马上有一大堆人站在他一边。

王平算是初悟了"有钱能使鬼推磨"的含义了。于是，变着法儿向家长伸手要钱。爸爸毫不在乎，反正家里有的是钱。"好了，今晚做完这几题作业，给你10块！""这个星期保证每天7

点钟以前起床，给你 50 块！"妈妈曾出面干涉，爸爸立即挡了回去："细伢子，用得了几个卵屎钱！"妈妈也默认了。

有了钱，王平就大手大脚地花。街头摆了康乐棋摊，他一天玩去 30 多块；商店里调进高档玩具，买了；隔不了三五天，就邀上一班哥们："老兄请客！"一年下来，王平养成了好吃懒做的坏习惯，追求超水平的物质享受，什么学习，丢到了九霄云外，作业全由同学代劳，考试自有哥们帮忙。

然而，人有旦夕祸福。不久，爸爸时运不济，一笔生意，亏了 7 万块，连老本也给挖了。源头断了活水，王平的手头干巴巴的。可这昔日的胃口又一时难以降下来。街头新设了电子游戏，手痒痒的；作业不想做，拿起笔就发怵，可哥们谁也不愿为他无偿服务；放学回家，路过街头，香喷喷的气息扑面而来，喉头直咽口水。妈的，过的什么窝囊日子！于是，他想到必须设法弄钱。那天，一位同学带来 15 块钱交学费，暂时放在文具盒里，王平一顺手的工夫，进了自己的腰包。一次得逞，当然就有接着而来的二次、三次。不久，一位父母在银行工作的同学邀王平到他父母的单位玩。于是，趁同学不注意，一双手便伸进了……

以金钱代替教育，以金钱作为教育、感化孩子的手段，以给子女钱履行教育的义务，无形中促成子女懒惰、无心学习、追求享受的坏习惯。一旦无钱挥霍，便不择手段地弄钱，人生的道路上便留下了一条肮脏的轨迹。

腰缠万贯的阔佬们，店堂摊铺的老板们，残酷的现实向你大声疾呼：救救孩子吧！

（刊发于 1989 年 1 月 28 日《农民日报·周末版》头版头条，团中央 1989 年 9 月《个体青年》杂志试刊号）

地域历史的经纬与脉络 （跋）

说句实话，我的创作初期，对于报告文学、纪实文学以及非虚构的概念，并没有太多的理解和探究，只是在文学刊物上读到这类文体的作品便仿而效之，信手涂鸦起来。

第一次写报告文学有点赶鸭子上架，那年我们县里的新塘区组织编写一本《田野之歌》的报告文学集，县里的文学专干让我参与其中，当时正是暑假，有的是时间，便接下了这件任务。按照任务分工，我深入这个区的新塘镇红桔村和珍珠乡双凤村实地采访，好在当时已经从事过几年的文学创作，采访也很深入，掌握了大量的素材，写起来非常顺手，一个暑假写就了《桔彩纷呈》和《人工造龙记》两个报告文学作品。这两个作品分别收入《田野之歌》一书，同时发表在《中国乡镇企业报》的"繁花"文学副刊和《中国农牧渔业报》的"原上草"文学副刊，还获得了两个小小的奖励。

20世纪80年代末直至90年代，中国文坛掀起一股纪实文学创作热潮，涌现一大批透视社会现象和问题的纪实文学作品，《中国的土皇帝》《阴阳大裂变》《透明的女性》等成为当时炙手可热口口相传的文学作品。湖南作家韩少功远赴海南创办了一份以刊载通俗纪实文学作品为主要内容的《海南纪实》杂志，大红大紫，发行量突破一百万。后来，又创办《天涯》杂志，也发过不少的纪实文学作品。当然，现在的《天涯》杂志是一份纯文学刊物，只发严肃文学作品则另当别论。

跟着这股浪潮，我也算是狂热了一把，先后创作了《苦乐姻缘》《老板，救救你的孩子》《十四名少女少妇进城蒙难记》等反映社会现象和问题的纪实作品，且均在《法制日报》《农民日报》《中国社会报》《中国妇女》《农村青年》等国家级报刊文学副刊整版地刊登。

此一时彼一时也，我的这些纪实类作品，当时是对客观事件的真实反映，那么拿到当下，随着人们思想观念的转变，则大相径庭甚至不合时宜。比如《苦乐姻缘》这篇反映城乡联姻问题的作品，当年由于城乡分割的管理体制，城乡差距巨大，城乡联姻几乎是一道不可逾越的鸿沟，而在当下，城乡男女婚配则成了司空见惯的事情。

20 世纪 90 年代中期，我调入衡阳市委机关工作，担任中共衡阳市委机关刊物《衡阳工作》杂志的编辑部主任。出于办刊宗旨和刊物发展的需要，这段时期，我采写了大量反映典型人物或政治事件的报告文学作品，总篇数大概不下五十篇，不过大都是些应景之作，粗制滥造居多，现在看起来有的甚至是不可拿出来示人的。但也不是一无是处，这次出版文集，还是精挑细选了几篇编入其中。

在此之后，由于工作岗位的变动，我便渐渐离开了文学创作，更是极少创作报告文学作品了，只是配合工作宣传的需要，写过几篇类似于文艺通讯的作品。若是放低标准，也可以滥竽充数到报告文学之列吧。

在我从事多年的码字生涯中，纪实类文体尤其是报告文学的创作算是大头。所以，当我从工作岗位退居二线，申报的第一家文学组织便是中国报告文学学会，并顺利通过。这次拟将自己创作的百余篇纪实类文体的作品精选37篇结集出版，也算是对自己多年来纪实体裁创作的一个回顾和展陈吧。全书分为六个章节，分别是《田园牧歌》《企业风云》《经济视野》《史海浪花》《公仆情怀》《社会大观》，其实也没有严格的区分，就是理清一下大概的思路吧。

据我所知，在我们衡阳这个三线城市，能够连续40年坚持纪实作品写作，写作内容涉猎经济、社会、政治、民生等各个领域，为数屈指可数。这样一部作品，它是

40 年社会发展的缩影，形成了地域历史的经纬与脉络，不仅具备一定的文学价值，更具有一定的史学价值。读这样一部作品，能让我们对过去 40 年的路有些清醒的认识，对于未来的发展亦有一定的启示和借鉴作用。正如有的同行鼓励我说，你的这本书不能随随便便的推出，可以好好策划一下，就是走市场的路，也完全可以做成一部有价值的书籍，甚至可以做成一部畅销书。

朋友的鼓励，我倒能保持一份清醒，对书的价值与前景并不抱过多的期待。只是觉得吧，尽管作品的语言技巧特别是文学性尚显不足，但它毕竟是时代的真实记录，它为时代而歌，是时代的声音，是岁月皱褶里盛开的花朵。假如亲爱的读者，能够沿着这本书的铺陈静静地读下去，也必定能够在这些文字的组合里，在这些花朵的纷呈中，感受到时代的回响，欣赏到岁月的芬芳。有此感应，我心便足矣。

在本书编辑出版过程中，得到了诸位领导师友的关心支持，中国作家协会全委会委员、中国报告文学学会副会长、国家一级作家、享受国务院政府特殊津贴专家、两届鲁迅文学奖获得者、蝉联三届徐迟报告文学奖获得者李春雷老师，百忙之中拨冗作序；湖南文艺出版社社长、湖南省诗歌学会副会长、著名作家、书法家陈新文先生欣然题写书名；山西人民出版社责任编辑傅晓红老师认真审稿，精益求精；长江文艺出版社首席编辑、国家"五个一"工程奖获得者郑彦玲女士，南华大学教授马汉钦、刘萌芽先生，衡阳著名文化学者刘洁女士等师友为本书的编辑提出了宝贵意见。在此，一并表示诚挚的感谢！

2024 年 12 月